文学改编
影视研究

媒介

转向

MEDIA

SHIFT

徐兆寿 陶炳塬　主编

上海人民出版社

图书在版编目(CIP)数据

媒介转向:文学改编影视研究/徐兆寿,陶炳煃主
编. —上海:上海人民出版社,2023
ISBN 978-7-208-18334-6

Ⅰ.①媒⋯ Ⅱ.①徐⋯ ②陶⋯ Ⅲ.①中国文学-电
影改编-研究 ②中国文学-电视剧-改编-研究 Ⅳ.
①I207.35

中国国家版本馆 CIP 数据核字(2023)第 100666 号

责任编辑　陈佳妮　陶听蝉
封面设计　王左左

媒介转向:文学改编影视研究

徐兆寿　陶炳煃　主编

出　　版　上海人民出版社
　　　　　　(201101　上海市闵行区号景路 159 弄 C 座)
发　　行　上海人民出版社发行中心
印　　刷　上海商务联西印刷有限公司
开　　本　890×1240　1/32
印　　张　8.75
插　　页　4
字　　数　173,000
版　　次　2023 年 8 月第 1 版
印　　次　2023 年 8 月第 1 次印刷
ISBN 978-7-208-18334-6/J·678
定　　价　48.00 元

目 录

1

时代回响

艺术的难度

——百年中国文学电影改编总论

徐兆寿　林　恒

苏格拉底说："美，是难的！"[1] 他是在与一个叫希庇阿斯的人探讨什么是美时发出的这种感慨。当时，他向对方提出一个问题："什么是美？"对方便说，比如一位漂亮的小姐、一匹漂亮的母马等。苏格拉底不客气地指出，你说的是美的事物，我现在问的是什么是美本身。于是，对方便回答不上来了。我们可以轻易地发现，当苏格拉底要抽象出一种叫美的东西时，这种东西是很难被表述的，它必须附着在具体的事物上才能显现出来。两千多年后，德国哲学家鲍姆加登在研究艺术哲学时，于 1750 年提出"美学"这一概念。他认为，相对于现实世界的美来说，艺术之美是值得去研究，并且可以总结出一些规律来的。这其实是在从艺术的角度回答苏格拉底关于美的问题。

1.［古希腊］柏拉图：《柏拉图文艺对话集》，朱光潜译，人民文学出版社1983年版，第272—273页。

1911 年，当意大利电影理论家乔托·卡努杜在其《第七艺术宣言》中宣称"电影是一种艺术"时，电影便与美学开始联系在一起，成为同建筑、音乐、绘画、雕塑、文学和舞蹈并列的艺术门类，于是，关于电影的美学研究便成为对电影本质的探索。

作为一门综合艺术，电影自诞生之初便广泛向各艺术门类学习，包括从戏剧中寻找故事，从音乐中探索节奏，从绘画中借鉴构图，从雕塑中把握造型等。由于电影从建立起自身的艺术形式开始，便成为一门叙事的艺术，因而在众多艺术门类当中，电影与文学的关系最为密切。文学不仅以其丰富的经验为电影叙事提供了多种可能，并且以其悠久的传统为电影发展提供了丰盈的意义土壤。从电影艺术的研究来看，除了电影语言（摄影、音乐等）之外，关于意义和叙事艺术的探索基本上与文学研究一致。也正因为如此，大多数电影都是从文学那里寻求人物形象、故事框架和意义世界，文学改编便是从文学向电影转换的一种方式，也是电影创作最重要的一种方式。因此，研究文学的电影改编即在研究电影艺术的本质属性。

从根本上来讲，文学与电影是两种不同的艺术形式。文学是作家以文字语言为媒介对感知到的世界进行表情达意的一种艺术，电影则是以镜头语言为媒介，通过蒙太奇进行场景转换和故事呈现，具有强烈的模仿性和直观性，是一种倾向于空间的艺术。通俗地讲，电影就是把文学中所想象的世界转换为可视可感的"现实"，当然，此"现实"仍然是一种被艺术处理过的虚构的存在，从一定程度上来讲，它更接近于真实。因而文学构建的形象具有抽象性、模糊性和多样性，电影塑造的对象则具有确定性和唯一性。如果文学和电影所表达的内容都一样，那么，我们就可以把电影当成文学的可视化存在，把一般意义上的文学称为文字文学，而把电影称为视听文学。或者说，如果一般意义上的文字语言文学被简称为文学，那么，现在的电影就可以称为视听学，但这样命名显得异常宽泛，作为艺术的文学就会被淹没，所以，还是称视听文学较为准确。这样一种梳理更进一步告诉我们，电影是有传承性的，它上承其他六门艺术的不同形式，下启新的艺术样态，但就叙事艺术来讲，它传承了文学的伟大传统。当然，作为一种新的艺术形式，它的空间叙事特征和更为便捷的传播方式反过来又影响了古老的文学艺术，从而形成电影与文学相互影响的态势。

对于百年中国电影而言，文学改编不仅是电影创作题材的重要来源，同时也促成了中国电影发展以"影戏"传统为美学范式，以伦理教化为核心价值的民族特色。可以说中国文学改编电影史，就是一部中国电影史。重新梳理百年来中国电影与文学的关系，可以探究电影作为一门叙事艺术的诸种状态，其中既有其达到的美学高度，也有其存在的美学困境，研究这些问题，对今天的电影发展具有重要的美学价值和现实意义。

一、从"影戏"到小说改编：中国文学与电影改编的早期阶段

与人类历史上众多的文化传播现象一样，新的技术随着战

争、商业和文化交流从一个地方传播到其他地方，作为新技术的电影也随着西方殖民者来到了近代中国。彼时，一方面是西方列强的半殖民侵略，将一部分文化带了进来，其中就有电影技术；另一方面则是中国强烈的求变行动，向西方学习：一开始是洋为中用，新的技术不断被引进，后来到五四新文化运动时则转变为引进新文化、新思想。但是，无论怎么讲，中国的电影还要讲"中国故事"，才会被中国人所接受和喜欢，而那时最方便、最便利的方式便是改编仍然被大众喜欢的中国文学中的戏剧形式，所以，早期电影便与戏剧自然结缘。1905年，北京丰泰照相馆直接把戏曲片段《定军山》拍摄下来，放映给民众看，这并没有什么内容上的创新，但是，它仍然令中国人感到无比新奇、兴奋，甚至惶恐。这就是中国第一部电影。

时至今日，仍然有三个问题值得重新探讨。一是新技术带来的新艺术。《定军山》是把过去实在的舞台搬上荧幕而使其虚拟化了，同时，因其可以无限地复制，无须演员再在其他地方上演。如同网络催生了新媒体一样，这一部电影直接促进了我国当时视听艺术的发展。从人类早期的口头传说到文字的诞生，是人类文学艺术从神话传说过渡到文字语言艺术，而电影的出现，又使文字语言艺术发展为视听艺术。一百多年来，技术的不断完善使得这一艺术不断丰满，这是我们需要重新认识的。

二是戏剧与电影的类似性。戏剧是把作为文学的剧本搬上舞台，使文学真人化、视听化。在这里，我们要探讨戏剧与电影的异同。从某种意义上讲，电影不过是把戏剧虚拟化、固化和复制了，使其可以在无数的地方上演，让更多的人观赏。当然，后期的电影实景化了，这是很大的区别，但在本质上两者是类似的，不过是把舞台变得更为真实了。因此，电影与戏剧最大的区别在于新技术的诞生。

三是戏剧与文学的关系。在古代，凡是文字所表达者，皆在文学的范畴。但现代以来，文学的口径越来越窄，但即使如此，在现在的学科划分中，戏剧剧本仍然在文学范畴之内，这是毋庸置疑的。在不同的时代，导演和演员都可以更换，但剧本是不变的。剧本乃一剧之本，一部戏剧的思想和主要艺术手段都被保存于剧本之中，读者完全可以凭剧本虚构一个独立而自足的艺术空间。所以，戏剧仍然是文学的一个类型。现在，电影作为一门由新技术催生的艺术，其剧本当然也属于文学范畴，但是，今天我们没有人把电影仍然当成文学来看。这是因为人们轻视作为剧本的文学，而重视视听技术和演绎剧本的演员，所以导演竟成了最重要的创作者。反过来讲，也正是电影与文学的短暂分离，使得电影重返新传播技术、重返大众现场、重返民间立场，而这些正是当下精英文学所没有和脱离的。

正是从这些问题出发，我们需要重返20世纪初的电影现场，去寻找文学与电影初次结缘的种种情景。此时，西方电影艺术家正在探索镜头语言和蒙太奇技术，纪录方式仍然是最初的形式，然后有了听觉语言和彩色语言。可以说，电影艺术的自身探索正在如火如荼地进行，叙事艺术方面还处于探索期。与此同时，随着两次世界大战的爆发，西方人的思想也在发生深刻的改变，尼采的"上帝死了"、弗洛伊德的精神分析学、萨特的存在主义正在迅速地影响着艺术家的表达。这些艺术手段和思想自新文化运动时期以来都陆续来到了中国，使得早期中国电影的发展也带有强烈的纪录特色。

总体来讲，早期中国电影发展分为两个阶段：第一阶段为1913年至1931年，辛亥革命之后，中国电影沿着模仿文明戏和改编鸳鸯蝴蝶派小说两条路径发展。这一阶段电影制作者对于影像的了解较浅，只把电影作为纪录戏剧舞台的工具，采用单个固定镜头将表演过程拍摄下来，电影成为市民廉价的消遣方式和商家谋取利润的工具。第二阶段为1932年到1949年，受当时世界共产主义思潮、左翼文化运动、苏联革命电影创作的影响，1932年至1937年之间，一大批具有阶级觉悟和民族意识的左翼作家加入电影创作的行列，以强烈的现实主义创作观念揭露尖锐的阶级矛盾，激发人们的爱国热情和反抗意识。抗日战争爆发之后，虽然中国电影事业遭受了沉重的打击，但文艺创作的现实主义批判力却得到了进一步深化。

如前所述，由于古典戏剧与电影在一定程度上具有相似性，所以中国电影创作自萌芽期开始，就与戏剧有着密不可分的关系。我们甚至可以这样说，电影是对戏剧的再传播。特别是在电影尚被定义为复制物质现实的"杂耍"时代，就更需要从传统艺术样式中去汲取营养。早期电影制作者将传统戏剧直接搬上荧幕，不仅拓宽了戏剧艺术的传播渠道，同时也奠定了中国电影的"影戏"传统。1912年至1917年正是文明戏（早期话剧）兴起的全盛时期，以郑正秋、张石川拍摄的第一部故事片《难夫难妻》（1913）为代表，一批文明戏演员以舞台表演的形式出演电影，并用摄像机完整地记录下来，形成了中国早期电影创作的第一个阶段。这一阶段电影主要模仿文明戏分段式的叙事结构，内容以惩恶扬善、插科打诨的家庭戏为主，其中不乏对当时社会黑暗的映射和对腐朽思想的嘲讽。张石川拍摄的《黑籍冤魂》（1916）来源于彭养欧1904年创作的小说《黑籍魂》，讲述了一名富家少爷因为吸食鸦片最终家破人亡的故事。小说属于晚清盛行的"社会谴责小说"，真实地反映了外国殖民侵略下人们悲惨的生活现实，具有一定的批判性和进步性。小说改编成的文明戏在上海出演，产生了热烈反响，制片公司将其制作成电影，进一步扩展了其中的爱国思想和反侵略意识，体现出积极的启蒙和教育意义。正如郑正秋主张的那样："戏剧应是改革社会、教化民众的工具。"[1] 这一观点同时被带入电影改编中，奠定了中国"影戏"观念的深刻内涵。然而，由于文明戏作为一种外来艺术形式，本身难以承继中华民族的优秀传统，加之1918年之后，文明戏不再严格遵照剧本演出，电影质量开始急剧下滑，电影与戏剧的关系也由此开始逐渐发生分化。这点从电影的娱乐性、商业性来理解更

---

1. 钟大丰、舒晓鸣：《中国电影史》，中国广播电视出版社1995年版，第12页。

为透彻。

早期中国电影以商业放映为开端，电影事业从无到有与当时的商业发展有着紧密的联系。20世纪20年代正值民族工商业繁荣发展，社会"游资"相对充裕，资本家将目光投向电影业，开始在各地兴办电影制作公司，其中以"明星""联华""天一"三家最具代表性。"从1921年到1931年，中国各影片公司共拍摄约650部故事片，其中绝大多数都是由鸳鸯蝴蝶派文人参加制作，影片内容多为鸳鸯蝴蝶派文学的翻版。"[1] 这些电影多是描写才子佳人、男女情爱、风花雪月的爱情故事，例如徐枕亚的哀情小说《玉梨魂》（1924），包天笑翻译的《苦儿流浪记》（1925）、《野之花》（1925），张恨水的爱情小说《啼笑因缘》（1932）等，都在流行杂志或时尚小报上打响名号后被迅速改编成电影。由于鸳鸯蝴蝶派文人具有丰富的小说和戏剧创作经验，同时又深谙文化市场和小市民心理，因而电影公司也会直接聘请他们作为编剧加入电影的制作环节。例如包天笑加入明星电影公司后创作的《可怜的闺女》（1925）、《好男儿》（1926）、《多情的女伶》（1926）等电影剧本，都获得了较好的经济收益，尤其是经包天笑翻译的日本畅销小说《野之花》改编而成的《空谷兰》（1925），更是为明星电影公司创下了十三万两千余元的票房纪录。除了撰写剧本，他们还兼任导演、演员等，不仅使中国电影和文学创作紧密地联系了起来，

---

1. 程季华：《中国电影发展史》，中国电影出版社1998年版，第85页。

同时也形成了中国电影重视题材的现实性和情节的传奇性的传统。在商业化浪潮与文学改编的推动下，这一阶段相继出现了古装、武侠、神怪三种热潮，可以说是早期中国电影类型化的开端。从这一路径来看，商业化和娱乐化对电影的发展有利有弊。一方面，正是商业化和娱乐化的要求，使得电影在叙事方面迈开了步伐，小说的电影改编走向艺术化道路，这是利的方面；另一方面，因为商业的要求，电影始终在大众化、娱乐化的低端行进，电影成为大众茶余饭后的娱乐内容，在艺术和思想方面的追求便也止步了，这是弊的一面。

然而，无论如何，社会仍然有它的进步追求，而这种追求也一定会在当时最有传播力的手段中得以体现，这便是 20 世纪 30 年代的进步电影。在"白色恐怖"的笼罩之下，以鲁迅、沈端先（夏衍）、冯乃超为代表的文学家，于 1930 年创立了"中国左翼作家联盟"，积极引进和宣传无产阶级文学思想，强调文艺创作的批判性和真实性。与此同时，有声电影的出现和苏联电影经验的传入，使中国电影艺术的表现能力得到了大幅度的提升。"九·一八"事件爆发以后，反日民族热情空前高涨，中国共产党于 1932 年成立电影小组，在瞿秋白的带领下，一批左翼作家进入电影界，通过剧本创作和文学改编，掀起了著名的"左翼电影运动"（1932—1937）。虽然这一阶段直接由文学改编的电影并不多，但左翼文学思潮当中的阶级性、批判性、斗争性和教化意义，却为中国电影的文学改编奠定了重要的理论基础，尤其是 1934 年，苏联第一次作家代表大会正式确立的"社会主义现实主义"，更是为中国现实主义电影创作指明了方向。夏衍根据茅盾"农村三部曲"小说改编的《春蚕》（1933），与原著的精神风格高度契合，讲述20世纪30年代江浙一带的养蚕户，在资本主义和封建迷信的双重压迫下，好不容易获得丰收，却因为遇上战争而负债累累。影片勾勒出当时帝国主义的军事侵略和经济渗透对中国农耕经济秩序和民族工商业带来的毁灭性打击，以及中国农民备受压迫、日趋贫困的残酷现实。郑正秋根据自己的舞台剧《贵人与犯人》改编的《姊妹花》（1933），描述了一对自幼与父母分离的孪生姐妹，分别嫁给木匠和军阀后，两种截然不同的命运。影片保留了原作的故事情节和悲剧色彩，突出强调了阶级对立和贫富差距造成的痛苦人生，具有一定的社会批判性，虽然大团圆结局仍带有小市民幻想情绪，但其中不乏深刻的启蒙和教化意义。虽然抗战时期中国电影事业遭受到严重的打击，但左翼作家的现实主义创作观和"忠于原著"的文学改编观，却逐渐成为中国电影艺术主流价值而延续至今。

这一时期文学的电影改编可总结为两个方面。一是关于电影的本质，其有教育、启蒙和改造社会的功能。这一点在最近几十年的电影发展中被淡忘了。人们认为电影就是商业的、娱乐的，电影不应当承担这两者之外的其他任务。不仅如此，新时期以来的文学艺术家普遍认为，文学艺术就是用来娱情的，是小众的，不必承担社会大任。这是文学艺术逐渐脱离社会、大众和崇高意义的原因之一。二是电影是文学的再创造，但是文学的电影改编必须忠实于原著。这种观念产生于电影发展的初期，是文学家强烈渴望干预社会、改造社会、救国救民时期对电影的认识。这种观念使得文学与电影高度合一，但在后来的讨论中则被分解为两种认识，一种是认为文学高于电影，一种则是不满于电影成为文学的附庸，这是电影创作者不满于文学拘囿的原因。关于这些，在后面仍然有探讨，在此先不做判断。

二、从"忠于原著"到政治传声筒：新中国成立后三十年文学改编电影的歧路和启示

早在前一个时期，人们对电影的理解还是文学的图像解读，所以，这种现状也便形成了文学改编电影的早期理论。夏衍将其凝练为"忠于原著"的改编理论。他的这些理论弥漫于《杂谈改编》《漫谈改编》《谈"林家铺子"的改编》以及《对改编问题答客问》等著作中。他在《杂谈改编》一文中曾提道："从一种样式改编成为另一种艺术样式，所以就必须要在不伤害原作的主题思想和原有风格的原则之下，通过更多的动作形象——有时不得不加以扩大、稀释和填补，来使它成为主要通过形象和诉诸视觉、听觉的形式。"[1]"十七年"时期，夏衍在《杂谈改编》中强调：改编名著必须"忠实于原著""不伤害原作的主题思想和原有风格"。20世纪60年代，他又提出改编

---

1. 夏衍：《电影论文集》，中国电影出版社1979年版，第188页。

要取其精华去其糟粕。夏衍的改编理论对中国电影在文学改编创作实践方面具有深远的影响。

早在《延安文艺座谈会上的讲话》时期，毛泽东就已经为社会主义文艺确立了明确的方向。新中国成立以后，这一方向便成为整个中国社会主义文艺的发展方向，文艺成为思想意识形态的一部分。在过去几千年间，文艺虽然也是意识形态内容的一部分，但文艺创作是相对自由的，同时，文艺到底为什么人服务也没有明确的规定。"文字狱"的历史告诉我们，过去的文学创作也是有边界的，不能写什么是被明确规定了的。文以载道是传统文学的方向，但文学是在一定的边界下自然生成的，所以有帝王将相文学，有才子佳人文学，有山林文学，也有宗教文学。但《讲话》明确要求文艺为工农兵服务，"为人民服务"，将对象明确化了，这是几千年文艺之大变局，所以也就有了大量乡土题材和以农民为主角的文学。刘再复认为这是关于人的文学中的第三次解放。文学和重心一再地下移，终于到了地面上，到了地面上最底层的民众中。从社会发展的角度来讲，这不能不说是文学的伟大变革。但是，农民是不是文明的代表，是不是社会道德的楷模？是不是所有的农民都可以树碑立传？农民生活是不是人类的生活向度？农民还要往哪里去？等等，这些问题便成为这一时期文艺创作的难点。当然，它也是今天文艺创作的难点。

1948年中宣部在《关于电影工作的指示》中明确指出："阶级社会中的电影宣传，是一种阶级斗争的工具，而不是别的东西。"[1] 1951 年文化部在《加强党对于电影创作领导的决定》的报告中特别提出："电影是最有力和最能普及的宣传工具，同时又是一个复杂的生产企业。保证电影能及时生产而顺利完成政治宣传任务的决定关键，乃在于电影剧本创作的具体组织工作与思想指导。"[2] 很显然，电影在新中国成立前后的任务在于"宣传"，它是"一种阶级斗争的工具"，这就使得电影创作者自觉将个体艺术理想隐匿起来，服从时代政治和主流意识形态的需要。这是那时电影发展的大势环境。

从新中国成立到改革开放的 30 年间，文学改编电影总体分为两个发展阶段：第一阶段为"十七年"时期，这一时期的电影主要是对小说和舞台剧的改编。据统计，"十七年期间，除去戏剧片，故事片 435 部，其中改编剧本 121 部"[3]，多数迎合广大工农兵的审美趣味，改编者不求艺术有功，但求政治无过。第二阶段为"文革时期"（1966—1976），这一时期的电影主要是对样板戏的改编，这一阶段中国电影事业遭受到严重的打击并倒退，在"根本任务"和"三突出"原则的压抑下，电影创作在曲折中艰难徘徊。

"十七年"文学的电影改编主要围绕革命历史、政治斗争、

1. 胡菊彬：《新中国意识形态史（1949—1976）》，中国广播电视出版社 1997 年版，第 4 页。
2. 吴迪：《中国电影研究资料：1949—1979（上卷）》，文化艺术出版社 2006 年版，第 81 页。
3. 刘鑫：《十七年时期现代名著的电影改编问题——以〈祝福〉、〈林家铺子〉、〈二月〉为例》，首都师范大学硕士学位论文，2008 年。

现实生活三种题材，内容主要反映中国共产党艰辛的革命历程，歌颂革命英雄人物的丰功伟绩，或者赞颂人民群众在争取解放自由、提高政治权利和生活水平方面做出的卓越贡献。例如由杨沫根据自己的同名小说改编的《青春之歌》（1959），将个人情爱与革命叙事相结合，反映出中国共产党的先进性。凌子风根据梁斌同名小说改编的《红旗谱》（1960），在阶级斗争中塑造农民英雄形象，反映出革命道路的艰辛与伟大；还有他根据曲波同名小说改编的《林海雪原》（1960），在集体意志中书写英雄神话，谱写解放战争的传奇史诗。夏衍根据罗广斌、杨益言小说《红岩》改编的《在烈火中永生》（1965），通过反映共产党人狱中顽强的斗争精神，达到对广大人民群众的鼓舞和教化意义。可以说"十七年"的文学改编电影，基本是在一种宏观的历史视野下，书写波澜壮阔的革命斗争精神。改编以夏衍的方法为中心，倡导文学改编应该"力求忠实于原著，即使是细节的增删、改作，也不应该越出以至损伤原作的主题思想和他们的独特风格"[1]，同时强调文学改编应当以历史唯物主义、阶级分析的方法使影片的思想性有所提高，并使观众更容易接受，更能正确看到事物的本质，使改编后的作品更富有教育意义[2]。因而对于现代小说的改编大多配合当时多变的政治运动，一方面进行无产阶级思想教育，一方面表达艺术家曲线救国的艺术理想。例如根据鲁迅同名小说改编的《祝福》（1956），根据巴

---

1. 夏衍：《电影论文集》，中国电影出版社1979年版，第189页。
2. 同上书，第189页。

金小说改编的《秋》（1954）、《寒夜》（1955），根据茅盾小说改编的《腐蚀》（1950）、《林家铺子》（1959）等作品，基本都原封不动地呈现出了小说的原貌，使"十七年"时期成为中国电影史上文学与电影联系最为紧密的一个阶段。

"文化大革命"期间，中国文艺界遭受到严重的打击。在以"四人帮"为首的反革命集团的控制和利用下，一大批戏剧演员和电影工作者遭受迫害，全国大多数剧团、电影厂被迫解散关闭。文艺创作伴随着政治神话的诞生，在"塑造无产阶级英雄形象"的"根本任务"误导下，除了以《红灯记》《沙家浜》《智取威虎山》《奇袭白虎团》《杜鹃山》《海港》《白毛女》《红色娘子军》为代表的"革命样板戏"，其他的艺术创作几乎完全处于停滞状态。1966—1970 年期间，除了中央新闻纪录电影制片厂制作的《新闻简报》，电影界竟没有拍摄出一部影片。直到 1970 年以后，为了扩大样板戏的影响力，一些电影厂才开始对其进行翻拍。这一阶段的文学改编遵照"三突出"原则，即"在所有人物中突出正面人物；在正面人物中突出英雄人物；在英雄人物中突出主要英雄人物"，将正面人物塑造成清一色的"高大全"的形象，对性格方面描述则被扣上"人性论"的帽子，因而人物显得动作生硬，语言呆板，毫无个性可言。至于在影片的主题表达方面，这些由样板戏改编的电影以阶级斗争为纲领，为了表现"敌远我近、敌俯我仰、敌暗我明、敌冷我暖"，甚至不惜将反面人物进行妖魔化，从而突出无产阶级英雄典型，而原剧中真实的背景、曲折的情节、情趣化的细节则被削弱和忽略了。在极"左"思潮的影响下，中国电影彻底成为一种"口号式"的宣传工具，这种极端的美学观，不仅使中国电影发展产生了严重的倒退，同时也摧毁了"现实主义"创作观念，使电影逐渐成为控制舆论的工具。1976年出现的一些现实农村题材的电影，映射"走资本主义的当权派"的现象十分严重。"文革"期间中国的文艺事业几乎完全停滞下来，可以说是文学与电影创作最为困难的岁月。

电影不仅是一门艺术，同时，其作为一种工业时代的产物，也有着商业性与娱乐性。我们有时难免会犯走极端的错误，即当我们强调电影的艺术性时往往会否定其商业性和娱乐性，而当我们强调其商业性和娱乐性时往往又忽视其艺术价值。新中国成立之初，电影作为革命事业的重要组成部分，在政府的强力监管和领导下，以其天然的大众性体现出宣传教育意义。1956年，"双百方针"的提出为"十七年"文学的电影改编提供了良好的政治氛围，为中国电影发展奠定了严肃、崇高的历史主题和文化基调。然而，人们由于当时缺乏对电影本体的认知，只将其作为"意识形态教化的工具"和"阶级斗争的武器"，从而忽略了电影本身具有的艺术价值和娱乐功能，这同样违背了电影艺术的美学规律，导致电影逐渐沦为政治的传声筒，只能"戴着镣铐舞蹈"。

从历史的角度来看，这一时期文学的电影改编也给我们很多启示：一是夏衍的"忠实于原著"理论在当时对电影的发展显然是起着重要且巨大作用的，客观上也推动了电影的发展，使电影在叙事上成为一门艺术。这种理论既尊重文学，也尊重电影，但是，对于部分电影工作者来讲，这也在一定程度上束缚了创造力，于是便有了 20 世纪 90 年代以后的种种探索。事实上，这一时期的世界电影也在经历着同样的发展历程。在今天仍然流行的那些二战时期至 20 世纪 80 年代之间的经典电影，很多是在"忠实于原著"的理论下拍摄的。这些电影不仅有优秀的文学传统，同时又以经典电影的面目传承至今，比如对莎士比亚作品的改编，再比如对《乱世佳人》《傲慢与偏见》的改编等。为什么非要忠实于原著呢？这可能是必须回答的一个问题。19 世纪和 20 世纪是人类历史上文学传播力度最大的时期，尤其是印刷术发达的 20 世纪，可以说是文学的黄金岁月。在那个世纪，虽然也产生了电影、电视等新的传播手段，但是，当时的人们仍然把哲学家、诗人、作家当成生活的导师，而不像今天一样把诗人、作家踩在脚下，而把电影导演、演员等的话当成座右铭。在那样的年代，文学是神圣的，电影、电视只能作为它的再传播者而存在。但也正是因为那样的神圣存在，所以导演、演员们都把剧本看得很重，把文学的思想性和艺术性反复地琢磨后进行表演，所以，那一时期的电影较好地传承了文学的艺术特征。相反，在不尊重文学和不太重视剧本创作的时期，电影往往重视的是商业价值和娱乐性，其艺术性和思想性就很低，也很难产生流传后世的作品。关于这一点，后面还要论述，在此不再赘述。

二是戏剧与电影的因缘续结，再一次说明戏剧性是电影的特征之一。虽然"文革"时期的电影基本都是样板戏的翻拍，是忠实的纪录，基本上没有多少创新，但是，结合戏剧的特征和早期电影的影戏传统来看，电影在时间、人物形象的塑造及故事情节的处理等方面基本上与其有类似之处。电影不可能把一部长篇小说中的所有细节都表现出来，它只能选取其中的一些情节来进行改编，这与后来的电视剧就不同了。在这方面，电影的创作与戏剧就基本一致了。戏剧需要典型人物来反映思想，电影也一样；戏剧需要在一两个小时内完成，电影也一样；戏剧需要矛盾冲突来进行人物的塑造，电影也一样；好的戏剧里人物的对白是非常经典的，好的电影也一样。此外，后来样板戏的影视改编也进一步显示，戏剧里的人物形象、对话等都是非常经典的，这是一般的编剧很难达到的艺术水准。

三、从"忠于文学"迈向"忠于电影"：新时期以来文学改编电影转向

1978 年十一届三中全会召开，提出了"解放思想，实事求是，团结一致向前看"的基本思想路线。历史浩劫带来的挫折与伤痛、现代化建设的阻碍与困难、中西方科技与文化的巨大落差，使"旧文化扬弃与新文化建设"成为这一时期的时代主旋律。1979 年第四次全国文代会重申"双百方针"，指出"党对文艺工作的领导，不是发号施令，不是要求文学艺术从属于临时的、具体的、直接的政治任务，而是根据文学艺术的特征和发展规律，帮助文学工作者获得条件来不断繁荣文学艺

术事业，提高文学艺术水平，创作出无愧于我们伟大人民、伟大时代的优秀的文学艺术作品和表演艺术成果"[1]。文学界长期被禁锢的思想得以解放，文学创作重新回归现实与人性，开始反思历史带给人们的精神创伤，以及集体主义对个体成长产生的压迫。在人本主义和现实主义观念的影响下，文学界相继出现了反思文学和寻根文学。与此同时，电影业从恢复放映入手，"十七年"时期的优秀电影解禁，长期被压抑的电影市场得以喘息。电影体制的不断改革和电影本体价值的重新讨论，促使艺术家从文学改编出发，不断探索电影的本体表达，形成了中国电影史上第二个文学改编电影的"黄金时期"。这一时期大致分为两个阶段：第一阶段为20世纪80年代经典文学和正在发展中的纯文学的电影改编，改编者在忠于原著的基础上有限度地对其加以创造。第二阶段为20世纪90年代通俗文学的电影改编，改编成为一种社会文化语境当中的再创作。文学与电影的关系逐渐朝多元化方向发展。

20世纪80年代的中国电影被称为"拄着文学拐杖"前进，无论在创作思潮还是叙事主题方面，电影始终紧随文学的步伐。这一阶段，"文学的霸权地位仍然得到大多数业内外人士的肯定"[2]。从1981年到1999年，历届"金鸡奖"获奖影片大多来自文学作品改编。例如谢晋根据鲁彦周同名小说拍摄的《天云山传奇》（1981），获第一届"金鸡奖"最佳故事片奖；

---

1. 邓小平：《邓小平文选》第2卷，人民出版社1994年版，第213页。
2. 李振渔：《论文学名著的电影改编》，《电影艺术》1983年第10期。

张其、李亚林根据张弦同名小说拍摄的《被爱情遗忘的角落》（1981），获第二届"金鸡奖"最佳编剧奖；王启民、孙羽根据谌容同名小说拍摄的《人到中年》（1982），获第三届"金鸡奖"最佳故事片奖；陆小雅根据铁凝的《没有纽扣的红衬衫》改编的《红衣少女》（1985），获得第五届"金鸡奖"最佳故事片奖；颜学恕根据贾平凹的《鸡窝洼人家》改编的《野山》（1986），获第六届"金鸡奖"最佳故事片奖；谢晋根据古华同名小说改编的《芙蓉镇》（1987），获第七届"金鸡奖"最佳故事片奖；吴天明根据郑义同名小说拍摄的《老井》（1987），获得第八届"金鸡奖"最佳故事片奖。这些主要由伤痕文学改编而成的影片，虽然在改编策略上依旧"忠于原著"，但是在题材选择上开始愈发关注普通人的情感和命运，在叙事方面有意地抛弃戏剧式结构，并与宏大叙事理性地保持一定距离。导演凌子风曾大胆地提出："改编就是原著加我，别人怎么着跟我无关。"[1] 从他新时期对《骆驼祥子》（1982）、《边城》（1984）、《春桃》（1988）等经典现代文学作品的改编中，可以明显看出导演根据自身的生活体验，不同程度地弱化了原著中激烈的阶级冲突，并从人文关怀的角度对主人公加以适当的理解和美化，使影片整体呈现出一种细腻、温情的"陌生化"效果。20世纪80年代文学与电影积极互动的关系，不仅使人们压抑、匮乏的精神生活得到了极大的满足，同时也为电影本体表达的

---

1. 左舒拉：《"真人"凌子风》，《当代电影》1990 年第 2 期。

不断探索打下了坚实的基础。可以看出，此时的电影虽然也取得了很高的艺术成就，但都是在文学已经设定的范畴下小心地进行着，它自身作为一门独立艺术的独立探索尚未开始。这似乎是预设的艺术向度，只是在等待一个机缘而已。

而这个机缘就在国门打开之时，在西方的电影艺术之风吹拂中国大地之时，早已蛰伏的叛逆精神被吹醒了。事实上，在西方，也是到了20世纪中期，有关电影的独立探索才达到了高潮。巴赞等人的电影理论影响了很多电影艺术家，他们开始建立关于电影本身的理论，试图从影像的角度而非文学的角度来建立新的叙事伦理。当这些理论和其他文学艺术以及哲学思想一并涌入中国时，关于电影艺术的新的探索便开始了。20世纪80年代末90年代初，以张艺谋、陈凯歌为代表的第五代导演纷纷奉行欧洲的"作者论"，主张电影丢掉戏剧和文学的拐杖，寻找自身独特的艺术表达，逐渐从"忠于文学"迈向了"忠于电影"。然而，在对电影本体表达的探索过程中，第五代导演非但没有抛弃文学改编，反而显示出更强的依赖性。他们主要从新时期的文学作品中汲取故事和灵感，同时与作家之间建立紧密的互动关系，以电影独特的表达方式呈现文学小说的主题、情节和内涵，成就了中国电影史上一段"文学与电影的联姻"。例如张艺谋根据莫言同名小说拍摄的《红高粱》（1987），讲述了20世纪30年代山东高密充满原始感的农村生活，以及后来抗日战争时期，主人公带领村民浴血奋战的悲壮故事。作为寻根文学改编电影的突出代表，小说的先锋性体现在反传统的意识流叙事和语象世界的构建中，而电影的成功之处则在于张艺谋的场面调度和色彩运用。虽然电影和小说都反映了对人性和生命的礼赞，但在形式和表达层面上却大相径庭。陈凯歌根据李碧华同名小说拍摄的《霸王别姬》（1993），将人物命运与京剧文化结合起来，通过讲述两位京剧伶人的悲欢离合，重现了20世纪中国社会的变迁，由此阐发对历史伤痛和传统文化的深刻反思。比起小说而言，电影当中的时空跨度明显缩短了，人物之间的关系设置更加紧密，情节的铺设更加具有冲突性，甚至两者最终的结局都大不相同，可以说是一种对原著小说的再创作。新时期文学与电影的彼此交融，不仅使中国电影在世界舞台上显示出独有的文化魅力，并且也使文学创作受到了极大鼓舞，很多本来"无人问津"的小说在改编成电影之后，一时间也变得"洛阳纸贵"。正因如此，电影的经济属性和文化价值开始受到人们的关注和重视。

20世纪90年代以后，市场经济的快速发展促使中国电影体制进入全面改革时期，广电部接连发布《关于当前深化电影行业机制改革的若干意见》（1993）、《关于进一步深化行业机制改革的通知》（1994）、《关于改革故事影片摄制管理工作的规定》（1995）三份文件，将电影业正式从计划经济推向了市场经济。电影在与其他文化娱乐业的竞争环境中，必须从受众的角度出发，对故事的趣味性、娱乐性和商业性加以考量。如此一来，"后新时期"电影的文学改编便由严肃文学转向了通俗文学，同时在文本的选择上更加倾向于都市题材。例如张艺谋根据述平的《晚报新闻》改编的《有话好好说》(1997)，通过讲述都市男女之间的奇异恋爱，反映现代都市生活的空虚与困惑；冯小刚根据王朔的《你不是一个俗人》改编的《甲方乙方》(1997)，通过讲述四个年轻人荒诞的创业经历，映射现代社会中情感的疏离和冷淡；杨亚洲根据刘恒的《贫嘴张大民的幸福生活》改编的《没事偷着乐》(1999)，通过塑造生活在底层的平民老百姓，展现中国人丰富的生活情感和哲理等，使改编从过去精英知识分子主导的审美理想中解脱了出来，给予了当时市民阶层足够的精神支持。这些由通俗文学改编的娱乐电影与主旋律电影、艺术电影交相辉映，共同构成了20世纪末中国电影繁荣发展的局面。

这一时期文学的电影改编对后来的电影人有三个方面的影响和启示：一是文学与电影的关系到底是什么？从巴赞等人的电影理论可以看出，西方理论家并非是从叙事的角度即讲故事的基础上进行其艺术的建构的，而是从影视语言（镜头、蒙太奇、色彩、声音等）出发试图建立新的电影艺术美学。这固然是成立的，如同研究文学也是要从文字语言出发进行建构，但是，我们非常清楚，文字语言只是修辞的内容，文学的意义空间和形象建构虽然与修辞关系甚大，但好的修辞不一定能建构起伟大的意义世界和形象来，这一切都要有文字来进行诉说才能完成，这是一种综合能力的体现。电影也一样，剧本只有在进行影视语言的修辞转换后才能变成电影，所以，讨论电影的影视语言是电影研究的基础。但是，电影毕竟是要进行叙事的，而这种叙事的传统过去都保存在文学之中，这已经成为人类的习惯。诗歌、散文、小说甚至新闻、传记都是文学的方式。诗歌的跳跃与蒙太奇其实是类似的。小桥、流水、人家是三个自足的词和事物，古典诗词将这三个词联系在一起便产生了奇异的想象空间，这难道不正是蒙太奇吗？散文可以不讲故事，只讲一些景物，这不正是先锋电影的方式吗？新闻和传记在记录人类的现实，这不也正是电影记录的方式吗？不错，电影会改变我们的思维，但我们不能说发明了电影，那些电影手法才被一点点发明出来，相反，它们大多早已存在于人们的思维中，只是人们慢慢地用镜头实现了而已。因此，讨论电影语言的修辞不能成为电影的全部，就好像讨论文字语言的修辞不能成为文学的全部一样。它只是形式的美学。这里有继承的关系。而关于内容的继承就更需要从文学那里汲取了。

二是何谓忠于电影？从电影发展的历史上看，电影艺术家在尽可能地摆脱文学的束缚，从而为电影建立自己的美学范畴。所谓忠于电影指的是电影作为一门独立的艺术，要与文学（包括戏剧）分离，独立上路。从上面的分析我们可以看出，与文学分离也就是要与人类叙事的大传统进行分离。那么，如何进行呢？从20世纪90年代以来的电影发展来看有两种，一种是不从文学改编，直接进行剧本创作，但这难道就是与文学分离吗？难道剧本不是文学吗？二是从已有的小说中选取一部分进行改编，或者只取其形象，进行二度创作，关于这一点可从后来的 IP 改编中体会到，也就是不必忠于原著。这使得 20 世纪 90 年代中期开始，尤其是市场经济慢慢作用于电影市场后，导演开始轻视起文学来。

三是什么样的文学更符合电影改编？这其实是"忠于电影"之后的思维方式，也是市场经济时代商业和娱乐的思维方式。关于这一点，后面将讨论得更多一些，在此暂不赘述。

四、远离文学与自由加工：新世纪文学改编电影的问题与忧虑

2001 年底，中国正式加入世界贸易组织，标志着中国电影对外开放进入了崭新的阶段。2004 年，广电总局出台了《关于加快电影产业发展的若干意见》，为电影发展提供了有力的政策支持。电影在与电视、网络、手机等传媒行业的市场竞争中，走向了更为复杂、多元的国际传播语境。在完全以市场和产业主导的创作环境中，文学与电影的创作出现了诸多问题和矛盾，一方面，电影为了迎合大众口味，开始追求视觉奇观、叙事规模和明星效应，远离文学性，从而忽视了"文以载道"和"教化民众"的传统审美理想，导致国产大片至今难逃"叫座不叫好"的尴尬处境；另一方面，网络写作的兴起直接降低了文学的准入门槛，通俗文学逐渐成为一种"文化快餐"，而纯文学由于其本身的思想性、先锋性、严肃性，逐渐受到市场的排斥。影像的传播话语权逐渐高于文学，作家为挣"快钱"纷纷"触电"当编剧，或直接进行电影化写作的现象蔚然成

风。正如朱国华所言："在这场美学革命中，电影以其必然性对于艺术的规则进行了重新定义，在资本经济的协同作用下，作为艺术领域的后来居上者，它迫使文学走向边缘。在此语境压力下，文学家能够选择的策略是或者俯首称臣，沦为电影文学脚本的文字师，或者以电影的叙事逻辑为模仿对象，企图接受电影的招安，或者从种种语言或叙事企图中冲出重围，却不幸跌入无人喝彩的寂寞沙场。"[1] 这一时期的文学改编在多元芜杂的商业环境中主要分为两类，一是经典文学改编的商业电影，二是网络文学改编的娱乐电影。

事实上，此时的文学本身面临诸多困境，一是网络写作的影响，使得传统的严肃文学面临挑战；二是新媒体传播的大众化对严肃文学产生挑战；三是影视的强势发展使文学在社会上的地位逐渐式微；四是文学界对文学功能的定位逐渐从中心话语转向小众、边缘；等等。凡此种种，使得文学本身也面临着受众减少、影响力渐弱的局面。同时，电影的发展却引来了它前所未有的好时光，一是市场的强力加入使中国逐渐成为世界电影大国；二是电影在商业化、娱乐化、产业化发展的同时，在技术和电影语言的修辞方面得到极大的提升；三是影视创作专业作为高校新型专业，培养了大批专门的人才；四是影视学科在高校蓬勃发展，自身的学科范式和电影美学理论正在建成；五是网络与新媒体的发展为电影的发展带来了更为便利

---

1. 朱国华：《电影：文学的终结者？》，《文学评论》2003 年第 2 期。

的条件；六是视听传播的逐渐普及与习惯的养成使视听传播比文字传播更为有效，从而使得电影在人类生活中的位置越来越重要，其在精神生活中的中心位置正在形成；等等。凡此种种，可以看出电影的发展与文学恰恰形成鲜明的对比。在这种背景下，我们来考察近20年文学的电影改编便会更为清晰。

以张艺谋集结众多国际电影工作者和华语电影明星拍摄的《英雄》(2002)为起点，中国电影正式开启了商业大片时代。电影创作在资本和票房的裹挟之中，难以保持其艺术上的独立性，文学改编也从"忠于原著"走向了"自由加工"。庄子曾言，"道术将为天下裂"(《庄子·天下》)，指的是那个学说纷起的诸子时代，每个人都从自己的需要出发而对"古之道术"进行新的解读，道也将向不同的方向偏移。当文学的精神被电影"放弃"之后，"道术"也将裂为种种。一种为商业之术。例如张艺谋根据曹禺的戏剧《雷雨》改编的《满城尽带黄金甲》，将原著中描述的1925年前后封建资产阶级家庭背景，直接改成了五代十国年间的帝王家庭，只保留了基本的人物性格和故事情节，完全不加修饰地给人物套上了古装动作片的商业外壳。虽然影片在大场面的拍摄和色彩运用上极具视觉震撼力，但人物关系的构建却在脱离时代语境的状况之下显得十分牵强，同时，原著中对封建资产阶级思想的讽刺和批判态度也被彻底消解了，导致影片的艺术性大打折扣。与此相似的还有冯小刚根据莎士比亚戏剧《哈姆雷特》改编的《夜宴》

（2006），虽然导演有意想把西方人文主义精神转化为爱与欲望的表达，但影片在本土化的文学改编上却做得远远不够，影片在人物的塑造方面难以摆脱原著情节的束缚，明星像是穿着中国宫廷戏服上演一出西方话剧，中西方之间的文化差异使得影片多少显得有点不伦不类。另一种则为娱乐之术。陈凯歌根据元杂曲《程婴救孤》改编的《赵氏孤儿》（2010），虽然取材于中国古典四大悲剧之一，但是导演并没有遵循原著所宣扬的传统"忠义"观，而是从小人物的内心情感出发，重新书写现代主义人文关怀，可以说是以古代故事架构来表达当代价值观。这种具有前瞻性的改编观念虽然值得鼓励，但就当时正处于发展期的中国商业电影而言，自由式的文学改编仍难以被大众接受，加上影片在对人物情绪的弱化处理上明显存在诸多逻辑上的瑕疵，导致了观众对影片的种种诟病。可以看到，虽然21世纪以来文学改编电影在题材的选择上更加宽泛，在表达的形式上更加自由，但导演在面对观众多变的审美取向、中西方文化的差异、艺术与商业的矛盾时，通常面临难以取舍的复杂局面，这成为新世纪文学改编的重要难题。

张艺谋曾坦言道："现在我也清楚，中国文学的现状不像十年前，你很难看到一个小说那么完整，那么具震撼力。现在文学不景气，所以我们要把标准放低，你不可能看到像《红高粱》《妻妾成群》那样在思想和意义上都完整的小说，我们只改动百分之四十。……为什么我自己不写剧本？很多人都这样问我，我觉得人是有自知之明的，我属于借题发挥的类型，我不擅于白手起家，我不能想象。"[1] 21 世纪以来严肃文学创作的不断边缘化，间接导致了商业电影改编的艺术性缺失，同时也是当下中国电影"剧本荒"的关键成因。而网络文学庞大的读者群体、廉价的传播方式、丰富的影像渠道，恰好为迷茫的中国电影提供了创作的方便之门。2010 年以后，网络小说改编逐渐从电视剧走向了大荧幕，例如张艺谋根据艾米同名小说改编的《山楂树之恋》（2010），徐静蕾根据李可同名小说改编的《杜拉拉升职记》（2010），滕华涛根据鲍鲸鲸同名小说改编的《失恋 33 天》（2011），陈凯歌根据文雨的《请你原谅我》改编的《搜索》（2011），苏有朋根据饶雪漫同名小说改编的《左耳》（2014）等，由于十分符合当下大众的审美趣味和文化心理，都获得了不菲的票房成绩。虽然网络小说改编在短时间为电影产业发展注入了新鲜血液，但其在初期发展阶段仍带有严重的盲目性。网络文学巨大的市场空间和经济效益，促使大批电影公司开始竞相抢购网络 IP，并将其进行简单的内容压缩之后直接搬上荧幕，不仅使改编后的影片在题材、叙事和表达上毫无新意，并且使电影创作完全丧失了应有的艺术价值观。反观网络小说创作在影视和资本的刺激之下，为了进一步夺人眼球，不惜将大量奇幻、暴力、色情元素融入叙事，导致其在市场竞争中开始失序，对现实的架空和情绪的宣泄，使网络小说与传统文学精神渐行渐远。文影之间不仅没有形成良好的互动

---

1. 彭吉象：《影视美学》，北京大学出版社 2016 年版，第 359 页。

关系，反而加剧了彼此之间的恶性循环，同时也间接缩短了网络小说改编电影发展的寿命。

过分的商业化追求和娱乐化倾向不仅消解了传统中国由文学教育所建构的意义世界，同时也影响了人们的日常生活，这是网络语言和影视的娱乐性所带来的结果。一开始人们只是觉得新奇、好玩，但后来就被慢慢改变了。微博、微信和抖音等新媒体的到来，使日常开始娱乐化、消费化。技术在方便人类生活的同时，也打破了一些意义和伦理的界线，对人类生活开始产生负面的影响。此时我们会发现，严肃的文学仍然在保卫人类精神的严肃性，在反思以上这些人类经验的负面清单，但是，因为商业和娱乐的裹挟，大多数电影还在追求过分的商业化和娱乐化，无法为人类的精神生活带来正面的健康的营养，而源头之一，就在于放弃了文学的崇高追求，放弃了严肃的文学性。

所以，不难看出，21世纪以来电影的文学性缺失是当下文学改编电影的关键问题所在。同时，由于电影的理论批评还在初建阶段，电影也缺乏基本的精神护驾。于是，在这个以"娱乐"为主导的商业时代中，电影以其视觉修辞所带来的明显的感官优势迅速凌驾于文学之上。当代小说创作为了尽可能迎合影视改编的需要，逐渐开始以剧本化方式进行创作，同时小说家也会经常作为编剧直接参与电影改编。像刘震云的《温故一九四二》《我不是潘金莲》，严歌苓的《归来》《芳华》等小说作品，在叙事结构、人物塑造、动作描写、语言表达方面均具有强烈的电影化特征，也均被改编成电影在院线上映。原著小说家直接介入改编工作，一方面增强了电影的艺术内涵，提高了其精神高度，但另一方面也使文学创作的独立性受到诸多阻碍，"文学评论家和他们在戏剧界的同行们一样，多年来一直为电影对小说的这种影响感到悲哀"[1]。严歌苓曾表示，长期从事编辑工作对小说创作有伤害。莫言也曾经说："我忘记了一个作家最重要的是要在小说中表现自己的个性。这个性包括自己的语言个性，包括通过小说中的人物，表现自己的喜怒哀乐，包括丰富的、超常的、独特的对外界事物的感受。"[2]许多作家在提笔书写之前，就已经考虑到小说改编成电影的可能性，便不得不在创作过程中充分考虑读者的接受能力，以及拍摄成电影的现实性"资源"。如此一来，作家的想象能力和表达能力便被限制了。因而解决问题当下文学改编电影问题的关键，既不能单方面地从文学或电影的角度出发，也不能一味强调文学与电影的从属关系，而是应当思考如何在资本与市场的合谋之中，重新树立中国影视文学创作的传统和精神。

在这一阶段中，文学与电影的关系比起任何一个时代都要差，但它恰恰从反面证明了文学与电影的关系是密切的，或者说电影从剧本的层面就保持了文学与电影相互依存的关系。这

---

1. ［美］爱德华·茂莱：《电影化的想象——作家和电影》，邵牧君译，中国电影出版社 1989 年版，第 4 页。

2. 王国平：《作家，是否适合编剧这顶"帽子"?》，《光明日报》2011 年 12 月 22 日。

一阶段文学的电影改编方面的问题和启示有以下几点：一是在"忠于电影"的前提下，电影所改编的文学有了选择余地，不是过去认为的文学经典就一定能够改编为电影经典，而是从画面的角度出发来看，哪些文学适合改编为电影，哪些又不适合改编。主语变成了电影，电影不再是宾语。然而这种改变并非人们认为的是要创造伟大的艺术，而是被商业和娱乐所左右。一旦文学的严肃性和崇高性丧失，电影若是追求画面的形式主义之美尚可理解，但往往此时导演心中所想的是他所拍摄的电影有没有人愿意看，能不能在商业上获利，或者至少要保住投资者的利益。这就导致电影首先是为了商业而存在。很多剧作家都不大愿意终身当一个剧作家，而愿意成为作家，因为在当今的电影市场中，剧作家不是单独进行创作，而是要听从投资人、导演甚至演员的意见，最后的剧本是种种妥协之后的产物。这种合作的模式往往可以产生大众化的勾兑品，却很难产生莎士比亚式的伟大剧作。最重要的是要保证商业的利益，这便无形中使艺术性让步于商业性和娱乐性。也就是说，当我们说"忠于电影"的时候，其实很多时候是在说"忠于商业"。这是歧路。

二是我们仍然可以从纯艺术的角度去进行实践，什么样的文学作品才适合改编为电影。这仍然是站在电影作为一门独立的艺术的角度来提出问题。巴赞讨论了这一问题。很多先锋派的电影创作者也实践过这个问题。但是，他们往往被大众的思维限制住了。因为在电影创作者那里，他们很少有作家那样说为了自己或少数人进行创作的理念，他们是为大众进行创作。不错，电影从一开始就是在大众的狂欢声中站起身来，又在娱乐大众的过程中确立自己在时代中的弄潮儿形象和地位的，但是，导演们很少考虑过一些问题：电影可不可以成为时代核心精神的体现者？电影是否具有过去文学所拥有的"文以载道"的功能？电影可不可以站在人类艺术的中心广场上进行演说、鼓动，进而改造人心和社会？今天很多导演是不考虑这些问题的。这使得电影在抽象表达方面未建寸功，于是也便形成了抽象思想无法用影像表达的观念。事实如此吗？当我们在观看那些历史纪录片时，思想意识形态的内容贯彻始终。影像无处不在。从某种意义上来讲，凡心相都转变为影像，那么，有什么是不可表达的吗？当文学上说一个漂亮的女人时，这是抽象的，文学一定会用很多笔墨来形容这个女人的漂亮，电影也一样，对一种抽象的内容可以以其他的方式转化为影像。这点在20世纪上半叶的西方电影中有所探索，但后来在好莱坞的商业影响下终止了。中国的电影在20世纪80年代以来有过一些探索，但到影视开始重视收视率和商业价值时便终止了。可见，电影艺术在自身美学的探索方面仍道阻且长。

三是网络文学的娱乐化、大众化、商业化一定是电影改编的方向吗？近二十年是中国电影迅猛发展的二十年，正是因为商业化和娱乐化的影响，中国才会有大量资本进入电影市场，中国的电影创作才蓬勃发展，成为全球第二大电影市场和世界第三大电影生产国。但是，我们未曾想过，为什么我们不能成为电影强国？因为我们不能创造出伟大的电影，而伟大的电影是什么？是艺术力无比巨大，同时又暗藏着无穷的商业价值的电影。但它首先是艺术力。网络文学以及经典文学的 IP 改编都是在娱乐化、大众化、商业化方面走向成功的事例，这是严肃文学和严肃电影的创作者们需要借鉴的，但是，这并非指娱乐化、大众化和商业化就是电影的终极目标，它们只是必须考虑的因素，艺术力才是最重要的。那么，电影的艺术力在哪里？从根本上讲，仍然在剧本那里，也就是说在文学那里，因为在那里有基本的电影形象，思想高度和面向经典的情节、语言。

五、重建文学与电影的联姻关系：解决当下中国文学电影改编的问题对策

纵观百年中国文学与电影的发展关系，电影从早期作为复制戏剧舞台的"杂耍"，到新中国成立后作为意识形态的"工具"，再到改革开放后与文学的"联姻"，乃至现在成为一种兼具商业与艺术的文化"产品"，人们对电影本体的认识在实践和探索中不断深化。电影学者贝拉·巴拉兹曾预言："随着电影的出现，一种新的视觉文学将取代印刷文化。"[1] 科技的发展造就了多元化的信息载体，为视听艺术的发展提供了有利的条件。中国电影经过百年的发展历程，不但形成了本体表现风格

---

1. ［匈］巴拉兹·贝拉：《电影美学》，何力译，中国电影出版社 1987 年版，第 20 页。

和叙事方式，并且俨然成为当下的主流传播媒介之一，而拥有千年传统的文学创作，却不得已进入由"语言转向"到"图像转向"的艰难时期。传播学者麦克卢汉认为，旧的媒介不会消失，它往往会作为新媒介的内容加以呈现，因而文学改编电影符合艺术发展的客观规律。虽然看似是电影掌握了时代的"话语权"而文学不断受到"边缘化"，但其实两者的命运早已紧密地结合在了一起。文学的式微将会导致电影落入庸俗和形式化，而文学如果不能积极地融入影像市场，则会"曲高和寡"，逐渐被时代抛弃，因而文学与电影必须在互相融合、不断渗透的基础上才能不断向前发展。

首先，电影必须向文学学习独立的创作精神。虽然电影具有社会和经济的双重属性，但其毕竟是一个相对自足的艺术系统。如果一味地屈从于资本和市场，完全依照观众的口味和取向进行流水线生产，则会导致电影完全成为赚取票房的工具，不仅抹杀了电影导演的个人思想和创作热情，同时电影也难以成为一门受人尊重的艺术，这与"文革"时期电影作为政治传声筒在本质上是一致的，是艺术本体丧失的表现。虽然中国文学与电影的发展在每个历史阶段都不可避免地受到政治、经济的左右，但即便是在最困难的时期，创作者们都从未放弃自身的使命。正如鲁迅先生在面对愚昧、落后的封建旧社会时，能够毅然"弃医从文"，自觉将自身的生命体验同整个中华民族的命运联系起来，用尖锐的笔触猛烈警醒麻木的国人。这种"横眉冷对千夫指，俯首甘为孺子牛"的文人风骨和文学精神，在实现当下中华民族伟大复兴的"中国梦"上，依然值得继承和赞颂。改革开放以来，相对自由、宽松的政治环境为中国电影提供了良好的创作氛围，第五代导演通过文学改编的方式自觉成为国家理想的叙述者，第六代导演通过个人的经历对转型时期的中国现状进行批判和反思，他们都将个人理想与社会发展紧密地结合在了一起，其创作成果得到了世界范围内的广泛认可。然而进入新世纪以后，电影创作的精英意识和文学精神却在商业资本的裹挟之中不断地消失了，作家和导演在理想和现实的两难处境中沦为金钱的奴隶，那些看似受到青睐和吹捧的畅销小说和娱乐电影，不过是工业时代制造的"文化快餐"，始终难以成为经典的艺术品。因而艺术家若想创作出伟大的电影，就必须自觉肩负起新时代赋予的使命，以自由、独立的精神进行影像的实践和探索，才能在满足人们日益增长的精神需求中，不断延长导演艺术创作的生命力，实现电影应有的社会价值。退一步讲，文学有着几千年的伟大传统，从口头传说的声音文学到文字表达的文字文学，有效地传承了人类的基本精神和价值传统，这成为人类赖以存在的内在驱动力。相反，动物就没有这种精神。人类正是拥有这样的精神，才成为人类，也才以此延续生命。这种基本精神就是人类的正面精神和正面价值，是友爱、牺牲、荣誉、平等、正义、崇高、自由、公正、包容、节制、中庸等，凡是与这种精神相违背的，则是人类精神的敌人，比如过度追求利益、欲望化、专制、自私、冷酷、狭隘、过分的娱乐化等。这既是人类生活的全部精神价值，也是艺术所表达的全部内容。现在，当文学逐渐式微，而电影渐渐踏上传播的核心舞台时，电影就要自觉地传承文学的这些精神价值。电影单纯地探索影像的形式美是远远不够的，还要探索如何表达伟大的人类精神，这才是终极关怀。

其次，电影应当重新回到现实主义的创作语境。在电影倾向于宫廷、玄幻、鬼怪以及虚构历史时，电影便不再关注现实生活，成为凌空蹈虚的娱乐品，于是，电影便脱离了时代，脱离了生活，也脱离了艺术的美学轨道。这一现实强烈要求电影创作者回到现实，甚至回到现实主义的创作原则，重新关注现实，关照人心世相，为大众点亮心灯。2018年上映的《我不是药神》就是因为在浊流翻滚的娱乐片中，立足于现实主义创作原则，对当下医疗问题等进行深入反思，体现出强烈的人文关怀和社会价值，因而获得了业界与观众的一致好评。由此可见，现实主义不是艺术电影的代名词，它并不排斥电影的商业性，相反还会提升商业电影的艺术价值，因而今天电影创作重回"现实主义"显得尤为重要。

最后，我们还应当重构电影的"教化"理念。美国著名影评人罗杰·伊伯特曾说过："一切优秀的艺术都在阐释比它所承认的更深刻的道理。"[1]无论是早期中国电影的"影戏观"，还是"十七年"时期电影的"教化"观，抑或改革开放以来电影的"改编观"，文学与电影的创作始终没有放弃对批判和教育

---

1. ［美］罗杰·伊伯特：《伟大的电影》，殷宴、周博群译，广西师范大学出版社2012年版，第473页。

的追求。文学改编电影从郑正秋的"改革社会、教化民众"，到夏衍的"忠于原著、启智育人"，再到第五代导演的"倡导人文主义，重建民族精神"，中国电影发展所有的突出成就，始终离不开"教化"一词。"五四"时期的文学是一种启蒙和教育，而后逐渐发展为对人性的构建和挖掘，但在今天以娱乐和消费为核心的商品时代中，我们不再谈及"教育"这一话题，影视更是在缺失"文学性"的状况下成为一种大众娱乐的工具。然而，当下每个人都在接触影视，无时无刻不在接受着它的教育。那么它就应当，也必须回到文史哲的大传统中去才能够有意义、有价值，才会被人尊重和认可。在以视听为主的时代中，文学是小众的、怀旧的，而影视则是大众的、狂欢的。但是如果说没有几千年的文学传统，我们又能传播些什么呢？那就是一种精神的灾难，一种文化的断流。所以当代影视的发展要重视文化与教育，将影视研究纳入民族文化建设当中作为一个重要的研究方向。如此，文学与电影才能不断满足新时代中国文化发展的诉求，承担起涤荡人类灵魂，传承世间文明的历史重任。

当然，这是难的。

现 状 · 症 候 · 发 展

——"一带一路"视野下中国网络文学对外传播策略研究

徐兆寿　巩周明

　　时代的势能，给予了网络文学发展的最好环境。从 1998 年开始，代表新兴事物的网络文学引发了大陆地区的创作热潮，草根作家们争先恐后在网络上表达着个人情感；大众们也通过网络开始消解欲望：《风姿物语》(1997)、《第一次亲密接触》(1998)、《北京故事》(1998)、《亮剑》(2000)、《诛仙》(2003)、《步步惊心》(2005)、《盗墓笔记》(2006)、《庆余年》(2008)、《鬼吹灯》(2013)等众多脍炙人口的网络文学开始席卷网络贴吧、论坛以及以起点中文网为主的网络阅读平台，网络文学也在中国快速萌芽生根。2013 年，网络文学开始进入新时期，其数量开始激增；2014 年 9 月，学界逐渐认为网络文学在中国向世界"文化逆袭"的战略中扮演着极其重要的角色；2015 年至 2016 年，网络文学逐渐成为网络文艺对外传播的急先锋。[1] 此时中国网络文学的发展已经从萌芽期逐渐进入开创期，网络文学的创作生产也逐渐趋于成熟。2017 年 1 月 25 日，中共中央办公厅、国务院办公厅颁发的《关于实施中华优秀传统文化传承发展工程的意见》中指出："……实施网络文艺创作传播计划，推动网络文学、网络音乐、网络剧、微电影等传承发展中国优秀传统文化。"[2] 在国家政策大力推广中国传统文化与网络文艺相结合的同时，中国网络文学、网络文学改编影视剧、网络文学衍生产品已在国内逐渐形成较为成熟的产业链，并且逐渐发展出其独特的生产体系。近年来，中国网络文学已经具备了与日本动漫、韩剧并称为亚洲三大文化产业的发展潜力。[3] 在网络文学对外传播的过程中，"一带一路"战略成为我国网络文学对外传播的重要背景与渠道，其沿线国家也必将成为我国网络文学输出的重要接受平台。截至 2019 年，起点国际累计访问用户超过 4000 万，海外原创作者超过 45000 人，共审核上线原创英文作品 72000 余部；海外移动端阅读网络文学覆盖面更为广泛："iReader"海外注册用户超 2000 万，来自全球 150 多个国家与地区；由纵横文学成立的美国子公司 Tapread，覆盖全球 180 个国家及地区，传播 100

---

1. 庄庸、王秀庭：《国家网络文艺战略研究　中国文化强国新时代》，福建教育出版社 2018 年版，第 386 页。
2.《关于实施中华优秀传统文化传承发展工程的意见》，《人民日报》2017 年 1 月 26 日。
3. 董子铭、刘肖：《网络文学产业融合发展的三个维度与思考》，《出版发行研究》2016 年第 8 期，第 39—42 页。

多部小说、漫画的翻译改编作品，累计用户超过百万。[1]

与此同时，网络文学衍生产品早已"火"遍全球，《全职高手》《扶摇》《武动乾坤》《琅琊榜》《择天记》《指染成婚》《醉玲珑》《诛仙》等国内具有较好口碑的网络文学作品逐渐被改编为影视剧、游戏、漫画、动画、玩具等远销海外。国外读者逐渐适应了我国网络文学产业生态习性，开始通过对网络文学进行追更、线上评论、付费打赏、同人制作等形式表达对我国网络文学的喜爱，如 Webnovel 等粉丝社区平台对《放开那个女巫》进行人物关系图的梳理、地图的绘制；越南开始流行《诛仙》手机游戏；日本对《全职高手》进行相关周边的发售，等等。我国网络文学的对外传播也逐渐完善、规范。

梳理、思考与展望我国网络文学对外传播的现状、症候以及未来发展，不仅仅是在探寻"一带一路"背景下我国网络文学对外输出过程中存在的问题，更重要的是如何增强我国文化自信、道路自信，如何将中华优秀传统文化在尊重别国文化差异的基础上，通过网络文学进行对外传播。

一、现状发轫：我国网络文学对外传播的发展与成就

梳理我国网络文学海外传播经历不难发现，我国网络文学对外传播主要经历了四个阶段：首先是以 2007 年前以网络文学海外出版授权为主体的海外探索期；其次是 2008 年至 2014

---

1. 数据来源于中国作协网络文学中心：《2019 中国网络文学蓝皮书》，《文艺报》2020 年 6 月 19 日。

年开拓海外市场，建立翻译网站的积累期；2015 年至 2017 年，以起点国际上线为标志，我国网络文学对外传播进入火热的发展期；我国网络文学从 2018 年至今进入对外传播的新阶段，逐渐形成了覆盖面广且适合对外传播的较为完善的成熟产业链。

早在 2001 年，处于萌芽期的网络文学以"单打独斗"的形式逐渐向海外拓宽领土。起点中文网的前身"中国玄幻文学协会"将部分网络小说（如《魔法骑士英雄传说》，宝剑锋著，2000 年）进行海外传播，但其面向的受众主要集中于海外华语群体，并不覆盖国外受众；2002 年，宝剑锋（原名林庭锋）创立了起点中文网，开始了中国网络文学商业化、规范化的运作之路；2004 年，起点中文网等阅读平台主打的站内内容生产率先开始网络文学的海外探索，主要集中于对全世界出售国内火热的网络文学作品版权；2005 年，以历史、言情为主题的网络

图 1 《鬼吹灯》英文版封面

文学作品开始输出泰国，蔡雷平（龙人）著的《灭秦》（2005 年出版）、《霸汉》（2006 年出版）两部作品被翻译为泰语并且出版；2006 年，倍受国内读者好评的《鬼吹灯》系列（天下霸唱著，2006 年出版）被翻译为越南语、韩语、英语等语种开始在多国发售；同年，《诛仙》（萧鼎著，创作于 2003—2007 年）也在越南

开拓了中国网文的发展市场。2001年至2007年，我国网络文学对外传播处于萌芽期，传播的方式主要以出版翻译书籍为主，在东南亚等网络尚未普及的地区，这种传播方式虽然烦琐，但依然无法阻挡国外受众对中国网络文学的喜爱。

2008年至2014年，我国网络文学海外传播进入积累期，在东南亚等地区逐渐拓宽市场。2010年，东南亚出版商开始从中国大量购买女频网络小说版权。随着网络的全球性普及，我国网络文学海外传播的主要方式开始从书籍翻译转变为线上口碑传播。但国内翻译速度远远赶不上国外读者的阅读需求，一些热爱网络文学的读者开始自发将部分网络文学进行翻译并且通过网络进行传播，但翻译速度仍然不理想。随后，一些海外读者开始使用翻译工具进行翻译，由于文化的差异与翻译技术的局限，翻译的效果不尽人意，海外读者的阅读体验受到了影响。2014年，我国网络文学逐渐打开了欧美市场，Wuxiaworld、Gravity Tales等由海外读者自发翻译的网络文学传播网站逐步建立，网站开放了阅读时评、论坛等一系列功能，在一定程度上优化了海外网络文学爱好者的阅读体验。在此期间，我国网络文学海外传播开启了自发翻译、口碑相传的传播形态，而这种传播形态是中国海外文化传播史中十分罕见的。

2015年至2017年，我国网络文学对外传播真正进入"发展期"。首先，从2015年起，俄语、英语等语种的翻译网站开始逐步建立；同时国家对于网络文学的发展开始了政策助力：2016年6月16日，国家新闻出版广电总局发布《关于开展

2016 年优秀网络文学原创作品推介活动的通知》，向社会推广具有思想性、艺术性和文学性的优秀网络文学作品。其次，国内的网络文学传播平台开始提出并打造由我国主导、开发的网络文学出海模式（阅文集团海外传播 2.0 战略）。2017 年，起点国际正式上线，成为我国网络文学对外传播的"官方"路径。

2018 年至今，我国网络文学进入了新阶段。推文科技全球首创智能 AI 网络文学翻译系统（funstory.ai），原先人工翻译 1 小时的千字文，AI 智能翻译只需 1 秒，同时成本降低至原先的百分之一，使得网络文学对外输出效率大幅提高，其翻译效率甚至赶超谷歌翻译。2018 年，阅文科技开始转向改编漫画的海外输出，将更多网络文学的衍生形式呈现给海外受众。2019 年，阅文集团入股泰国网文公司 OBU，同时与传音控股共同开发非洲在线阅读市场，逐渐形成了较为完善的网络文学海外输出产业链。

纵观我国网络文学发展过程，其现状及成就不容小觑。截至 2019 年，我国网络文学注册作家超过 1755 万人，签约网络作家已超过 100 万人。在对外传播方面，我国网络文学出海潜在市场规模预计超过 300 亿元；东南亚、欧洲、美洲潜在网络文学读者预计超过 8.5 亿人 [1]，其覆盖范围从以东南亚、

---

1. 数据来源于艾瑞咨询：《2019 年中国网络文学出海研究报告》，http://report.iresearch.cn/report_pdf.aspx?id=3389。

　图表数据由《2017 中国网络文学蓝皮书》《2017 中国网络文学发展报告》《2018 中国网络文学发展报告》《2019 年度网络文学发展报告》《2019 年中国网络文学出海研究报告》整理得出。

北美为核心逐渐向全球范围扩展；仅阅文、掌阅、中文在线、纵横、咪咕、晋江等几家主要文字网站，对外授权作品已有3000多部，线上翻译作品近千部，网站订阅和阅读 App 用户上亿人，覆盖世界大部分国家和地区[1]；根据艾瑞咨询调研显示，2019 年海外网络文学用户主要的阅读渠道为电脑端与手机端的网站阅读，45.3% 的海外用户通过网站搜索引擎了解与阅读网络文学，相关网络文学 App 在海外普及的范围并不广泛，近八成海外网络文学读者每天都在阅读网络文学。未来我国网络文学对外传播逐渐向传播专业化、翻译在地化、市场规模化、题材针对化的方向良性发展，改编影视剧、动漫、游戏、短视频、周边等众多网络文学衍生产品对外推广势头迅猛。我国网络文学对外传播方式逐渐从"自发"模式转向"主导"模式，既是我国"文化自觉""文化自信"的体现，同时在世界文化交融、民族文化互通的大背景之下起到重要作用。

二、症候探寻：我国网络文学对外传播实践透视

"一带一路"政策的提出，使得其沿线国家成为我国对外经济合作、政治交流与文化输出的重要对象，而网络文学作为时代需求的产物，包含着古老神秘的东方文明以及优秀的中国传统文化。"一带一路"政策所带来的种种变化也可从网络文学作品之中得到体现与升华。从文化传播者的角度而言，网络

---

1. 中国作协网络文学中心：《2019 中国网络文学蓝皮书》，《文艺报》2020 年 6 月 19 日。

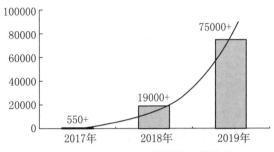

图2　2017—2019中国网络文学作品
出海（含海外原创作品）增长图　单位：部

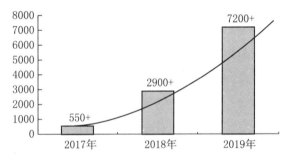

图3　2017—2019中国网络文学海外用户增长图　单位：万人

文学的海外传播具有可行性与丰富性，其内容涵盖了宫斗、历史、爱情、家庭伦理、军事、魔幻、仙侠、神话等多元类型题材；从文化接受者的角度而言，中国文化的海外传播已在其他领域颇有成效，如文学作品、好莱坞影视作品、服装、音乐等艺术形式。现阶段网络文学对外传播范围进一步扩大，基本覆盖了40多个"一带一路"沿线国家，逐渐上线了英、法、日、韩、俄、印尼、阿拉伯等几十个语种版本。近年来，众多网络文学企业、出版企业、翻译团队逐渐形成规模，对外出版了符合不同国家阅读规律与语言技巧的优秀网络文学作品，不断地提升中国文化传播力与影响力，在传播中华优秀传统文化、塑造中国国际形象等方面发挥着重要的作用。

虽然我国网络文学在对外传播方面颇有成绩，通过对其发展历程的实践透视，仍然可以发现诸多潜在的问题：

（一）首要问题：中国文化核心价值观如何通过网络文学对外传播

1. 内在：娱乐是姿态，是力量，但在超出边界时却是枷锁

网络文学在中国发展已有二十余年，在经济、市场方面的成就不言而喻，各家媒体争相报道，网络写手们与商业机构也在对着顺应时代更迭而出现的"蛋糕"垂涎欲滴。似乎一夜之间，网络文学的"爽"与经济效益成为受众关注的焦点，其运作模式的改良成为网络文学发展的重中之重，商业市场价值、点击量、受众回馈等成为网络文学重要的参考条件。逐渐成为"商人"的部分网络文学作家对其作品的艺术价值与精神价值避而不谈，似乎中国文化核心价值观成了网络时代的笑柄与被嫌弃的对象，而扭曲的价值观、玄幻、神鬼等泛娱乐元素成了时代的潮流和标杆。用今天的眼光评判，更改中国文学格局的网络文学无疑是"疯癫"的，当然这也是网络时代、泛娱乐时代的需求和不可避免的现象。一方面，网络文学需要欲望的释放，所以被称为"欲望文学"，而这种欲望正是当下社会大众所给予的；另一方面，大量网络文学创作者的涌入使其变得焦虑，逐渐分不清创作的边界，开始以色情、暴力元素或通

过违背伦理、修改历史来博人眼球，以幻想的男情女爱、编造的家庭关系和扭曲的价值观来获取点击量，但随着时代的进步，社会大众终归会结束这场"闹剧"，终归会批判《芈月传》中所描写的勾心斗角的宫廷生活和权力的占有，也终归会停止"甄嬛体"的游戏方式，网络文学终于可以"静下来"发展了。

鲁迅先生在《中国小说史略》中讲道："俗文之兴，当由二端，一为娱心，一为劝善，而尤以劝善为大宗……"[1] 今天我们可以清楚地看到，我国古代的通俗文学通常娱乐与教育意义并存，这一点在《西游记》《红楼梦》《三国演义》《水浒传》等通俗文学作品中都得到了印证。从新时期开始，作家们和艺术家们为了反抗过去二十年文学、艺术作品过度为政治服务、假大空的局面，开始将文学、艺术推向另一个极端：文学与艺术不再涉及政治，也不再承担社会责任，逐渐沦落为"商品"，精神价值与艺术价值逐渐成为私人玩弄的器物。这种现象在网络时代更为突出与明显，甚至达到了泛化与"潮流化"。网络媒介的特殊性给予了网络文学传播优势，但其自带的商业属性却时常被资本所控制，而在数字信息时代的今天，这同样也是传统文学所面临的问题。名誉、金钱、地位等诱惑使得部分网络文学开始逐渐脱离原先的轨道，走上了流量为王的捷径。出版商、阅读平台往往会以资本控制并诱导网络作家

---

1. 鲁迅：《中国文化艺术名著丛书·中国小说史略》，湖南大学出版社 2014 年版，第 72 页。

进行"时髦"的创作，而这种创作通常是"猎奇"的，也是与中国传统文化相悖的。这种"猎奇"的创作往往夹杂着色情、软色情、暴力、黑恶势力、血腥、被篡改的历史事实等元素。唐家三少在采访中说道："像我们现在写的玄幻小说有一个概念，叫娱乐性小说，……不存在任何文学性，没有任何文学价值。只是让大家在一天工作之后，看一下放松自己。我只是要娱乐大家。我很清楚自己的定位。""它可以瞎编，可以没有任何根据地瞎编。"[1] 当这些缺失文学性的网络文学被推广上线，受到年轻一代追捧时，其价值取向开始偏离，同时也在悄然营造着受众的心理。如果这些扭曲的宫斗生活，错误的婚姻价值观，幻想的女性择偶标准，早孕、堕胎、黑恶势力等元素充斥着网络、电视和手机终端"教化"大众，其严重程度不言而喻。

2. 传播：急于求成对外输出并非长久之策

对于一种文化的症候探寻、对策实施必定滞后于文化现象。网络文学的健康引导，令其回归光明大道需要网络文学作家、网络文学批评家、网络平台以及政府机构等多方面沟通与优化，这是漫长的过程，我们也需要有足够的耐心去纠正其发展，而急于求成对外输出并非长久之策。我国网络文学对外传播过程中，其内容过于娱乐化、商业化、同质化，尚未被国外主流认可："……横向比较而言，我国网络文学海外受众的构

---

1. 程绮瑾：《他们用网络炒作，我们用网络写作》，《南方周末》2005 年 11 月 17 日。

成较为单一，中高端受众较少，大多为 30 岁以下的低收入男性青年群体，说明网络文学尚未被主流阶层认可。"[1] Wuxiaworld 创始人 RWX（任我行，原名赖静平）表示："你知道么，在这里半年平均每一周都会有媒体找到我采访，但都是中国媒体，还没有美国媒体来找过我。"[2] 谈及网络文学同质化严重问题时，赖静平表示："……关于套路方面，虽然他们也注意到套路严重，但还是喜欢套路，毕竟现在还是初期还没腻，以后不一定。"[3] 这种现象的出现，终归是我国网络文学缺乏文化核心价值观所导致的，虽然在本土有相关政策规范其创作，但仍有大量网络文学作品处于打"擦边球"的泛娱乐创作状态，在内容方面虽然涉及中国传统文化、中华文明相关题材，其精神内容仍然秉持"娱乐至上"态度，使得我国网络文学在推送至国外平台时不能广泛地引起共鸣。

（二）文化折扣：仍然缺少专业、官方的翻译团队

引用加拿大学者科林·霍斯金斯的"文化折扣"理论分析我国网络文学对外传播过程不难看出，网络文学属于我国的文化输出产品之一，将其移植于不同环境、不同民族、不同文化背景时，网络文学所拥有的本土的原生态的文化内涵、风格、生产机制、消费机制等并不会受到别国受众的理解与接

---

1. 刘阳：《中国网络文学对外传播的"在地化"建构：历史、现状和思辨》，《现代传播》（中国传媒大学学报）2019 年第 5 期，第 85—91，97 页。
2. 莫琪、陈诗怀：《中国网文：冲破语言高墙走向欧美》，《东方早报》2016 年 12 月 14 日。
3. 同上。

受，从而降低了网络文学对外传播的效果。"中国文学的世界认知度较低，主要归结于翻译的滞后和出版商的忽视，这阻碍了中国文化在全球的传播。"[1]赖静平说道："比如说都市文，欧美读者对中国的都市其实缺少共鸣，什么高富帅、白富美、贫富差距他们都没有共识，更别说穿越、历史类。而玄幻奇幻来自异界，有游戏感，他们共鸣就很强烈。至于很多人提到的盗墓流，这个类型其实早就在欧美火过了，中国现在翻译过来对于欧美读者来说可能已经过时了。"[2]虽然我国网络文学在对外传播过程中已经有一些翻译网站与翻译工具，但仍然缺少专业的、官方的翻译团队，翻译问题成为海外网文读者遇到的最大问题之一（见图4[3]）。越南读者对于正在更新的大部分中国网络文学常常借助翻译器进行阅读，即使不准确不通畅，也可以先了解大致梗概，再等精通中文的志愿者翻译成越文版后仔细阅读。[4]甚至海外网络文学读者为了方便不同国家读者的阅读需求，自发整理了部分相关词汇的翻译模板（见图5、图6[5]）。

与我国大力推广的当代文学国际传播机制不同，我国网络

---

1. 新华网:《诺奖评委马悦然：中国文学翻译滞后阻碍中国文化传播》，2015年2月9日。

2. 莫琪、陈诗怀:《中国网文：冲破语言高墙走向欧美》,《东方早报》2016年12月14日。

3. 图片来源于艾瑞咨询:《2019年中国网络文学出海研究报告》, http://report.iresearch.cn/report_pdf.aspx?id=3389。

4. 吴长青:《中国网络文学海外传播途径与网络文化体系建构》,《网络文学评论》2019年第1期，第51—56页。

5. 图片来源于 www.wuxiaworld.com。

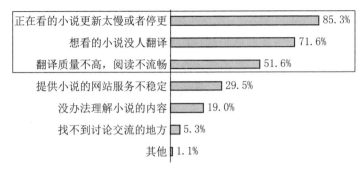

图4　2019年海外网文读者阅读中国网文时遇到的问题

图5　　　　　　　　　　　　　　　图6

文学对外传播机制尚无专业、官方团队翻译输出，仍处于民间自发组织翻译的状态。民间翻译机构组成成员翻译水平、个人喜好等因素的制约，使得网文的翻译质量、内容得不到长久、高质量的保障。

（三）盗版猖獗：版权保护机制尚未成熟

网络文学发展至今，其版权问题无论在国内还是国外，都一直处于模糊不清的状态，作者授权、平台运营、利益分配、对外授权机制等问题一直未有明确的法律法规约束。同时，国内民间自发组织的翻译团队缺乏版权保护意识，将未授权的部分网络文学作品翻译、重新排版之后上传至国外网站提供阅读。"可以说，国外网友自发翻译的几乎都没有得到我们的授权，当然他们喜爱中国网络文学，我们是乐见其成。但'先授权、后使用'是国际规则，我们现在也在和他们沟通，给他们授权，力争让他们从灰色地带变成合法的。"[1] 随着近年来数字转码、大容量网盘技术的普及，网络文学盗版逐渐简易化，自媒体公众号、H5 小程序、虚假钓鱼网站等成了网络文学盗版的重灾区，手机终端盗版现象不容小视；同时，各大搜索引擎对于盗版网站的筛选力度仍有待提高：在搜索相关网络文学作品的过程中，盗版网站以广告或 App 安装的名义名列各大浏览器前茅，同时，盗版网站通过伪装、转码技术将正版网络小说盗转，开发出适应读者阅读模式的"自选模式"，如章节跳转、目录选择、大结局抢先阅读等方便读者阅读的功能，提升读者阅读盗版网络文学的体验。盗版网络文学未经作者、平台授权同意并流向国外，引发的不仅是经济利益的亏损，更重要的是某些劣质网文未经审核流向国外（特别是"一带一路"沿线国

---

1. 新华网：《中国网络文学开始崛起，国外自发翻译网站多达上百》，2016 年 12 月 15 日。

家）进行传播时，损害的是中国形象、中国文学形象以及中国传统文化的形象。

另外，网络原生 IP 盗版现象猖獗。具有较高人气与点击量的网络小说往往会衍生出改编影视剧、电脑游戏、手机游戏、手办模型等周边产品。用户往往缺乏对于网络文学衍生产品是否侵权的明确判断。以《全职高手》为例，阅文集团享有作品的文字著作权、动画作品著作权、商标专用权等权益，而在国内主流电商平台、二手市场 App 中仍然有侵权周边继续贩卖的现象，使得企业在开发网络文学小说衍生产品的道路上举步维艰。

（四）类型单一：针对对外传播的专有类型创作缺失

我国网络文学对外传播主要以仙侠、玄幻、游戏养成题材为主，以言情、宫廷穿越、都市职场、历史军事等题材为辅。这些题材极大程度地展示中国文化及东方文化，并且符合国外受众"猎奇"的需要，其超自然、玄幻、魔幻的创作手法与风格与西方魔幻题材、科幻题材有着异曲同工之处，在一定程度上削减了文化差异性与文化折扣带来的效果。但是我国网络文学的创作仍处于自发状态及跟风热点的被动状态，缺乏对于海外受众需求的调研统计与关注，缺乏对目标受众的精准定位。如韩国大受欢迎的《琅琊榜》、风靡东南亚地区的《花千骨》、日本热播的动画《从前有座灵剑山》以及美国霸屏的《全职高手》等，都是国内首先引起高关注、获得高人气之后才开始对外传播的，处于被动状态，许多有关中国少数民族题材的网络文学作品仍然停留在国内小众传播的阶段，尚未进行海外传播实践。

三、溯源归心："一带一路"视野下我国网络文学对外传播策略优化

我国网络文学发展至今已经逐渐趋于成熟，逐渐成为中国文化体系中不可或缺的重要组成部分，也是我国对"一带一路"沿线国家文化输出的重要载体之一。针对上述网络文学海外传播过程中出现的问题，有必要围绕"一带一路"战略部署以及沿线国家特征提出相应的传播策略、发展策略的优化与改良，从而对今后我国网络文化对外输出提出新的参考。

（一）重塑中国文学的核心价值，将网络文学创作纳入核心价值体系之中

梳理我国网络文学发展态势，其数量远远高于质量，这是网络时代的必然现象，同时也是对外传播过程中的阻碍。我国网络文学海外传播的发展，首先要弘扬和阐释中国文化核心价值观，网络文学作家们要积极引导业内创作环境，积极改变网络文学标签化的诟病，要逐渐走向正大境界，避免网络文学创作流俗，要将网络文学创作纳入核心价值体系当中。网络文学的核心价值，自然是文化的核心价值，同时也是社会、国家的核心价值。在社会转型、国家文化对外输出、文化全球化以及"一带一路"战略的大背景之下，核心价值观的建立是重中之重。网络文学虽然诞生于网络，但其终归是中国文学的一

部分，而中国文学的核心价值首先要遵循当下我国的主流意识形态，也就是社会主义核心价值观；其次，网络文学与传统文学的创作、营销、接受方式虽然不同，但都要遵循文学的基本创作规律，始终要秉承着"文学即人学"的创作态度，倡导人性常道、人性向善的基本规律，在此前提之下去创作生活、玄幻、爱情、军事等类型题材，才可体现中国文学的精神价值与艺术价值。网络文学作家在创作过程中如果能探究人性的一般规律和社会发展的规律，把握好理论尺度，弘扬中华优秀传统文化精神，坚守时代核心价值，同时搭配网络文学天马行空的创作想象力，就一定能创作出伟大的网络文学作品，也可在我国文化对外输出过程中崭露头角。

1. 建立"本土"与"海外"联动的专业官方翻译传播机构，完善相关法律法规对版权利益的保护

截至目前，"一带一路"共有 65 个国家和地区加入，单方面依靠民间自发组织的翻译团队和中国网文企业的翻译团队进行网络文学的翻译和传播显然是不够的，同时其质量、版权等也得不到有效长久的保障，翻译后的网络文学也得不到审核与监管，并不是我国网络文学对外传播的长久之道，所以分析我国网络文学对外传播的历史经验，提出以下对策：

（1）国内：建立本土网络文学翻译的官方机构，包括民间翻译团队的审核与招募、翻译人才的引进以及对不同国家不同民族的针对性翻译；加强我国本土网络文学相关法律法规的普及与净化，加强对包括网络文学网站、自媒体、H5 小程序、

网文阅读 App、网络文学周边售卖网站等监管力度；完善互联网转码加密技术；完善正版网站的阅读体验；国内高校外语专业开展网络文学对外翻译的相关课程。

（2）国外：严守中国著作权、版权等法律法规，积极与国外网文传播平台合作，建立由我国审核的国外合作翻译机构，利用我国在他国的国学馆、孔子学院等进行招募热爱中国文化的外国友人进行文化交流；建立完善的国外网络文学搜索引擎、兴趣圈以及论坛，搜集国外读者的阅读兴趣、侧重点等，有助于国外 IP 的中国创作。

2. 开展市场、受众调研，针对"一带一路"沿线国家不同民族、风俗习惯、阅读方式等特点进行针对性创作、改编、营销

在我国网络文学海外传播过程中，针对不同国家、不同民族的风俗习惯、阅读方式等特点进行针对性创作、改编、营销，不仅可以避免文化折扣、文化敏感性和文化差异性，同时也将提升我国文化对外传播的效果。例如《指染成婚》改编漫画之后在日本、韩国地区受到喜爱；《择天记》入选"一带一路"蒙俄展映推荐片；《全职高手》动画风靡 Youtube；《丝路情缘》（以丝绸之路为线索的爱情网络小说）等适配不同国家需求的网络文学影视、动画、游戏、漫画、周边等衍生产品。另外要开拓国外本地化付费模式：如消费能力高的地区着重发展付费阅读，对于消费能力低的地区采取广告解锁、邀请解锁等商业模式，同时推广正版网站的会员、优惠政策，既可以保证

我国网络文学健康、有保证地对外传播，同时可以提升海外用户的付费体验。

（二）海外原创网络文学作家势头不容小觑

我国网络文学对外传播主要依靠对我国原有作品进行翻译传播。随着中国文化的全球性传播，一些海外网站已经逐渐具备海外网络文学原创模式并支持海外网络文学作家进行创作。国内网络文学虽然作品创作经验丰富、营销模式成熟，但翻译成本高昂且无法保证质量。相比国内网络文学创作，海外网络文学拥有着作品本地化、接受程度高、更新速度快、无翻译成本的优势，但其创作经验仍需提高。海外网络文学创作虽然拓宽了网络文学的内容生产源，但其发展势头不容小觑，势必给我国网络文学的发展以及对外传播造成影响。

现阶段我国网络文学海外传播颇有成效，是对"一带一路"文化输出战略的现实实践，也是我国坚持和平理念、构建人类命运共同体的文化选择。我国网络文学的创作，不仅有历史题材的人文史、朝代史，有对神话题材的经典重塑，有武侠修仙题材的尊师重道、邪不压正，有都市爱情题材的励志奋斗、爱恨纠葛，还有军事题材的国家利益、人民利益至上等。这些中国文化中人们所坚持与喜闻乐见的特有元素通过中国方式阐释于全世界，逐渐在创作过程中形成文化自觉与文化自信，在中国文化对外输出过程中起到重要的作用。未来我国网络文学本土创作将会日益规范化、体系化与专业化，逐渐形成成熟的产业规范与制度，逐渐将中国文化、中国美学艺术价值与精神价值渗透其中；对外输出也将会主导化与规模化，逐渐在世界文化舞台上具有发言权，这个过程虽然需要多方面的努力与耐心，但我们始终相信，在"一带一路"战略、文化全球化的大背景之下，通过网络文学传播的中国价值、中国精神、中国美学也将会在未来成为世界文化中闪耀的明珠。

（本文系西北师范大学国家社科基金重大招标项目"百年中国影视的文学改编文献整理与研究"［项目批准号：18ZDA261］的阶段性成果。）

文学改编电影： 一种跨媒体实践

张丽华

当我们在谈论"改编"时，往往关注的是文本内容的改变，或者被改编的影视是否忠于原著之类的问题，这似乎也暗示着改编就是在不同媒介平台上讲述同一个故事。然而，媒介理论家们提醒我们："媒介即讯息"，不同的媒介会产生不同的"信息方式"。文学和影像是两套不同的媒介形态，其呈现故事的方法不同，受众产生的接受体验也不一样。因此，在改编研究中，我们还要重视不同媒介特性对叙事及接受的影响和局限。

首先，文学与影视"讲故事"的方式不同。布鲁斯东认为"小说是采取假定空间，通过错综复杂的时间价值来形成它的叙述，而电影采取假定时间，通过对空间的安排来形成它的叙述"。从时间层面看，"文学叙事的时间是建立在人的自然的朴素的感知之上的"，叙事节奏慢。即使是意识流作品，也有内在的意识线索，不强调自然时间与故事时间之间的挤压变形。

而影视叙事中存在着大量的省略与压缩。尤其是电影，受制于时长限制，更需要在有限的时间内，不断依靠图像、声音、转场、蒙太奇等技巧将故事讲圆满。以《白鹿原》的改编为例。这是一部四十多万字的作品，主体故事发端于清末，到故事结尾新中国成立，时间跨度四十余年。并且，原文中为讲述更为久远的故事和"文革"期间的故事，还使用了意识流、倒叙和补叙的手法，豆瓣评分为9.2。2012年，《白鹿原》被改编为154分钟的电影。叙事者放弃了对"话语时间"的安排，使用了较为简单的线性时间讲故事，时间被切割为1912年、1920年、1926年、1927年、1938年五段，每个时间段的标志性事件也无法具体展开。有网友评论这部电影"支离破碎没头没尾"，评分只有6.4。2017年的电视剧《白鹿原》是对原著比较成功的改编。事件的展开有了充足的时间，对相关情节也有了细致化表现，评分是8.7。陈忠实也说："如果把电影和电视比，最好还是电视剧。因为《白鹿原》很难集中成电影故事，它是以任务构思的故事，而不是以故事集中展现的人物，一个场景连着一个场景，一个故事连着一个故事，一个人物连着一个人物，最适宜电视连续剧的表现。"不同媒介载体的时长对于"讲故事"的限制显而易见。

从空间层面看，改编是让纯想象的精神空间"显形"为具有物质表象的可视空间，并将观众"缝合"进屏幕空间中。一方面，文学作品中"叙述者只能给我们提供一个关于空间存在的'参照系'，或者一个空间'地图'"，"书写印刷主导的文明传承主要采取线性逻辑形态"，人与符号世界（不在场）当下的接触借助纸张等二维扁平化的界面发生。这是依靠文字表征、模仿或所指的世界，比较真实的空间感知需要读者在文本阅读中进行心理建构。当线性的文学作品被改编成影视剧，空间有了自己清晰的图像形式，在影视作品中以形、色、质感、远景、近景、特写等再现着自己的存在，彰显了被语言符号抽象掉的、文学叙述所无法直接表达的内容。正如莫言所说："在有了录音机、录像机、互联网的今天，小说的状物写景、描图画色的功能，已经受到了严峻的挑战。你的文笔无论如何优美准确，也写不过摄像机的镜头了。唯有气味，摄像机还没法表现出来。"例如在柯蓝的《深谷回声》中，作者仅对空间有一个大致的交代："黄土高原""延安西几十里地"，几乎再无更加细致的描述。在陈凯歌改编后的《黄土地》中，空间产生了更直接的视觉效果：荒凉的山峁和山谷，除了光秃秃的黄土地，几乎没有什么生命。导演用静止的全景、大全景把农民生活的艰难和生态环境的恶劣摄入电影画面，使人物活动、生存空间呈现了出来。人物渐渐隐到土地当中或者从土地后面翻上来，这种影像布局展现了人对土地的血肉联系，土地对人的优越："落日时分的千沟万壑，庄严地沉默着。/（叠化）依旧是庄严而沉默地千沟万壑。/（画左向画右摇）（叠化）空空的山梁，顾青渐渐走上来。/（叠化）由陡然跌落的土崖上摇至月亮。"大量同景别、同机位、同镜头焦距，甚至同光孔的镜头反复出现，它们表现着农民日出而作，日入而息的永恒劳苦，记录着日复一日，缓慢而单调地永远重复的农民生存状态。原作中的疑问——"造成女性不幸的封建制度为什么能如此长期地存在"，也得到了直观地回答——主人公们受到生存空间的巨大制约。电影独特的表达方式使观众反思民族的生存空间与文化制度间的关系。

另一方面，影视作为一种装置还将观众"缝合"进了影像空间中。以电影银幕为例，观众被嵌入幽暗的、整齐排列的座位中，观看从身后投射到面前矩形屏幕上的活动影像。观影空间是一个"双重舞台"体系：在其中一个舞台上，演出正在上演；而在另一个舞台上，观众正在注视着它。经典叙事电影通过正/反打镜头、剪辑、机位、角度、灯光等一系列造型元素，使两个空间"缝合"在一起，观众与荧幕空间产生认同。例如电影《1921》中，青年毛泽东在巧遇法国人在法租界狂欢，中国人却被拦在外面时，愤然挤出围观人群，开始奔跑，速度越来越快，步幅越来越大。接着镜头从上海繁华的街道切到湘西的竹林。银幕的竹林里，毛泽东的父亲在奋力追赶，他的母亲紧随其后，竭力劝阻。父亲在追赶谁？尽管镜头中毛泽东的画面是缺席的，但是观众知晓追赶的是毛泽东。导演通过正（毛泽东在租界马路上的奔跑）/反（父母的追赶）打镜头，使观众的视点和青年毛泽东产生认同。反打镜头所呈现的画面，正是正打镜头中毛泽东在奔跑时的思索：未来的中国既不是城市中租界中的样子，也不是乡村中的封建父权。观众所在的现实空间，荧幕中的租界空间、竹林空间也被勾连了起来。

观众于是进一步认同电影所暗含的意识形态：反抗帝国主义侵略，反抗封建父权。

其次，同一故事经过改编，在不同媒介呈现之下，唤起的受众体验是不一样的。"故事"在纸质文本、电视、短视频，甚至互动影视剧中流转，其受众也依次变成了读者、观众、用户、玩家。

文学作品以文字为载体。长久以来，"文字"作为一种知识，仅被少数上等阶层掌握，经过新中国成立后的全国扫盲运动，文字才成为一种大众化的知识，文学作品才得以进入寻常百姓家。因此，让不识字的人阅读一部小说，他们除了看到一行行整齐的线性"符码"外，获得不到任何故事情节。以四大名著的传播为例。据考证，"1900 年即光绪三十年中国社会的识字率约为百分之一"，在识字的百分之一中，又有多少能阅读半文半白的"四大名著"呢？因此，四大名著的"家喻户晓"，一方面体现在统治阶层、士大夫、知识分子的接受阅读中，另一方面，这些经典著作被改编为戏曲、评话，在会馆、茶园、堂会甚者庙会中上演，面向不识字的众多普通百姓，传播得更加广泛和深入，才有了俞正燮在《癸巳存稿》中所描述的"京中茶馆唱大鼓书，多讲《演义》，走卒贩夫无人不知《三国》"。

再者，一部小说的阅读进度，读者自己可以把握。阅读过程中，可以随时停下，对于喜爱的情节可以反复阅读、思考、回味，它所建构的是一个"依靠读者个人经验去填充的想象世界"。

电影、电视甚至当下流行的短视频，是诉诸视听的媒介，即使不识字的人，也能从中获得审美体验。但是，流动的影像和声音，也阻碍了人们的深度思考。一方面，影视媒介"能呈现文学语言所不能呈现的东西……这是个充盈可视的、各种物象尽显其存在的世界"，观众不需要过多地调动想象，便能够对影视内容产生多维感受。另一方面，动态的影视画面稍纵即逝，观众尚未来得及思考便不得不迎接新的影像流，人们在享受视听快感的代价是舍弃思考。再来看影视解说类短视频。这是互联网时代普通大众也能参与的"改编"。剪辑电影或电视剧的片段，并配上对剧情进行介绍或者评论分析的解说，这便构成了短视频的二次创作，它迎合了现代人碎片化获取信息的方式和快节奏的生活习惯。但这类改编，视频解说者的声音、快速流动的画面、残缺的剧情，消解了原创的演技、服化道、构图、色彩等审美体验，用户获得的只是被"投喂"的故事梗概，甚至无暇思考，下一个视频便接踵而至。波兹曼正是在这个意义上谈"娱乐至死"的——快速流动的影像，使人类丧失了精神和思想。

最后，谈谈热门IP改编的互动剧。互动剧通常有多条叙事路径，通过用户"点击"选择内容的走向，具有参与性、开放性、不确定性。例如《龙岭迷窟之最后的搬山道人》，传统的观众化身为电视剧的主角搬山道人鹧鸪哨，需要完成寻找雮尘珠的使命。剧中加入分支选项、动作模拟、QTE等多种互动玩法，共有 6 个支线结局，给用户带来深度参与的游戏性体验。按照亚瑟斯的说法："在赛博文本的进程中，用户将自助完成符号序列，且这一自选动作是无力意义上的构造工作，因此难以用'阅读'等概念予以解释。"互动影视中，用户成了玩家，在沉浸式体验过程中完成了对故事内容的搭建。

总之，改编是故事在媒介之间迁移的过程。不同媒介有着不同的技术"偏向"，这规定了其内容的组织和呈现。我们在研究改编时需要考虑到不同媒介载体对故事带来的可能和局限，以及它所唤起的不同的接收和体验方式。

纯文学影视改编如何破局？

赵　勇

近年来，在网络文学影视改编热潮中，由纯文学作品改编的电视剧《平凡的世界》《白鹿原》《装台》等逆势而上，颇为亮眼，其贴近真实历史和生活的现实主义追求得到了业界的普遍好评，在获得收视成功的同时彰显了纯文学的力量。茅盾文学奖获奖作品《繁花》和《人世间》也已完成了电视剧改编并即将播出，莫言的小说《丰乳肥臀》与"爱奇艺"网络平台合作的网络自制剧也很令人期待。纯文学的影视改编在新时代挑战与机遇并存。

一、纯文学影视改编的时代变迁

20世纪90年代中期之前，纯文学影视改编曾经是影视创作主流，《人生》《芙蓉镇》《棋王》《红高粱》《大红灯笼高高挂》《活着》《阳光灿烂的日子》等这些由纯文学改编的电影作品或展现温情叙事下的现实刺痛，或对历史文化进行深刻的叩问与寻根，或彰显鲜明的中国符号和蓬勃的生命力，或追求极致的声色美学和文化批判，或诠释特殊年代的"青春哲学"，共同谱写了中国电影的艺术图景。电视剧方面，由当代文学改编的如《乔厂长上任记》《高山下的花环》《今夜有暴风雪》《雪城》《巴桑和她的弟妹们》《新星》，由现代文学改编的如《四世同堂》《围城》，由古典名著改编的如《红楼梦》《西游记》《三国演义》《水浒传》，这些电视剧作品以不同的形式延展了文学原著的精神价值和艺术空间，奠定了我国电视剧改编的基本范式，在中国影视史上留下了深刻的印记。20 世纪 90 年代中期至新世纪初，随着消费文化的盛行，影视的娱乐功能凸显，通俗文学的改编占据了上风，影视改编也开始从"精英化"转向"大众化"。金庸、琼瑶、海岩等作家的通俗文学作品成为一时的改编热宠。新世纪以来，互联网开始普及，网络文学的改编逐渐成为影视改编的主流，尤其是近年来，穿越、仙侠、玄幻、宫斗、言情、架空等热门网络文学题材的改编占领了影视改编的主要阵地，纯文学的影视改编在商业大潮下略显孤寂。

二、"逆流而上"的纯文学影视改编

纯文学作为一种文化精品，社会影响力可能会减弱，但永远不会"过气"，在任何时代都有其文化价值。2015 年根据路遥同名小说改编的电视剧《平凡的世界》一开播就获得了观众好评。这部电视剧能够成功，原因有如下几点：第一，原著的读者基础良好。小说《平凡的世界》自问世以来获得了大量读者的青睐，它的影响力早已"出圈"。读者乐意见到小说中的人物形象和故事内容以影像化的方式"复活"。第二，电视剧继承了原著扎实的现实主义风格，让经历过那个时代的人有极强的认同和代入感，也让没经历过那个时代的年轻群体能够看到曾经的时代样貌。第三，电视剧改编时加强了故事的连贯性和叙事节奏，让整个故事更加紧凑流畅，更加符合电视剧艺术的观看需求。第四，电视剧改编注重对故事核心人物的形象的塑造，尤其是对主人公的精神成长和跨越阶层的爱情的细致表现，让电视剧在现实主义的统摄下闪烁着理想和浪漫主义的光辉。

2017年改编自陈忠实的同名小说的电视剧《白鹿原》是近年来又一部成功的纯文学改编作品，该剧播出后收视率低开高走，获得了较高的口碑。《白鹿原》小说原著有着厚重的史诗感，但并不是普通的现实主义作品，虽然故事性很强，但也包含了批判与反思、魔幻与荒诞、血腥与狂欢等多重特质，是一部意蕴复杂的作品，如果照搬原著，且不论文本转译难度，大众的接受就是一个巨大的问题。该剧的改编在保持原著故事完整性的基础上对原著的复杂意蕴进行了简化和消解，改为一种温情而接地气、日常生活化的叙事，注重对中国传统文化优秀部分的弘扬和地域色彩民俗文化的展示，从而更符合电视剧的媒介表达需求，也更契合当代的价值观和审美旨趣。

近年来另一部具有典型意义的纯文学改编电视剧当属2020年播出的《装台》，这部根据陈彦同名小说改编的电视剧聚焦装台工人这一底层群体，以一种久违的粗粝、坚硬和温热的生活质感打动人心。这部作品不但具有思想艺术性上的现实主义品质，剧中人物的情感悲喜和生活磨难也引发了当代社会的普遍情感共鸣。电视剧场景极具真实感，故事又富有趣味性，在艺术性和可看性上都达到了近年来文学改编电视剧的高峰。该剧所凸显的主题鲜明而朴实，又充满正能量，剧中那些装台工人们虽不是舞台的主角，却是舞台所要依赖的人。这样的主题精准地击中了普通大众，我们不是这个社会的"主角"，但却是这个社会大"舞台"所不可或缺的人。

三、纯文学影视改编如何破局

相对于网络文学 IP 的"快消""爽感"化改编，纯文学的影视改编仍然面临挑战。

第一，纯文学改编不但难度大，而且往往"费力不讨好"。一部文学作品改编成一部影视作品，必须完成从文字到声画的转换，思想艺术性越高的文学作品，其思想艺术内涵就越复杂，影像转化就越困难，需要花费充分的时间和精力去理解原著，改编者的理解力和编创水平如果不够，即使付出再多努力也不一定能获得成功。

第二，艺术性和商业性的矛盾。在新媒体时代，纯文学的思想深度、艺术高度以及蕴含的严肃主题与影视的大众文化特质很难契合。如果一部纯文学作品的改编恪守文学作品本身的思想深度和艺术高度，那么内容的严肃性在某种程度上会限制娱乐性和可看性，而如果彻底迎合受众的娱乐需求，则会破坏掉文学作品本身的韵味，纯文学的艺术价值就会受损。艺术性与商业性之间的矛盾，使得纯文学的影视改编需要冒着巨大的商业风险。

第三，新媒介的冲击。媒介的迅速迭代使得传统的影视观看方式被改变，抖音、快手、微信、微博，这些带有交互特质的"社会化媒体"牢牢地攫取了人们的注意力，"短""轻""快"成了人们的审美理念和价值尺度。在这种语境下，各种文化快消品借助新的媒介畅行无阻，而传统的纯文学群众基础则越来越薄弱。因此，传统的影视媒体为了和新媒体争夺关注度，就不得不迎合大多数观众的心理，这导致以纯文学为底本改编的影视作品越来越少。

纯文学影视改编的"破局"，某种意义上也是纯文学自身的"破局"，是时代发展的必然需求。

第一，要转变思路，深刻认识新媒体时代的传播规律。在当下，文化产品的传播方式已经改变，不同于传统影视媒介扁平性、单一性、直线性和集中性的一对多式传播，新媒体和社会化媒介体现出立体性、多元性、网络性和分散性的多线式传播特征。在"B站"上，《三国演义》电视剧被剪辑成许多"鬼畜"短视频，这些看似荒诞不经的视频获得的关注远远大于电视剧视频网站上正版《三国演义》电视剧的点击量。这些符合当下人们生活和娱乐节奏的传播方式正是传统的纯文学影视改编需要借鉴的，纯文学也可以用短视频、微剧甚至二次元动漫等方式进行改编和传播。

第二，化繁为简，聚集泛娱乐化时代的文学审美需求；新媒体时代文化产品的最大特点就是泡沫型产品过剩，而真正有营养的产品却寥寥无几。在"抖音"平台上，《人民的名义》电视剧被剪成上百个精华段落，《雍正王朝》电视剧中的多个"名场面"片段在各个短视频 App 上被人反复浏览观看。这说明在这些新媒体平台中真正有价值的内容其实相当匮乏，纯文学的影视改编可以利用这点，以适当的方式弥补这一缺位，为这些平台的受众提供真正有营养有价值的内容。

第三，内容为王，吸引年轻一代的受众群体。对于年轻一代的受众群体，不能试图去单向地"引导""教化"和"精神提升"，而是要靠内容和形式来"吸引"他们。以鲁迅的作品为例，鲁迅的小说研究者历来一致认为其思想艺术价值极高，且不容易被改编为影视作品，因此鲁迅作品的影视改编即便在他的同时代，数量也远低于现代文学中的茅盾、老舍、巴金等作家，更比不上张恨水这样的通俗文学作家。然而在当下年轻群体聚集的"B 站"上，一个以解读鲁迅作品为主的"up 主""智能路障"却拥有 244.6 万粉丝，其中的解读内容严谨而又具有"正能量"。这不得不让人深思究竟是鲁迅的作品"不易改编"，还是影视改编者"不会改编"。

第四，与时俱进，拥抱"主旋律"。以电视剧《觉醒年代》为例，虽然这部电视剧不是由文学作品改编而是根据历史史实编创，但却实现了收视与口碑的双丰收，"豆瓣网"评分 9.3，是为数不多的评分上 9 分的国产剧之一。该剧以现实主义手法正面表现"五四"前后中国的觉醒历史，细致艺术地再现了陈独秀、李大钊、蔡元培、胡适等一批历史人物的历史功绩，其高质量的制作和精彩的演绎获得了受众的一致好评。"主旋律"文学的影视改编当以此剧为标杆，在内容、表现手法、文学性和影像性的融合上，在制作和演绎上与时俱进，真正讲好中国故事，实现文学与影视的"关系升级"。

总之，纯文学改编的电视剧作品如果能够在尊重原著精神的基础上结合时代语境，还能够时刻关注到大众审美趣味的变化，同时熟悉掌握电视媒介的传播规律，完全可以在消费娱乐和碎片文化盛行的当下"逆流而上"，彰显纯文学永恒的生命力。

文学影视改编中的人民立场与思想担当

唐圆鑫

近年来，网络文学的影视改编虽有《赘婿》《司藤》《庆余年》等热门作品，但随着数量的逐渐增多，改编质量良莠不齐，缺少高口碑的爆款剧集，同质化的剧情、模式化的改编、快餐化的制作及低质量的内容，令观众审美疲劳。"流量明星+网文IP"不再是观众观剧的首选，越来越多的观众倾向于为聚焦现实关切的口碑剧集买单。严肃文学改编在贴近现实生活和展现大千世界变迁的现实主义浪潮的影响下，因满足市场需求、强情节的叙事设定、扎实可靠的人物形象塑造和剧情发展获得了出乎意料的市场效益，受到影视公司的青睐，《我是余欢水》《装台》《人世间》等优秀剧集的热播可见一斑。此外，根据金宇澄《繁花》、陈彦《主角》、徐则臣《北上》等改编的大批影视作品将接踵而来。经过多年的积累与发展，严肃文学在影视改编产业链中愈发重要，业已成为我国影视改编中不可或缺的资源。但是，文学的影视改编在取得不菲成就的同时也乱象丛生，人民立场的欠缺与思想意识的匮乏使得我国的影视行业难以良性发展。

从毛泽东在《在延安文艺座谈会上的讲话》中提出"文艺为人民"的观点到习近平总书记《在中国文联十一大、中国作协十大开幕式上的讲话》中强调"坚持以人民为中心的创作导向"，要"书写生生不息的人民史诗"，表明人民成为文艺创作取之不尽、用之不竭的丰沛资源的同时，文学的影视改编也应基于真实的环境、多角度的人物塑造和生动形象的故事情节客观再现人民群众的真实生活，"创作更多满足人民文化需求和增强人民精神力量的优秀作品"。严肃文学往往较为高级和细致，具有独特的精神气质和多重的复杂意蕴，进行影视改编时需以人民的现实需要和易于接受为依据，充分考虑普及与提高之间的辩证关系，以一种温情平实、娓娓道来的日常化叙事令受众获得强烈的共情和代入感，诚如鲁迅所言："应该多有为大众设想的作家，竭力来作浅显易解的作品，使大家能懂，爱看。"可以说，文学的影视改编要坚守"以人民为中心"的文艺发展观，着眼于人民群众的现实生活，关照到人民群众的真情实感，参与人民群众的社会实践，尽可能真实而全面地展示当前人民群众的生存状态，这些内容构成了新时代文学影视改编的核心价值取向。作家在小说完成后，通常会有一些不满和遗憾的地方，通过影视改编"将人民的伟大实践和时代的深刻变迁融于创作之中"，剧情发展便会自然而然地顺从人物及其生活本身，提升作品的真实性与可信度，使故事更加贴近亿万国人的生活底蕴和契合他们的精神生活期待，推动新时代文学影视改编事业的长久发展。

虽然人民的满意与否成为检验文艺创作的最高标准，但文学的影视改编在普及的过程中绝非仅有一味迎合大众喜好而走向粗制滥造和低级庸俗的一面。众所周知，社会主义的文艺是人民的文艺，文学的影视改编在兼顾经济效益和社会效益的同时，必须将人民最迫切的需要和意愿作为评价作品质量的第一标准。数字媒介时代的文学影视改编需要在大众审美趣味提升和价值观念塑造方面发挥重要作用，这恰好说明"我们的提高，是在普及基础上的提高；我们的普及，是在提高指导下的普及"，唯有定位于人民群众，结合其细腻情感、美好愿望、精神满足、人性温暖等现实需要，以"接地气"的方式呈现日常生活和道德良善，方能走出一条为人民谋幸福的文学影视改编发展道路。例如，以聚焦周家三兄妹命运浮沉和展现中国社会发展变迁的《人世间》，通过鲜活生动、细腻扎实、朴实真挚的人物塑造和时代感强烈、生活气息浓厚的故事情节写就了一部改革开放前后近半个世纪的"平民史诗"。一方面，该剧以小人物、大家庭的视角引导观众很快进入剧情营造的氛围，制造出众多笑点和泪点，契合了合家欢的观赏特征；另一方面，该剧的改编注重将人物命运与时代发展相结合，以温暖的笔触描绘日常生活，降低了观众欣赏的门槛，并引发互联网的热烈讨论，播出后成为近年来为数不多的现象级剧集。概言之，"一部好的作品，应该是经得起人民评价、专家评价、市场检验的作品"，文学的影视改编需要影视创作者以人民的视角理性把握和感性直观当前社会发展取得的成就和面临的困境，在改编过程中传递普适的世界观、人生观、价值观，创作出具有人类性和世界性高度的经典作品。

与此同时，伴随市场经济的高速发展和影视技术的迅速迭代，逐渐盛行的消费文化因其自身固有的通俗性、商业性和娱乐性，致使文学影视改编作品不可避免地由精神引领者沦为迎合大众趣味和市场需求的文化商品。作为思想表征时代的重要组成部分，目前的影视作品存在重市场需求和娱乐功能，轻价值引领和精神导向，且对重大题材把握能力较弱等弊端，缺乏深刻的思想水平和高超的艺术旨趣。文化生态的改变导致影视创作者被迫转变传统以打磨精品的写作方式去逢迎大众趣味和吸引受众眼球，他们大多紧跟新兴的写作潮流，或浮于现实生活的表面，抑或游离于现实生活之外。然而，"真正的文学，是提供高端的精神果实，是充满信仰和爱意的，是温暖的文字，是开启心智和净化灵魂的，是具有免疫力的"。文学影视改编思想控制力的匮乏不但大大降低了文学作品的思想深度和艺术高度，而且破坏了作品本身的节奏和韵味，致使人物情节立不起来，布局谋篇就更不必说了。作为影视作品生命力的重要参照系，其思想的深刻性在很大程度上决定了一部影视作品能否流芳千古、深入人心，近年来《白鹿原》的不断改编便是一例。一般来说，作家在改编中坚持什么样的创作思想，改编的影视作品便会以相应的面貌与之匹配，诚如恩格斯所言：

"情节大致相同的同样的题材，在海涅的笔下会变成对德国人的极辛辣的讽刺；而在倍克那里仅仅成了对于把自己和无力地沉溺于幻想的青年人看作同一个人的诗人本身的讽刺。……前者以自己的大胆激起了市民的愤怒，后者则因自己和市民意气相投而使市民感到慰藉。"文学影视改编中秉持的创作思想与作为影视作品呈现出的思想基本上是相符的和一致的，它以人物形象独特的艺术感染力启发人民思考，慰藉人民情感。因此，文学影视改编的价值坚守和责任意识同对文学作品的思想根基和艺术价值的恪守便成为影视改编高质量发展的题中应有之义。

文学的影视改编不是对文学作品的简单复制或任意摹写，而是有取舍、有加工的能动创造。经典的文学作品拥有广泛受众，其本身质量过硬、内容过关、结构完整，蕴含作者独特的见解和思想，经过影视化改编后易于使观众产生认同感和共鸣。若能辅以实力演员和金牌团队的加盟，在内容生产源头进行把控，便能大大降低烂尾风险，使作品在短期内口碑发酵，产生热度。在"物质化""类型化""时尚化"等成为当前文化关键词的同时，影视改编也不可避免地落入这个巨大的泥沼中。在雷达看来，纯文学若想屹立于时间之流中，"决不是倒向市场化，类型化，网络化，通俗文学的某些元素，被它们所置换，恰恰相反，它需要的是更加坚守纯文学的审美立场，并且接受经典化的洗礼"，影视改编亦然。影视作品是给大众看的，它们在引导社会舆论和社会风气方面具有十分重要的作用，国家文化软实力同受众文化素养的提升直接关系着受众的观剧选择。因此，无论科技和媒介如何发展，艺术作品的丰盈始终取决于深邃的思想和真实的生活，"打动人心、实现共情的力量是其思想内容的价值穿透力和情感表达力"。文学的影视改编应合乎社会的主流价值观和受众的观赏习惯，融入影视创作者对现实的深刻洞察和对人生的真知灼见，以高尚的情操和文质兼备的作品传递正能量的同时，借助科技手段的创新和新兴媒介的融合创造更多引人向上向善的价值内容。正如很多观众在看完《人世间》这部剧后，喜欢上了梁晓声的原著小说，并自觉购买阅读，这种"先看剧后阅读"的模式，使观众在"观剧＋阅读"的过程中加深了对原著的理解和思考，增强了他们亲近严肃文学的动力。相较于网络文学，此前相对有限的严肃文学的接受门槛，在这一传播模式下变得更为亲民和大众，使观众在参与和实践中更易抵达文学思想性的内核。这是社会对文学影视改编的外在要求，也应是文学影视改编的内在属性。

综上所述，人民立场和思想担当揭示出新时代语境下文学影视改编的核心价值追求和未来前进方向。文学的影视改编亟须关注具有现实主义时代精神和思想内涵的优秀作品，既要做到对人民生活百态的真实再现，自觉表达人类的生存困境，满足人民的精神文化需要和对美好生活的向往，又要在某种程度上遵从文学作品的思想深度和精神维度，为中国梦的实现和中华民族的伟大复兴贡献文学智慧，兼具艺术性与可看性。在进一步发掘当下影视媒介传播规律的基础上，将二者在有限的影视作品中以极具时代艺术审美的影视语言进行至情至理的深度融合，丰富文学影视改编的精神意蕴和审美价值，拓展影视作品的取材范围与叙事视野，从而使其符合观众情感表达和观赏心理的需要，以影视的方式讲好中国故事，增强在世界格局中的中国文化软实力。

现实之烛光，照亮理想之征程

——论现实题材网络文学影视化改编策略

杨丹迪

近年来，现实题材网络文学的影视化改编再次掀起热潮。从描绘中产阶级生活的《小欢喜》到反映底层人物生存的《我是余欢水》，从刻画原生家庭的《都挺好》到展现时代变迁的《大江大河》，从直面女性职场现状的《怪你过分美丽》到悬念跌宕起伏的《开端》，从家庭伦理到职场生活，从主旋律题材到悬疑叙事，现实题材网络文学的影视化改编呈现出崭新的发展态势，将目光延伸到青春、女性、悬疑、主旋律等多种题材与角度，以独特的女性形象、小人物视角来揭示当下的现实生活与时代的变迁。

本文将从现实题材网络文学影视化的改编现状、改编策略、存在问题和发展趋势几个角度进行探究，结合国家相关政策和优秀作品进行分析，并关注网络文学影视化改编中现实与理想的取舍、小人物与大时代的成长变迁。

一、现实题材网络文学影视化改编现状

根据《国家广播电视总局办公厅关于 2021 年第四季度暨全年全国国产电视剧发行许可情况的通告》显示，2021 年全年全国生产完成并获得《国产电视剧发行许可证》的剧目共计 194 部 6722 集，其中现实题材剧目共计 144 部 4777 集，分别占总部、集数的 74.2%、71.1%[1]。

与其他类型电视剧相比，现实题材电视剧既可以满足"阳春白雪"的理想，又可以关照"下里巴人"的通俗，在描绘现实生活的基础上引发观众共鸣，同时达成对于美好未来的展望。而作为影视化创作源泉的现实题材网络文学改编也再次掀起新的热潮。

自 2019 年开始，现实题材网络文学的影视化改编呈现出多元化的叙事特征，而跳脱出单一化青春叙事的改编题材，拒绝一味的煽情狗血，利用"互联网 +"的优势，紧随时代潮流，聚焦社会热点话题，关注百姓民生。2019 年改编自同名网络小说的《都挺好》直指原生家庭的痛点，结合养老、女性、家文化多种元素赢得观众好评。2020 年底热播的《大江大河 2》，改编自阿耐的《大江东去》，该小说在 2009 年曾荣获"中宣部五个一工程奖"，通过宋运辉、雷东宝、杨巡三人的命运展现改革开放以来时代的发展变迁。2021 年爆款出圈的《乔家的儿女》以幽默诙谐的语言和温暖感人的亲情打动观众，通过

---

1. 国家广播电视总局办公厅：《国家广播电视总局办公厅关于 2021 年第四季度暨全年全国国产电视剧发行许可情况的通告》。

对小家庭内兄弟姐妹的群像化塑造，演绎出中国传统温暖的家文化。

现实题材网络文学的影视化改编在政策的支持下逐步呈现出"百花齐放，群芳争艳"之势，从养老、婚恋、职场、悬疑、主旋律等多维度进行叙事，拓展现实题材叙事的角度。这既推动影视行业的多元化创作，也带动网络文学的发展，留存原著粉丝，延展文化产业链，实现经济效益和播出口碑双丰收。

正值"十四五"时期，主题创作成为电视剧高质量发展的重要抓手[1]。现实题材电视剧的改编也应扎根现实生活，聚焦社会议题，树立正确的价值导向，选取有价值有营养的网络小说进行改编创作，为影视行业发展注入新的活力。影视业在关注传媒行业的同时，也需带动网络文学前进，将原创剧本、剧作以网络文学的方式传播。此外，还应延伸全行业文化产业链，破圈宣传，进一步推进文学与影视的关系；"提质减量"，把好网络文学作品改编之关；"匠心精作"，聚焦现实题材影视创作。

二、现实题材网络文学改编策略探析

现实题材网络文学的改编以成熟的网络小说文本为基础，根植于"粉丝经济"，将文学的情感性和生活的现实性相结合，

---

1. 冷成琳：《2021年全国电视剧发展报告》，《中国广播影视》2021年第23期。

完成了抒情与理性的融合。这些作品将青春、女性、悬疑、养老、主旋律等社会热点注入于现实题材，形成了多元化、立体化的改编格局。不论是原创者还是改编者，都自觉淡化了对于西方文化的摹写，张扬起对本土文化的传播，并在不断层累与逐渐凝定的演化过程中，呈现出十分明晰的优秀传统文化价值与现实关怀。[1]

一大批现实题材网络文学改编作品也重新建构起独特的文化形象，既保留原著小说中原有的人设，又结合时代发展重新塑造丰满立体、有血有肉的人物。在展现女性和小人物形象时，摒弃"爽文"套路，将人物放置在具体的环境中，以严谨、合理的逻辑书写个人命运，达到"情理之中、意料之外"的陌生化效果。在叙事语言上，改编者既遵循着现实题材影视剧的严肃性，又注入幽默诙谐的元素，将人物悲剧性的遭遇以轻松的方式呈现出来，吸引了年轻化受众群体的目光。联结原著小说中的"家"与时代发展下的"国"，既呼应了传统文化的家国概念，又贴合新时代发展内涵，为现实题材网络文学的影视改编注入新的价值取向。

（一）多元化的改编格局

现实题材影视剧在政策支持下逐渐以一种良好的发展态势走入观众视野，在"提质减量"的要求下，层层把关，筛选优质剧本。网络小说作为影视改编的主要素材源，以丰富多样的

---

1. 骆平：《从抒情到理性——网络小说影视改编中的文化建构》，《中国电视》2021年第7期。

视角和题材为改编者提供选择。独特的女性视角、跌宕起伏的悬疑叙事、新时代发展的主旋律，都成为现实题材网络文学影视改编的优质文本。

1. 女性视角下的职场与家庭

根据调查数据显示，2017 年中国网络文学作者的平均年龄在 27 岁，30 岁以下作者的比例高达 71.7%。[1] 网络文学创作主体的年轻化在一定程度上影响了影视改编作品的受众。2020 年热播的《怪你过分美丽》由秦岚、高以翔主演，通过对娱乐行业经纪人莫向晚的职场生活的展现，进一步向观众抛出女性在职场中所面临的困境，引发了都市女性的情感共鸣，并透射出娱乐圈幕后群体的生存现状。

女性作为电视剧市场消费的主力军，在观赏的过程中更能感知到剧中所蕴含的情感诉求。《怪你过分美丽》以女性职场生活的呈现为基础，聚焦于"职场初老症"的热点话题，用一场"困兽之斗"讲述都市职场女性的生存现状，带领观众直面职业生涯中会遭遇的困难与瓶颈，让观众能够观照自身，从而发现问题与不足并找到合适的解决办法，传递社会正能量。[2]

再以热度较高的《欢乐颂》为例。不论是"傻白甜"邱莹莹还是精英阶层的安迪，她们在繁华的大都市中都有自己的痛

---

1. 艾瑞咨询:《2018 年中国网络文学作者白皮书》，载搜狐网 https://www.sohu. com/a/231827256_483389，2018 年 5 月 16 日。
2. 胡破晓:《〈怪你过分美丽〉开辟女性职场新视角，恒星引力成为连续爆款制造机》,《电视指南》2020 年第 11 期。

点与不安，或是职场上的不顺，或是情感上的失意，都能戳中千千万万打拼者的内心。影视作品中当代女性在社会中的困境唤起了观众情感的共鸣，青年化的女性视角也逐渐成为改编者所青睐的文本题材。

2. 跌宕起伏的悬疑叙事

2020 年 6 月，随着"带你去爬山，给你唱小白船"的标签一起"破圈出道"的是由辛爽执导的《隐秘的角落》，该剧改编自紫金陈的《坏小孩》，在故事背景、叙事情景、人物设定上具有明显的现实性，即它竭力将犯罪悬疑安置于日常生活世界之中，从而在叙述本应具有高度假定性的同时，似乎构成了一幅当下鲜活的城镇生活世界的景象。[1]《隐秘的角落》在保留原著小说的基础上也做了一些改动，例如，原著中的丁浩和普普勒索张东升的原因是他们逃离福利院后想要积攒一些钱够自己活到 18 岁，但在改编后的影视剧中所呈现的勒索原因是他们想要给普普的弟弟治病。与原著相比，这样的改编显得更具温情。

悬疑叙事与现实题材相结合，既有强烈戏剧冲突作为先天的出圈优势，又借助现实题材的助力，赢得观众的喜爱。这些作品站在悬疑的基础上，凭借严密的逻辑性、强烈的戏剧性和与时代社会相关的思想性，深耕挖掘社会现实背后的心理渊源。《隐秘的角落》以悬疑样式来表达现实的影像文本，在保留严密推理的

---

1. 王圣：《〈隐秘的角落〉与当代现实主义症候》，《电影文学》2021 年第 15 期。

基础上，重视挖掘案情发生的动机，追究犯罪的社会原因。[1]

2022 年热播的《开端》改编自祈祷君的同名小说，主人公在时间的循环中不断揭开案情相关真相。《中国艺术报》总编辑康伟表示，作为小说叙事方式的"无限流"比较容易被读者接受，但在电视剧中呈现时间循环就有了很大的难度，因为不仅要处理时间循环的逻辑，还要同时处理相伴而生的空间。[2] 但《开端》的影视化改编并没有让观众失望，以新颖的超现实循环形式来书写芸芸众生的生存之相，有在外奔波打工的老焦，有出狱后想要重新生活的瓜农，有"非主流"的"二次元"。该剧将跌宕起伏的悬疑元素注入 45 路公交车上普通人的生活，在充满强烈戏剧张力的悬念中，以现实主义的手法揭示人物背后的心理动机与时代的价值关怀，拓展了现实题材网络文学影视化改编的新视角。

3. 新时代主旋律的奏响

近年来，主旋律电视剧在政策的支持与推动下重新走进观众视野，以优质的内容赢得良好的口碑。作为改革开放四十周年的献礼剧《大江大河》，选取阿耐的《大江东去》作为改编文本，以宋运辉、雷东宝、杨巡三个不同阶层的小人物来讲述在改革开放背景下国有经济、集体经济和个体经济的发展以及

---

1. 王艳云、蒲桂南：《现实题材网络剧的悬疑创作倾向——以爱奇艺"迷雾剧场"为例》，《重庆邮电大学学报（社会科学版）》2022 年第 34 期。
2. 邓立峰：《网络剧〈开端〉："无限流"与"生活流"的"汇流"》，《中国艺术报》2022 年 2 月 28 日。

时代大潮中个人的命运变化，以小见大，用点带面，全方位、立体式地描绘了时代画卷，展现了社会风貌。

《大江大河》第一集中呈现了 1977 年 10 月 21 日《人民日报》的文章《关于 1978 年高考，中央文件指出……》，以宋运辉背诵《人民日报》内容的画面交代了相应的时代背景。除此之外，人物的服装和家庭的物件摆设也都还原了 20 世纪 70—80 年代的风格。以宋运辉家为例，大到整个房间的柜橱家具，小到一顿饭的汤菜设计，都有考究，甚至剧中宋运萍所扎的皮筋样式、扣扣子的方式都有具体要求。

改编者把握主旋律电视剧制作的高质量要求，利用视听语言直观化传播的优势打造出了一部高质量作品。剧中偏绿的色彩基调是对当时生活环境的呈现，也是对美好生活的向往；室内外自然光线立体感的运用营造出较强的真实感，也为小雷家的生活增添了一丝温情。[1]

紧随时代脚步，奏响主流旋律。选取优秀的网络小说进行影视化改编，将中国特色社会主义思想贯穿于现实题材的影视文本中，既回望了过去艰苦奋斗的历史，又展现了当下社会中老百姓生活的幸福与困惑；既把握了历史方向的生活真实，又以艺术真实的影像手法阐释了原著小说的文本内涵。

（二）创新化的叙事语言

现实题材网络文学改编框架下的影视剧叙事，不再局限于

---

1. 王志宏、伊文臣：《借力影视艺术，讲好奋斗故事——以热播主旋律题材电视剧为例》，《当代电视》2021 年第 4 期。

简单的文本还原，而是以优秀的小说文本为基础，将其转换为通俗易懂却不乏幽默的影视语言。作品应结合故事所发生的地缘空间，牢牢把握"家国一体"的创作理念，以一脉相承的儒家文化重塑新一代的精神面貌。

1. 荒诞与现实的交织

"并不是生活中的一切灾难和痛苦都构成悲剧，只有那种由个人不能支配的力量（命运）所引起的灾难却要由某个个人来承担责任，这才构成真正的悲剧。"[1] 2020 年 4 月，由正午阳光影视公司出品的《我是余欢水》，改编自余耕的网络小说《如果没有明天》，以荒诞离奇的方式讲述着小人物余欢水的悲剧命运，在黑色幽默的讽刺下，戳中现实中这一群体的痛处，赢得口碑与热度双丰收。

艺术来源于生活，却高于生活。现实题材影视作品的改编既要透射时代发展中的现实生活，又要跳脱出教条主义的说教，唤醒观众的情感共鸣。《我是余欢水》立足于小说《如果没有明天》，保留原著的故事走向，在改编过程中高度压缩剧情内容，在短短的 12 集中杂糅家庭、都市、职场多个场景和对婚姻、工作、教育、友情、贪污、地下交易等社会问题的探讨，直击社会痛点，向受众传递了正确的社会价值观念。[2]

剧中"上有老下有小"的余欢水不幸的遭遇也是一部分中

---

1. 叶朗：《美学原理》，北京大学出版社 2009 年版，第 344 页。
2. 李凯强、温建梅：《〈我是余欢水〉：国产现实题材剧的一次另类尝试》，《当代电视》2020 年第 8 期。

年男性生存处境的映射。该剧以轻松幽默的喜剧方式来呈现悲惨的生活现状，通过对小人物的真实写照来书写都市环境中普通人的辛酸苦辣，以荒诞的喜剧风格营造生活的悲剧感，达到"笑中含泪"的效果，充满现实主义的色彩和荒诞风格，12集高度浓缩的剧情内容在紧凑的结构中行进，以幽默的语言叙述小人物的生活现状，打造现实题材影视剧改编的新典范。

2. 叙事空间勾勒时代风貌

现实题材电视剧强调了空间的意义与作用，它不仅进行地理空间与社会、文化景观的生产，还将其作为社会学与美学上的符号进行意义传达。[1] 而由网络文学改编的现实题材影视作品更注重空间的塑造，这些作品首先对于原著进行筛选，以描绘现实生活原貌为基础，对不同的空间类别进行划分；其次，将存在于原著读者想象中的空间影像化，呈现出具体的空间样态，唤醒观众集体的时代记忆。

空间是剧情叙事的载体，是人物命运的轨迹，是思想情感的象征。[2] 阿耐的《大江大河》与《欢乐颂》作为网络文学影视改编成功的典范，分别讲述了不同时代背景中普通人艰苦奋斗、砥砺前行的故事。《大江大河》作为改革开放的献礼剧，牢牢把握时代发展的脉搏，将小说文本中的空间转换为具体的金州化工厂、小雷家农村、扬子街电器市场。一方面，通过三

---

1. 张荣恺、张宇君：《时代记忆的影像书写：现实题材电视剧的空间修辞》，《中国电视》2021年第10期。
2. 柏愔：《电视剧〈大江大河2〉中的空间叙事研究》，《当代电视》2021年第4期。

个具象化的地理空间，该剧揭示了宋运辉、雷东宝、杨巡所代表的国有企业、集体经济和个体经济的发展脉络。另一方面，该剧在文化空间的塑造上遵循原著细节，剧中所呈现的建筑、家具、服装、音乐结合历史时间，还原改革开放时期的时代风貌，引发观众情感共鸣。

《欢乐颂》以五个不同阶层的女性为线索进行对比叙事，将她们共同放置在"魔都"上海的地理空间中，尤其以邱莹莹、关雎尔、樊胜美三人的合租屋为三者的共同叙事空间，讲述当代普通女性在都市中背负的经济与精神压力，透射新时代女性所面临的各种问题与挑战，考虑女性受众的情感需求。

不论是具象化地理空间的展现，还是历史文化空间的呈现，都是现实主义题材影视改编作品勾勒时代风貌的重要依托。不论是宏大的主旋律，还是热门的都市剧，都应牢牢把握文本与影像的叙事空间，描绘历史与时代的发展，重新唤醒观众的情感记忆。

（三）文化形象的建构

现实主义题材网络文学的影视改编无法脱离对于原著人物的塑造，丰满的人物形象是文化思想有力的传声筒。人物形象塑造既应该具有鲜明的个性，又需要深刻的共性；既需要描绘小人物的酸甜苦辣，又需要展现英雄群像的无私奉献。既要体现人物的思想深度，又要折射鲜活的时代特征。

1. 老年形象的呈现

近年来，随着现实主义题材在荧屏上的活跃，创作者突破程式化的职场精英和伦理化的女性形象，转而将目光投注于老年群体。改编作品将原著文本中的老年群体转换为荧屏上真实有趣的形象。

影视剧《都挺好》播出时，随之一起破圈出道的是对剧中人物苏大强的调侃，作为父亲的他颠覆了传统父亲高大坚强的形象，取而代之的"懦弱、无理取闹"暴露了原生家庭所隐藏的弊端。由典型形象"苏大强"所引出的养老问题，也让诸多面对父母束手无策的观众感到心力交瘁。反观2021年底热播的《小敏家》，改编自伊北的同名小说，该剧遵循原著中刘小敏和陈卓的情感主线展开叙事，在刻画都市女性所面临的婚恋、职场等问题时，也关注了老年群体的情感诉求。以剧中刘小敏的母亲王素敏为例，不同于其他家庭伦理剧中的母亲形象，她在进行全面的思量之后，决定去养老院和同龄人一起度过晚年。剧中反套路化塑造的王素敏是独立、不一味依附于家庭、有自己精神诉求的老年形象。

电视剧《心居》狗血的剧情被观众所诟病，但剧中对于上海这座都市中的老年形象描绘却非常全面。剧中患有躁郁症的施源母亲、患有阿兹海默的张老太、靠外卖生活的独居老人等，都是当代老年人真实的生活写照。这些改编作品在影视化的过程中结合社会热点话题，为其找到合理的社会心理依据。

当下电视剧对于老年形象的呈现不再仅仅局限于一味无私奉献、牺牲自我的母亲形象，也不再突出原生家庭中鸡飞狗跳的情感纠葛，而是结合社会热点话题，以情感需求为基础，既还原他们的家庭生活，又描绘他们的社群生活。以此塑造的新时代下的老年形象，更能扩展受众，引发共鸣。

2. "小人物"的书写

在传统史观为英雄人物篆书立碑时，文学家们也将悲悯的情怀投注在孔乙己、阿 Q 等小人物身上。现实题材网络文学的改编者也以影视化的方式将这种关照传递于世，将他们的喜怒哀乐作为社会的缩影，反映时代发展中百姓的生活面貌。

大众文化时代，大众获得了文化选择权，具有消费特征的大众艺术，其生存依赖于被大众所选择。通过观看以表现"自我"为核心的影视作品，大众获得了多重心理需求的满足。[1]小人物的形象适时地满足了大众的心理需求，令后者在平凡人的故事中达到"自我满足"的追求。《心居》中海清所扮演的冯晓琴作为生活在上海家庭中的外地媳妇，在经历丈夫的去世后，依靠自己的力量最终在上海站稳脚跟，她从风雨中奔波的外卖员逐渐努力成为"不晚"养老院的股东，也让现实中千千万万"沪漂"的女性看到了希望，增添了信心。

在主旋律电视剧的叙事下，小人物的塑造更是让观众眼前一亮。作品将平凡的普通人放置在大时代的背景中，在发展前进的浪潮中缓缓展示普通人的酸甜苦辣。他们可能是《大江大河》中挑着担子卖馒头的小杨巡，可能是《鸡毛飞上天》中迎

---

1. 李琳：《大众的"自我"选择——影视小人物盛行现象的文化解析》，《当代电影》2009 年第 7 期。

难而上的骆玉珠，在把握国家政策的方向下，用自己的双手改变命运，成功谱写了普通人的"英雄梦"。

不论是现代都市中艰苦打拼的普通人，还是时代潮流中奋勇前行的小人物，都在以血肉丰满的形象谱写着奋斗之歌，树立正确的道德立场，满足观众成长为"英雄人物"的情感需求。现实题材的书写离不开对于普通人生活的重现，小人物的平凡依旧可以照亮理想的征程。

3. 群像化的塑造

立足于现实的土壤，描绘时代洪流中波澜起伏的命运，群体的生存在银幕中得以呈现。以不同受众为切入点，融现实之内涵与理想之希望，展现不同群体的生活面貌。秉持"以人为本"的基本理念，现实题材电视剧的创作离不开对人的关照。都市中拼搏奋斗的女性、时代洪流中白手起家的小人物、被命运所戏弄的原生家庭受难者，群体的磨难成为现实的写照。

在女性主义成为近几年的热门话题时，影视界在塑造女性角色时也有了新的思考。女性形象在电视剧中的内涵不断加深，女性以独立的形象出场，而不单单是男性的附属品；很多时代内涵丰富、性格复杂多元的女性形象的出现，也影射大众对女性形象的关注和女性自身自我觉醒的过程。[1] 电视剧《欢乐颂》以五位女性在上海打拼的故事为主线，结合职场与生活

---

1. 张智华：《近年来中国现实题材电视剧女性形象及价值取向》，《当代电视》2021年第 6 期。

展开叙事，向观众展现了在都市打拼的年轻女性所面临的困境。群像化的塑造方式描摹出当代城市女性的心路历程，也以五种类型的人物缩影紧贴社会热点话题，从原生家庭、职场困境、情感需求等角度切入，满足观众的心理需求，唤醒观众的情感共鸣。

大众化的创作思路促使当下现实题材电视剧中人物塑造不再局限于单一的中心人物或角色类型，转而向群像化的角色创作迈进，即普泛地描摹出特定时代下的众生相，在跌宕起伏的群体命运走向中，打破性别、代际、身份等特定圈层的限制，引发社会群体的广泛共鸣。[1]《大江大河》以改革开放为背景，突破英雄式的人物书写，选取小人物宋运辉、雷东宝、杨巡作为不同的阶层代表，描绘个人在时代洪流中的命运起伏，映射时代的进步与发展。《欢乐颂》以角色樊胜美为序幕，徐徐揭开了原生家庭的痛点。"重男轻女"封建思想施加给女性的不公，成为她们成长时期一道难以抚平的伤痛。《安家》中的房似锦、《都挺好》中的苏明玉，都背负着原生家庭的创伤。

群像化的塑造使得现实题材影视剧中的人物心理与时代风貌更易理解，附加在人物身上的情感也更为丰盈。在多领域多视角的刻画中以情动人，拓展受众群体，为现实主义题材影视剧的改编创作提供了丰富的艺术样本。

---

1. 汤天甜、温曼露：《现实题材电视剧群像化塑造的艺术特征与叙事结构》，《中国电视》2022 年第 2 期。

三、发展趋势

张艺谋导演曾说："我一向认为中国电影离不开中国文学，你仔细看中国电影这些年的发展，会发现所有的好电影几乎都是根据小说改编的……中国有好电影，首先要感谢作家们的好小说为电影提供了创造的可能性，如果拿掉这些小说，中国的大部分作品都不会存在。"[1] 一方面，网络文学作为近年来影视改编的重要源泉，不断地向影视界输入文本，为影视化改编提供了丰富的素材。另一方面，它也发挥着自身开放包容的特点，接纳影视界的优秀原创剧本，为网络文学的发展提供新思路。

文学与影视的联系在互联网新时代的发展下愈加密切，相互贯通。影视界对于文学的反哺，也形成了一套完善的产业体系。两者的融合发展，是现实与理想的平衡，也是文学与影视的新生。

（一）影视化剧本对文学的反哺

由黄轩、热依扎主演的电视剧《山海情》，作为庆祝中国共产党成立 100 周年的开年大戏，在 2021 年开播后创造收视佳绩，赢得了良好口碑。

国家广播电视总局局长聂辰席在《山海情》创作座谈会上的讲话中指出："剧中对乡土中国、人情伦理的着墨，对中国式亲情关系的点染，对体现传统美德和时代精神女性角色的塑

---

1. 李尔葳：《张艺谋说》，春风文艺出版社 1998 年版，第 10 页。

造，对知识分子报国为民精神的阐释，唤起了人们对中华民族的文化认同和集体记忆。这种饱含着诗意、美感，以及东方哲学意蕴的故事表达，有着不可替代的文化魅力。"[1]《山海情》作为原创剧本，扎根生活，展现了脱贫攻坚道路上百姓朴素美好的生活，彰显了理想、奋斗、正能量的价值取向。如此佳作既成就了中国电视剧的高质量发展，也推动了原创故事在网络平台的传播：《山海情》一书在当时居于各阅读网站的榜首。

《觉醒年代》重新激发了主旋律题材影视剧的创作活力。这部历时七年的精品力作让书页上的历史变得鲜活生动。播出后的数据显示，《觉醒年代》的观众中，29 岁以下人群占比近 70%，这意味着这部剧有大量 90 后和 00 后观众。[2]而这些年轻的观众在完成观剧之后，再次将深沉的情感转移到相关的衍生产品上，原著小说、相关的文创产品都成了他们关注的领域。以影视为中心，形成一条全新的产业链进行反哺，这再次激发了网络文学的创作活力，实现了文学与影视界的双赢发展。

（二）现实与理想的辩证融合

关注现实、反映现实、抚慰现实成为近年来现实主义题材电视剧的重要使命。在反映现实生活的基础上，创作者也应注

---

1. 聂辰席：《深入现实生活讴歌伟大实践——在〈山海情〉创作座谈会上的讲话》，《中国电视》2021 年第 3 期。
2. 王嘉音：《如何用电视剧艺术宣传好党史——专访〈觉醒年代〉编剧龙平平》，《中国广播影视》2022 年第 1 期。

意对于原著文本的取舍与把握，既需要关注百姓的日常生活、呈现人生百态，也需要注入理想期待、彰显美好希望。

以直击观众神经的"她"文化为例，其所蕴含的原生家庭、情感婚恋、职场打拼等议题围绕现代女性痛点展开叙事，既激发了受众的情感共鸣，又以剧中人的视角来彰显女性精神独立所带来的新希望。《都挺好》中的苏明玉和《欢乐颂》中的樊胜美都是遭遇过原生家庭创伤的人，她们是重男轻女封建思想的受害者，但最终都与过往的伤害达成了和解。苏明玉等到了来自哥哥的道歉，而樊胜美在朋友的陪伴下也赢得了精神的独立与成长。现实主义题材影视化的改编与创作既书写了真实的现实生活，也蕴含了美好的理想追寻。

以母子亲情为主题的《您好，母亲大人》改编自不良生的散文集《云上：与母亲的 99 件小事》，突破了传统结构，以母亲丁碧云和儿子丁小军为双线展开叙事。虽然剧中的母亲丁碧云最终患癌离世，但剧中温暖的母子亲情却格外动人，编剧以质朴留白的方式为观众提供了一个广阔的想象空间，在有限的现实书写中达到情感的共振。

现实题材的书写并不意味着对于理想内涵的舍弃，精湛的艺术手法也可以让现实的呈现成为观众情感的宣泄口。不论是小人物与大时代的构建，还是个体与群像的书写，都在现实与理想的融合中和谐推进。

（三）整体价值取向的渗透

"文章合为时而著，歌诗合为事而作"，现实主义题材网络文学的改编自然无法绕开时代的价值取向。或是政策的支持，或是家国一体的理念，抑或是社会热点的叙述，都是某种意识形态的呈现。

现实主义题材电视剧作为中华民族独特的文化和精神标志，其创作的肯綮便在于价值观的正确构筑。[1] 不论是主旋律的奏响，还是家庭伦理的书写，皆以正确的主流价值观为导向进行叙事。以近几年热播的主旋律作品为例进行剖析，《人民的名义》是反腐题材的精品力作，《大江大河》是改革开放四十周年的献礼剧；以家庭伦理为切入点，《小敏家》中三代女性的情感婚恋观，《都挺好》《欢乐颂》中重男轻女的原生家庭，都彰显了当代人的情感需求。

立足于中国特色社会主义现实的发展，现实题材网络文学的影视化改编坚持以人民为中心的创作导向，扎根现实，将个人命运与时代变迁相结合，在展现时代动态发展的历程中弘扬社会主流价值，突破传统的道德说教，代之以真挚的情感共鸣，满足群众的审美需求与期待，成就现实与理想的统一。

四、结语

现实题材网络文学的影视化改编以网络小说为基础，结合社会热点话题，融合现实与理想，以大众喜闻乐见的方式，为影视创作提供新思路。不论是家庭伦理的书写，还是主流思想

---

1. 田秒：《新时代现实题材剧的创作理念建构》，《电影文学》2022年第2期。

的传达，不论是都市题材的描绘，还是乡土生活的呈现，都遵循着社会现实与艺术想象的统一，以时代之思想关注人民之需求。多元化的改编格局、创新化的叙事语言和新颖的文化形象实现了经济效益和播出口碑的双丰收，也实现了现实之烛光，照亮理想之征程的美好夙愿。

视听媒介与印刷媒介的融合

——以电影与文学为例

林 恒

20 世纪初，印刷机统治的时代已经成为历史，大众传媒逐渐替代了纸媒的主流地位，人类开始进入"读图时代"。科技的发展造就了多元化信息载体，为电影媒介的发展提供了温床。文学因为无法适应时代的大众需求和审美观念而被不断边缘化，电影似乎大有替代文学的态势。然而，视听媒介并不能取代印刷媒介的传播作用。在大众传媒的语境下，文学与电影将会以共融共存的形式向前发展。

随着当代科技迅速发展，社会节奏的加快，人类已然在一片狂欢声中迎来了由"视觉文化"主导的"读图时代"。电影自 19 世纪末一路走来，经过百年历程，不但形成了具有本体意义的表现风格和叙事方式，而且俨然已成为当下社会的主流媒介。电影作为一门百年艺术样式曾经受到文学"先辈"的滋养和渗透，如今寄生于印刷媒介的传统文学却已经失去了往日的荣耀，传统观念中文学与影视的从属关系发生了转变，文学开始让位于影视。在商品时代的背景下，为了迎合市场的需求，文学创作出现了不可避免的复制性，已有千年历史的文学逐渐呈现出边缘化趋势。大众传播开始逐渐替代文学传播，传播的媒质也逐渐由单调的文字符号转变为视听符号。与此同时，科技的发展造就了多元化信息载体，为视听艺术的发展提供了温床，使"电影"这个新生儿异军突起，其发展速度和关注程度让"文学"先辈望尘莫及。

事实上，任何时代都有与之相符合的文化媒介。20世纪初，印刷机的统治已经成为历史，人类开始走向理性衰微。电影站在文学的肩膀上成长起来，也开始逐渐高于文学，"青出于蓝而胜于蓝"，受到人们更广泛的关注和青睐。然而文学作为历史与文明的继承者，在千年的发展中，早已经形成完整的价值体系和思维逻辑，其内容包罗万象，博大而深厚，因而并不会在电影的冲击下而走向消亡，而是不断调整自身以寻求与媒介的融合，以此适应新时代的节奏和需求。

一、文学与电影的本体理解及传播差异

文学与电影首先是两种不同的艺术门类，文学首先以文字和语言为载体，作用于人们的精神世界，充分调动读者的思考能力，以达到传播的目的。文学是理性和抽象的，需要人们在阅读过程中不断地想象和反思。在这种"自我传播"的过程

中，读者的处境往往是孤立的，人们需要理性思考文学句子的深刻含义、被阐述的现象、作者的意图等。读者通过文学作品中对人和事物的文字描述，抽象地在脑海里构建出具体的形象。被构建出的文学形象具有模糊性和多样性，因此文学对不同文化程度的人来说，有无数种解读的方式。说到底，阅读文学作品是一件严肃的事情，也是一种理性的活动。文学作为一种书写的文化形式，几千年以来传承着历史与文明，保存着人类大量的精神财富。依照麦克卢汉的传播理论，印刷术时代下的文学传播是一种冷媒介，延伸了人类对未知世界的感知和想象能力。

电影作为"图像时代"的产物，首先是一种建立在摄影技术和音响制作之上的视听艺术，其与印刷媒介最大的不同在于它能够直接将具体的声音和画面作用于人的感官。无须复杂的想象，只要求电影受众有一定的联想能力和认知经验。通过"蒙太奇"手法把画面和声音按照符合逻辑的方式进行组合，电影便能迅速被受众感知和理解。电影艺术具有强烈的直观性，其反映的人和事物是具象化的。观众在成千上万转瞬即逝的画面中获取视觉快感，电影也正是通过这一视听手段来传递信息和表达事物。

依据电影与文学不同的表达方式和传播特点，可以看出这两者都承载着一定的信息量，并通过不同的载体将感情思想传达给受众。文学作为冷媒介，在"自我传播"的信息"接收"过程中，是被动为受众所接受的。而电影的传播方式是主动的，以声画和剪辑为基本手段对受众进行引导，属于"热媒介"。受众在这一信息"接受"过程中是被动的，只能跟着荧屏的画面做出表面的理解，而无暇顾及上一秒的电影情景。此外，热闹的音响和鲜活的画面驱赶了人们的孤独感，这与阅读文学作品时的感受是截然不同的。人们或许会选择从书本中去获取知识和真理，而选择观赏电影作品的人未必不会抱着这样的态度。

两种不同时代下的媒介产物，各有其独特的艺术形式和侧重方面。文学与电影共同延伸了人类的思维和感知，开阔了人们的思想和眼界，保存并促进着人类文明，在当今社会中缺一不可。

二、电影的"狂欢"与文学的"困境"

"所有成熟话语所拥有的特征，都被偏爱阐释的印刷术发扬光大：富有逻辑的复杂思维，高度的理性和秩序，对于自相矛盾的憎恶，超常的冷静和客观以及等待受众反应的耐心。到了 19 世纪末期……'阐释年代'开始逐渐逝去，另一个时代出现的早期迹象已经显现。这个新时代就是娱乐业时代。"[1] 电影作为工业时代下的新生媒介，在综合文学等众多艺术门类表达的基础上不断壮大，并以迅雷不及掩耳之势取得了受众的欢心。电影作品超越了时间与空间对人的限制，二维平面上的鲜活形象不断拓宽受众对时空的认知能力。电影较于文学最大

---

1. ［美］尼尔·波兹曼：《娱乐至死》，章艳译，广西师范大学出版社 2009 年版，第 58 页。

的优势就在于：生动逼真的画面和声音更容易把观众带入影片所提供的环境中，让人们自然而然地接受电影所提供的"伪语境"。而文学则需要读者主动进入，在阅读文学作品的过程中，人们可以理性地思考，同时也可以融入文学所创建的意境之中，在这两种情绪之中互相转换。但是人们丝毫不在意电影传播过程中的被动性，反而乐此不疲地沉浸在电影所创造的"感官世界"中无法自拔。

电影所承载的娱乐功能远远超出了文学，或许在影视技术尚未成熟的时期，还有人把阅读当成一种休闲娱乐，但随着影视业的异军突起，电影渐渐替代了文学的娱乐功能。人们更愿意到电影中去寻求身体和精神的放松，而不会从艰涩乏味的文字符号里寻找慰藉。电影是时代的产物，必然也迎合着时代的需求，电影传播的广泛性、易接受性更符合快节奏的生活方式，它不仅能真实地再现现实生活，还能还原过去，幻造未来。人们已经再也无暇顾及文学中蕴藏的奥秘，再也不愿意回到文学的怀抱中感悟生命。文学渐渐被人们所冷落。

另一方面，大众传媒造就的"视听语境"也使当代文学面临大量读者流失的尴尬。过去人们阅读文学作品，很大程度上是因为文学的"造梦性"，人们可以在阅读过程中参与文学所提供的世界。现如今电影真实的画面和音响更容易把观众们带入梦境，因为电影营造的世界可以被亲眼看到、亲耳听到。5D 影院还可以使受众亲身感受到，7D 互动影院甚至可以利用虚拟技术完全迎合受众，使人们成为电影中的一分子，电影的结果由观众来定。电影比之文学更具有"带入感"，也更具有"互动性"。电影的视听语言逐渐替代了文学的书面语言，人们更愿意去电影院，在黑暗的环境里感受如梦一般的视听快感，不愿意再去琳琅满目的书店静静欣赏一部好的文学作品。此外，在市场化运作环境下，文学一旦与资本结合，要在"利益"和"艺术"两者间达到平衡绝非易事。当两者发生冲突时，迫于出版商和受众的压力，文学的"艺术性"总会被首先牺牲掉。文学作品的文学性降低，也使当代文学在大众传媒时代中陷入被动。

三、电影对文学的"宣传"与"鼓励"

面对困境，文学该如何定位，又该如何发展呢？大众传媒虽然给文学提供了丰富的传播渠道，但在视听语境下，文学仍旧无法具备像电影一样的直观表现力去吸引观众。从表面上看，电影已然取代了文学的诸多功能，导致文学事业的不景气。事实上电影从文学中汲取诸多营养，获取荣耀后，也将光环分与了这位曾经哺育自己成长的老人。

20 世纪 80 年代末，大量的文学作品被改编成电影，并大获成功。很多本来"无人问津"的小说，在改编成电影之后，一时间也变得"洛阳纸贵"。例如第五代著名导演张艺谋在 1987 年出品的得意之作《红高粱》，根据莫言同年发表的同名中篇小说改编，讲述了一段 20 世纪 20—30 年代山东高密农民的生活，以及后来他们在抗日战争时期浴血奋战的可歌可泣的故事。虽然电影和小说都反映了对人性和生命的礼赞，但电影的成功之处主要在于场景的调度和色彩的运用，而小说的亮点则在于突破了传统文学小说创作的叙事结构。电影在国际上获奖也使莫言的小说得到更广泛的关注，莫言本人的身价也与日俱增。小说《红高粱》成为20世纪80年代中国"寻根文学"的代表作，如今已被翻译成20多种语言，在全世界发行。2012年，莫言获得诺贝尔文学奖，整个中国为此欢欣鼓舞，中国进一步建立起自己的文化自信心。2013年9月出品的，由著名导演郑晓龙执导的电视连续剧《红高粱》，再一次改编莫言于2005年出版的长篇小说《红高粱家族》，引发了观众的热情。由此可见，"电影热"带动了"文学热"，优秀的电影鼓动了受众到文学原著中去寻找更细致感性的描述，也鼓励了一大批影视导演和编辑到文学中去挖掘更多的故事，以此作为电影题材的来源。这同时也刺激了作家们对文学的创作热情。电影与文学就是在这种互为动力的基础上向前不断发展的。

国内的大部分优秀电影都是根据文学作品改编过来的，而且基本都是以"忠于原著"为创作的准则，观众也习惯把电影与文学原著放在一起进行比对，用改编是否贴近原著作为评判电影好坏的标准。2014年由张艺谋导演指导的电影《归来》，改编自当代著名作家严歌苓于2011年出版的长篇小说《陆犯焉识》，讲述了20世纪20—30年代中国知识分子陆焉识将近半个多世纪的人生和命运。电影《归来》只截取了小说后三十页陆焉识回家的部分，将小说的前半部分整个作为情绪的铺垫。《归来》在国内上映后引发了人们对《陆犯焉识》的阅读，看过小说的人大呼上当，认为电影与小说在故事情节、人物设定上存在诸多差异，小说更侧重于对陆焉识的描述，而电影则是以冯婉喻的行动推动剧情的。大多数人看完后都称小说的描写更为感人，但是他们在电影《归来》上映前，甚至还不知道有《陆犯焉识》这部精彩的当代小说。可以说是电影间接传播了文学，使人们在现如今浮躁的社会中还能静心阅读这样一部具有反思性和启迪性的文学作品。

文学与电影是相互交融的。文学给影视注入了新鲜的血液，使电影从文学中汲取鲜活的人物和故事，将文字符号转化成视听语言，使之更加直观通俗，更易于接受。由文学作品改编而来的电影，首先要经过剧本的再创作，使其有利于电影画面的叙述。正是在文学的搀扶之下，电影才成长为崭新的艺术样式。电影在不断发展和繁荣的过程中，也不断地反作用于文学创作。对于电影来说，最大的限制体现在时长上，要在短短的几个小时内，用直白的画面和声音讲述一个完整的故事是非常困难的。通常电影只选取小说中富有戏剧性的情节进行改编，再通过镜头语言加以表现，而省去小说中复杂的人物线索、冗长的情绪铺垫。因此观众在观赏完电影后，会选择到原著中去对整个故事进行进一步的探寻，或者通过阅读原著来将其与改编后的电影进行比较。从传播的意义上来讲，电影间接地宣传了文学。此外，受众通过阅读，发现好的文学作品时，也渴望在电影荧幕上体会到更加直观的故事场景，因此鼓励了编剧们的改编热情。当这些优秀的文学作品在一片呼声中被搬上电影荧幕之时，早已形成了观众们的"期待视野"，也为电影票房收入埋下了铺垫。

四、文学小说与电影剧本

"小说家用文学语言去叙述；戏剧家要注意人物动作的连续性；而电影剧作者则必须懂得如何从无限丰富的生活素材中，发现和选择出那些通过画面（或镜头）的组接而能够清楚、生动地决定着剧本的构思和形式。"[1] 把文学作品改编成剧本，既是对文学的二度创作，也是文学呈现在荧屏上的必经之路。剧本属于文学形式的一种，是电影艺术的基础。导演根据剧本进行电影画面的构想，演员根据剧本的描述进行合理的表演。好的剧本，既具有阅读的价值，同时也有创造出杰出电影的无限可能性。但是剧本创作不同于一般的文学创作，无论是原创剧本还是文学改编剧本，首先是为视听表达所服务的。

一方面，以电影创作为目的剧本创作具备自觉的荧屏意识。剧作家在写作中会尽可能地避免文学创作中常用到的修辞手法，比如说明性、概括性、陈述性、比喻性的文字在剧本中很少出现。剧本创作比一般的文学创作更具有直观性，是一种用文字表达的画面，让读者在阅读的过程中能即时构建出一串连续的画面。而文学则不同，文学惯用的抒情描写、心理描述都是为了表现更丰富的思想情感，因此在电影剧本对文学小说

---

1. 汪流主编：《电影剧作概论》，中国电影出版社 1985 年版，第 26 页。

的改编过程中，也会自觉省略这些部分。另一方面，电影作为一门视听艺术，有极强的运动性。为了使电影体现出画面感和视觉冲击力，演员多用动作和表情来表达情绪和心理。在剧本的创作中，对白力求生动、简练，并在此基础上延长故事的发展，并非主要的表现手段。因此剧本创作多偏向于使用电影语言，偏向于"看"，而不是"读"。此外，在文学小说被改编成剧本的过程中，会尽力避开故事主线和主要人物以外的枝节，使场景丰富、人物复杂的故事简单化，使其电影荧屏上能够表达完整的故事和明确的主题。

现代小说拒绝用典型的人物作为价值寻向，更倾向于对人物内心感受、精神观念、思维意识等方面进行细腻的刻画，以表现人的复杂性和多面性。小说的叙事一般按照时间逻辑，作家可以通过对人物的回忆、想象等内心描写在时空内自由地穿行。电影却必须借助画面和"蒙太奇"来完成叙事，"蒙太奇是电影艺术家所掌握的最重要的造成效果的方法之一，因而也是编剧所掌握的最重要的造成效果的方法之一"。[1] 电影剧本的创作必须借助旁白、独白来完成人物内心的表达，并通过改编小说的故事结构来完成时空的转换，表现故事的时间逻辑。作家莫言在 1986 年发表的中篇小说《红高粱》可以称得上是上个世纪中国最具有"电影感"的小说。小说以"我"的角度来诉说"我"的爷爷余占鳌抗击日寇以及他和奶奶戴凤莲的爱情故

---

1. ［苏］B. 普多夫金：《论电影的编剧导演和演员》，何力译，中国电影出版社 1980 年版，第 41 页。

事。小说中"我"的父亲作为事件的参与者，见证了往昔的回忆，"我"作为全知视角连接了历史与现实。小说将主观感受与客观事件进行拼接，跨越了时空的距离感，以此表达了人性和生存的主题。小说《红高粱》可以算是一部现成的"意识流电影剧本"，颠覆了传统小说创作的线性叙事，采用时空颠倒、多线交叉的方法，将毫无逻辑的情节进行故事化处理，打破时空限制以传递思想。虽然后来电影《红高粱》并没有采取小说的意识流结构，拍摄出类似《广岛之恋》《去年在马德里昂》这样的意识流电影，反而使用了类似传统小说的直线叙事，但至少可以看出电影创作观念和技法对于文学创作的借鉴意义。

无论是电影还是文学，都有其赖以生存的媒介环境。虽然时下电影艺术掌握了"霸权"，文学不断被"放逐"，但是电影事业的兴起并不意味着文学的消亡，事实上文学与电影是荣辱与共的。文学的陨落，会导致电影落入庸俗和形式化。可以说，没有好的文学剧本，就无法创造出伟大的电影。同时，文学如果不积极向电影学习，无法融入电影中去寻求更适宜的表达方式，就会被时代所抛弃。电影与文学必须在互相融合渗透的基础上才能不断向前发展。

如今，文学的视像化已经成为一种趋势。"读文学"变为"看文学"，更符合广大受众的审美取向，把文学作品中艰涩难懂的书面文字转变绘声绘色的图像文字更是广大读者所喜闻乐见的。电影与文学的融合已成为历史的趋势，两者必须在媒介共融的时代语境中取长补短、共同发展，才能不断满足人们日益增长的精神需求。

参考文献

［1］Avery Sherlock：*The Film Features*，Plon Publishing，1953.

［2］Abel Lafferty：*The Film's Logic*，Masson，1953.

［3］Christian Metz：*On the Set of the Movie Ideographic*，vol.I，Klincksieck，1968.

［4］Andre Bazin：*What Movie Is*，four volumes，CERF Press，1958—1959.

［5］［美］尼尔·波兹曼：《娱乐至死》，章艳译，广西师范大学出版社 2009 年版。

［6］［美］克利福德·格尔茨：《文化的解释》，韩莉译，译林出版社 1999 年版。

［7］［意］贝奈戴托·克罗齐：《历史学的理论和实际》，傅任敢译，商务印书馆 2005 年版。

［8］［美］罗伯特·麦基：《故事——材质、结构、风格和银幕剧作的原理》，周铁东译，中国电影出版社 2001 年版。

［9］王一川：《中国现代学引论——现代文学的文化维度》，北京大学出版社 2009 年版。

［10］尹鸿、李彬：《全球化与大众传媒：冲突·融合·互动》，清华大学出版社 2002 年版。

镜头叙事与影音美学：茅盾文学奖作品改编电影的影像叙事研究

王顺天

　　茅盾文学奖（以下简称茅奖）是国内所有文学奖项中拥有最高荣誉的奖项。茅奖自 1982 年第一届评奖以来，到 2019 年第十届为止，共产生了 46 部获奖作品，这些作品基本反映了中国当代小说的创作实绩，特别是改革开放四十年来中国长篇小说创作的最高水准。茅盾文学奖的获奖小说一方面有着宏伟开阔的现实主义美学特征，开拓历史题材，反映现实生活；另一方面，这些获奖作品极具艺术价值，在反映真善美的精神取向的同时，也充满了戏剧性和艺术张力。因此，由茅奖获奖小说改编的影视作品也极具研究价值。叙事作为小说和电影最基本的功能，是联结两种文本转换的纽带和桥梁。小说用文学语言给予人们无尽的想象，电影则用镜头语言直接呈现着画面。影像叙事作为电影独有的叙事方式，通过画面和镜头的切换、色彩与光线的调节以及声音与音乐的加入等，呈现出它独特的叙事魅力。本文通过对茅奖改编电影镜头的运用、色彩和光线的设计以及声音元素的加入等要素进行较为细致的文本分析，进而探讨茅奖影像叙事的艺术特色和改编规律，在文学改编电影在影像叙事方面做出有益的探索和尝试。

一、特写与全景：茅奖电影的镜头叙事

电影是镜头语言的艺术，镜头之于电影犹如文字之于文学。电影中的主题、人物、情节等所有的叙事内容，都要落实到镜头上才能付诸画面的呈现，完成影片的创作。李显杰在其《电影叙事学：理论和实践》一书中援引弗兰克·E.比弗尔在《电影术语词典》中关于镜头的定义：镜头属于影片结构的一个基本单位，一个镜头指的是从开拍到最终结束这一过程中连续录制的录像和场景。在剪辑电影的时候往往从一个视觉转换至下一个视觉。[1]在电影的影像叙事中，镜头的选取和运用直接决定着画面的构图，镜头画面里的影像尽管属于一种直观性的展示，不过利用变化、调节以及设置景深和景别的方式，形成一种模拟的讲述，传达出"特定"的信息。[2]因此，无论是景深、景别的选取，还是摄影机的运动方式和角度的调整，都对影像叙事的效果产生着影响。其中，全景、大全景、大远景主要对外部环境以及事件发展情况进行描

---

1. 李显杰：《电影叙事学：理论和实例》，中国电影出版社1999年版，第129页。
2. 同上书，第136页。

写；中景、近景主要对人物之间的关系、人物形体和动作进行描述；特写、大特写要刻画一些重要的细节、行为动作以及人物的内心感情。[1] 茅奖这种场面宏大、人物众多的长篇小说，在改编为电影时，特写镜头与全景和长镜头的运用比较普遍。特写可以从众多人物中突出主要人物，表现人物的内心世界和情感变化；全景和长镜头可以呈现茅奖作品中的宏大场面和壮阔的历史背景。在影片中不同景别的选择传达出不一样的内容与信息，也形成了不一样的镜头画面和叙事效果，这对于人物的塑造、情节的开展和主题的形成都会产生重要影响。

　　早期的茅奖改编电影，对于特写镜头的运用比较重视。正如巴拉兹所说："优秀的特写都是富有抒情味的，它们作用于我们的心灵，而不是我们的眼睛。"[2] 这些电影通过特写镜头对于面部的聚焦，呈现出人物在眼神和表情变化下的内心世界的活动，以此来更加准确、深入地刻画其形象，在情感的变化与成长中进行叙事。电影《许茂和他的女儿们》（以下简称《许茂》）和《芙蓉镇》中就有许多特写镜头的运用。两版《许茂》由于主线人物不同，特写镜头的设置也各有侧重。北影版以四姑娘许秀云为主线人物，因此对她的特写镜头比较集中。影片中多次对她的面部表情和眼神进行特写，将她在遭遇命运的不公之后，内心深处那种悲伤和无奈表现了出来。在影片的高潮

1. 李显杰：《电影叙事学：理论和实例》，中国电影出版社 1999 年版，第 136 页。
2. ［匈］贝尔·巴拉兹：《电影美学》，何力译，中国电影出版社 2003 年版，第 45 页。

情节——许秀云跳水这场戏中，导演通过镜头的特写将她跳水前的心理变化清晰地呈现在了画面之中。在她进行梳妆，为许茂准备新衣服时，镜头展现了她茫然的眼神，这也是她在自杀前内心绝望的真实写照。在这些悲伤的镜头之外，影片通过特写也表现了四姑娘乐观的一面：当四姑娘在连云场碰到金东水一家时，镜头缓缓地推到了她的面部，将她内心的那种喜悦通过细微的表情变化呈现了出来。影片最后，工作组组长颜少春与她分别时，镜头通过她的面部特写与葫芦坝全景的切换，重新点燃了她对生活的希望。八一版以许茂为主线人物，因此特写镜头主要集中在他的身上。相比于北影版细腻缓慢的镜头切换和对演员面部表情的刻画，八一版的切换更为直接，演员的面部表情和动作也更为夸张。在许茂准备上吊自杀的情节中，镜头通过光线的配合，将特写画面锁定在许茂的眼神上，形成了与观众对视的效果，将他内心的痛苦与纠结展现得淋漓尽致。与此相对应的另一组镜头是在许茂的生日上，当工作组组长颜少春把他在自杀时摔碎的全家福和爱社如家的相框修补好，作为生日礼物送给他时，镜头再次给到了他的脸部特写，这一次，明亮的光线和感动的眼神与自杀时昏暗的光线和绝望的眼神形成了鲜明的对比。特写镜头将许茂的内心变化完整地展现了出来，细腻的心理刻画使他的形象更加立体丰满。两个版本的影片都通过特写镜头的运用和对比，在完成人物情感主线的同时，深化了影片的主题。

　　面部特写主要借助脸部展示的方式寻觅那些比生活更持久

的东西。[1] 在电影《芙蓉镇》中，导演专门对正派和反派进行对比和特写，将不同的人物形象以及内心世界展示出来。影片中胡玉音与秦书田属于被批斗者，李国香与王秋赦属于掌权者。在两种人物的特写镜头中，前者基本给的是正面的特写，表现出人物虽然身心备受折磨，但依然正气凛然、不卑不亢；而后者给的多是侧脸的特写，将人物那种阴险丑恶的嘴脸在镜头的聚焦中充分展现了出来。在女主角胡玉音被批斗时，镜头往往在昏暗的光线中以俯视的角度，对她瘫坐在角落、病倒在床上的情节给予了关注。特别是她在桂桂的坟前，无助地趴倒在杂草丛生的坟地上时，昏暗的光线、凌乱的头发，她那种人不人鬼不鬼的形象在镜头下一览无余。而对秦书田的仰拍镜头，更是如此。在闪回镜头中，她回忆着与桂桂生活过的幸福时光，镜头以俯视的角度将她依靠在门前的面部表情进行了特写。在平反后，一切又恢复到了正常的生活，镜头则转换成了明亮色调下对他们一家中景的拍摄，呈现出温暖的画面，两种镜头的对比也反映了胡玉音命运的转变，以及运动前后人们的生活环境和精神面貌的变化。

　　除了特写镜头之外，对于获得了茅奖的具有宏大结构和史诗气质的作品，在改编为电影时，全景和长镜头的运用也是非常重要的。在被称为"民族秘史"的《白鹿原》中，导演运用了大量的长镜头和全景镜头，在这种镜头呈现的画面之下，一

1.［美］安德鲁·萨里斯：《关于特写的表现作用》，《世界电影》1983 年第 3 期。

种凝固的和纵深的历史感扑面而来，将观众带入了白鹿原那段壮阔的历史之中，和剧中人物一起审视着这片土地上发生的剧变。影片开始就是长镜头下翻滚的麦浪，大片的金黄色造成了视觉上的冲击，也以此奠定了整部影片的基调。这是一部与土地和粮食休戚相关的故事，劳作的人们只是一种点缀，只有一望无际的麦田才是历史的主角。长镜头主要将空间客观存在的东西展示出来，影片利用镜头的移动完成空间切换，将局部与整体的关系很好地连接了起来。正是由于长镜头自身的典型特征，才可以将导演想要表达的生活如实还原。[1] 与此相对应的则是在影片结束时，长镜头下麦田在夕阳的余晖中变得昏暗，人物一一退场，只留下全景镜头和景深镜头中白鹿原牌坊的遥远阴影，这代表了白鹿原上百年的兴衰即将落下帷幕，一段沧桑的历史即将结束。除此之外，影片结束时，在中镜镜头下，白嘉轩在日机炸毁的废墟中一脸茫然，将一个族长内心的无助和恐惧展现得淋漓尽致。电影《听风者》中，导演运用全景镜头展现了特别单位 701 的工作环境，将人物置身于空荡的办公室中，营造出一种压抑和神秘的气息。电影《推拿》延续了导演娄烨手持拍摄的风格，晃动的镜头，迷幻的色调，眩晕的画面，将盲人那种独特的状态表现了出来。正如影片的摄影指导曾剑所说，影片的全部镜头基本上都是一个人肩扛拍摄下来的，所有场景都属于连续性的长镜头，后期再结合实际需求

---

1. 张晓如：《评王全安电影〈白鹿原〉的拍摄艺术》，《电影文学》2014 年第 4 期，第 41 页。

进行剪辑。在导演看来，这种方式可以确保表演的连续性，演员个人情绪也非常连贯，有类似话剧的感觉。[1]特别是关于小马的镜头，当他去洗头房找小蛮被打时，竟然奇迹般地恢复了一点视力，随着镜头的摇晃和虚焦的画面，仿佛小马模糊的视线就是镜头，带着观众摇摇晃晃地在大街上奔跑，让人们在感受盲人视线的同时，也表现了他内心的那种惶恐和兴奋。娄烨通过肩扛手持的方式，利用镜头的模糊、摇晃、昏暗，将盲人内心世界的恐惧、孤独以及渴望等情感表现出来。[2]《推拿》的镜头叙事，因为特殊的题材和导演独特的拍摄风格，在茅奖电影中独树一帜。《一句顶一万句》讲述了小人物牛爱国的婚姻危机，影片中用了大量的俯视镜头来表现底层人物的无奈和卑微。影片中最经典的一个俯拍镜头就是牛爱国一路跟踪妻子到酒店，确认妻子出轨后，来到一尊大佛面前祈祷。在俯视镜头中，人变得如此渺小无助，这种视觉的落差，使观众不由得产生了同情之心，与人物产生共鸣。

二、舞动的画面：茅奖电影的色彩与光线

色彩与光线作为影像叙事的重要组成部分，不仅对于影片的画面和构图有着直接的影响，而且对于主题色彩的渲染、情节氛围的营造以及人物形象的塑造都有不同程度的影响，并与

---

1. 陈刚：《一次有关心灵通感的视觉实验——与曾剑谈〈推拿〉的摄影创作》，《电影艺术》2015 年第 1 期，第 127 页。
2. 王小华：《〈推拿〉艺术电影的群体性探索》，《电影评介》2015 年第 15 期，第 6 页。

镜头、声音一道直接参与影片的叙事。导演对于不同色彩的使用和偏重，会对影片的主题基调和情感指向造成不一样的叙事效果。比如张艺谋的《英雄》和陈凯歌的《黄土地》，色彩都是参与主题叙事的重要部分。暖色调一般偏重于热烈、怀旧、温情的风格，冷色调则倾向于冷静、忧郁、理智的风格。通常来讲，蓝色、绿色等冷色象征着安宁和平静，影像上相对不凸显；红色、黄色这样的暖色则象征着刺激和暴力，影像上显得非常张扬。[1]同样的道理，光线的明暗与强弱也将形成鲜明对比，对塑造人物形象以及影片氛围都发挥着非常重要的作用。就像阿恩海姆在《艺术与视知觉》里面所说的那样，严格说来，所有视觉表象都通过亮度与色彩产生。[2]在电影叙事中，也正是有了色彩与光影的变化，才形成了舞动的画面，使得影像在完成叙事的同时焕发出其独有的艺术魅力。茅奖电影中色彩的运用对于影片叙事基调的形成具有重要作用，而光线则主要用于人物内心的刻画，色彩与光线构成了茅奖电影中流动的画面，并参与电影的影像叙事。

（一）色彩与影片基调的形成

电影这门年轻的艺术，自出现至今，经历了从无声到有声，从黑白到彩色的过程。色彩之于电影犹如颜料之于绘画，

---

1. ［美］路易斯·贾内梯：《认识电影（插图第12版）》，焦雄屏译，四川人民出版社2017年版，第23页。

2. ［美］鲁道夫·阿恩海姆：《艺术与视知觉》，滕守尧、朱疆源译，中国社会科学出版社1984年版，第454页。

在电影发展的过程中，色彩对于影片风格的形成发挥着越来越重要的作用。电影大师黑泽明的《乱》《梦》《影子武士》都是影像叙事中色彩运用的经典之作，张艺谋的《红高粱》《英雄》《影》对于色彩的运用也非常成功。影史中，斯皮尔伯格在《辛德勒的名单》中对于红衣女孩的镜头，打动了无数观众。因此，在电影中，色彩最具有视觉冲击力，也最能引起情感的波动，表现人物的意绪。色彩浓淡深浅的搭配，可以给人带来强大的视觉冲击，也可以使人感受到紧张、冷酷或者热烈，使电影的环境氛围、主题以及人物性格变得更加饱满。[1] 在茅奖这种题材宏大，具有主观价值倾向的作品中，色彩的合理把握和布局对于影像叙事基调的形成具有重要作用。

塔可夫斯基指出："一部电影的图像呈现，最困难的问题之一就在于色彩。"[2] 在茅奖作品《许茂》中，两个版本的电影因为主题倾向不同，色彩的选取也各有不同的风格，色彩的不同构成了影片的不同基调。北影版《许茂》主要通过四姑娘的悲惨遭遇，来反映时代背景下个体命运的觉醒。因此，影片整体上采用暗色调，突出大雾和雨天的昏暗气氛，将政治运动中人们的那种压抑与低沉的色调巧妙结合起来，形成了影片昏暗压抑的基调。这种色调既表现了葫芦坝的环境与天气，也烘托了人们沉闷与苦恼的心情。八一版的《许茂》，通过对许茂前后思想的变化，突出了影片的政治色彩。因此，影片整体的

---

1. 刘伟生、金晨晨：《电影意象叙事研究》，《艺术探索》2017年第6期，第120页。
2. ［苏］安德烈·塔可夫斯基：《雕刻时光字》，张晓东译，南海出版公司2016年版。

色彩风格是明亮的、鲜活的，这从影片一开始对于翠竹的特写中就可以看出。影片中导演对于红色的偏爱，也是出于对影片政治主题的渲染，如四姑娘头上红色的头绳、"爱社如家"奖状上党旗和党徽的特写以及人物的服装等，都有红色元素。特别是影片最后，在许茂的带领下，葫芦坝上的人们在雾气弥漫的河坝旁送别工作组组长颜少春时，颜少春撑开一把红伞与众人挥手道别。颜少春代表着组织，她的到来改变了许茂的想法，也使他重新燃起了生活的希望。在色调低沉的雾天，一把颜色鲜艳的红伞奠定了整个画面的基调。正如导演所说，昏暗的阴雨天给人的感觉非常压抑，为送别戏打下了环境方面的基础，这与颜少春及广大群众在政治氛围下的思想感情保持高度一致。因此在保证压抑和低调的同时，导演专门让颜少春乘小船，打红油纸雨伞与广大群众告别，通过红色将环境气氛渲染出来，在昏暗中产生色彩，低沉中产生生气。[1] 此外，影片的主题海报也是许茂和他的女儿们在四姑娘撑开的一把红伞之下，这也与影片的结尾形成了呼应，突出了导演对于影片政治色彩的渲染。与《许茂》有着同一时代背景的《芙蓉镇》也是以暗灰色为基调。影片中，在胡玉音被扣以新富农婆的帽子开始被批斗之后，整个影片的色调都是昏暗低沉的，冷清的石板街、漆黑阴郁的夜晚，还有风雪与淅沥的雨声，都渲染了一种不安的、压抑的、恐惧的气氛，而影片少有的关于芙蓉池塘的

---

1. 李俊：《走自己的路——影片〈许茂和他的女儿们〉的创作体会》，《电影艺术》1982 年第 6 期，第 49 页。

亮丽景色，也只出现在黎满庚回忆与胡玉音相恋的闪回之中。这种灰暗低沉的色调一直持续到影片快结束时，胡玉音平反，秦书田服刑归来，小镇又恢复了往日的生机，整个色调开始明亮起来。

与这种昏暗低沉，充满压抑与不安的色调不同，另一部茅奖电影《白鹿原》则采用了大量热烈浓郁的色彩，奠定了影片宏阔、深厚的基调，呈现出了这部现实主义巨著的史诗气质。影片中最引人注目的是大片金黄色的麦田，在长镜头下，这种浓烈的金黄色极具视觉冲击力，使观众一开场就感受到了大地上那种强劲的生命力，渲染了影片对于土地与生命的主题叙事。除了收获的金黄之外，影片还呈现了白鹿原在一片雪原中的肃杀与苍白，当鹿三带着幼小的黑娃和一众老弱病残的乡党前去抗粮，红肿的双手拿着各种农具，在满天飞雪的白鹿原上与骑马挎枪的官兵相遇时，肃穆的雪白色加重了这一画面的悲壮。在空荡的雪地里，人是那么的渺小与无助，影片通过色彩的渲染将封建社会下农民的那种卑微与弱小展现得淋漓尽致。此外，影片最后日本飞机在戏台旁进行轰炸，废墟中漫天的黄土如浓雾般弥漫，白嘉轩在这种灰土的色调中四顾茫然，历史的尘埃淹没了这位惊恐之中的族长。影片结束时，夕阳余晖下的麦田与开篇金黄的麦田形成了色彩上的对比，一明一暗预示着一个时代的落幕。

电影色彩属于光影与颜色的结合体，就像演奏的华丽篇章，使观众情感不停地起伏。与绘画艺术不同，电影色彩是运动的和立体性的，因此电影色彩艺术更类似于音乐艺术，两者在表现功能以及创作构思方面存在较多的共同点，比如节奏的变化以及思维的抽象性等。[1]《一句顶一万句》的故事主要发生在冬季，因此整体色彩以冷色调为主。《听风者》揭露了国家安全部门 701 这样一个特殊的单位，塑造了以阿炳为首的一群无名英雄。作为谍战题材的影片，《听风者》在色彩风格上有着明显的冷暖之分。因为 701 单位的特殊性，所以它的办公环境，无论是巨大空旷的办公室，还是隐蔽的监听室，整体上都是一种灰暗的色调，整个办公楼像是一座废弃的工厂，冷色调的设置使这里充满了神秘与紧张的气息，这也符合影片的谍战氛围的整体基调。而在离开这个环境以后，色调开始变得明亮起来，当女主角张学宁在影片开始穿着一身艳丽的红裙，在明亮热闹的酒会中执行任务时，她与每一个在场的人都能融在一起，进而顺利地开展任务。当她回到 701 时，随着色调的转换，一切变得严肃起来，相比于其他地方，这里才是主战场。色调和场景的切换，使人们一直处于一种紧张的氛围之中，进而与影片中的人物一起经历着这场无声的战争。特别是当张学宁赴上海参与抓捕"重庆"的行动时，画面不断切换，一边是在她在麻将桌上与敌人的斗智斗勇，一边是阿炳在电台前仔细的侦听，色彩的一明一暗与敌我双方的一明一暗形成了某种互文，这种紧张的气氛在张学宁被杀时达到了高潮，也使情节在明暗转换中张弛有度。影片最后，阿炳和妻子沈静在

---

1. 田然：《一曲唯美苍凉的挽歌——评〈听风者〉的场景与色彩设计》，《大舞台》2013 年第 6 期，第 109 页。

埋葬着无数 701 战士的墓地里，聆听芦苇荡的风声时，色调又变回了灰蒙的冷色调，配合着悲壮的音乐，表达了对这一群无名英雄们的缅怀。茅奖电影中色彩的设置与影片基调的形成有着密切的关系，不同的色调奠定了不同的影片基调，为影片主题的表达和氛围的营造做了铺垫。

（二）光线与人物内心的刻画

在以镜头语言和画面叙事为主的电影艺术中，光线对于画面的构图、人物情绪的传达、环境的营造等都具有重要意义。电影光线以光的位置进行分类，主要包括顶光、底光、顺光、侧光；以光质进行分类，主要包括软光、硬光、聚光、散光；以光的亮度进行分类，主要包括弱光和强光两种。不同的用光会产生不同的画面效果，进而会产生不同的叙事功能。光线可以为影片奠定视觉基调，对影片风格的形成具有重要作用。在人物身上，光线可以刻画人物的内心世界。著名导演库布里克的《奇异博士》《发条橙》就是电影布光的经典之作，还有光影大师卡明斯基，他担任摄影的《辛德勒的名单》《拯救大兵瑞恩》《猫鼠游戏》等都名垂影史。王家卫也是一位在光线上颇有造诣的导演，《重庆森林》《一代宗师》中光线的布置，体现了他独特的导演风格。因此，导演可以通过对光线的设置，来完成对人物造型、情节氛围、时代背景以及主题基调等的传递，使光线直接参与影像叙事。在茅奖电影中，光线对于人物内心的刻画和情绪的塑造具有重要作用，光线的明暗配合着镜头的切换，将人物细腻的面部表情与微妙的心理变化呈现了出来，深化了人物形象的塑造。

早期茅奖作品改编电影中，光线主要用于人物形象的塑造和时代背景的渲染。在八一版《许茂》中，光线对于许茂形象的塑造，特别是对于他内心世界的呈现发挥了重要作用。影片高潮部分，在许茂上吊前内心挣扎的描写中，特写镜头下的光线直接打在了他的眼睛上，其他地方都是黑暗的，观众借助光线的指引将目光聚焦到了许茂的眼神上，透过他的眼神感受到了他内心的痛苦和挣扎，将这位不善言辞的老农复杂的内心世界，通过光影的聚焦呈现了出来，进而在行动和内心的交织中，使许茂这个人物的形象更加丰满。而在北影版《许茂》中，光线的设置则主要集中在四姑娘身上。

《白鹿原》中，当白嘉轩带领族人在祠堂内诵读《乡约》时，一束自然光从天窗照下来，透过光线，我们可以清楚地看到人们井然有序地在严肃空旷的祠堂内诵读，在光束的照射中，人仿佛置身于教堂之中，一种肃穆之感油然而深。当镜头缓缓转向白嘉轩时，光线打到了他的脸上，并且他脸上的光圈比其他人面部的光线都要亮一点，这显示了他作为族长的权威。此外，当田小娥在戏台外的草堆里勾引白孝文时，光线全部打到了她的身上，白孝文则处于暗处，一明一暗形成了鲜明的对比，也将白孝文这个新族长内心的慌乱表现了出来。《听风者》中，光线除了对敌我双方的环境进行对比之外，在701办公场地的氛围营造上，也有很重要的作用。无论是在局长的办公室还是在监听室，光线始终以弱光的形式照射进来，巨大的空间内只有一束微弱的亮光，营造了 701 这种隐蔽而又充满神秘的工作环境。在 701 的郊外，当阿炳遇到沈静时，光线逐渐变到了暖色调，这象征着他爱情的开始。

《推拿》作为一部盲人题材的影片，导演娄烨通过手持摄影机的拍摄方式，为我们制造了一种摇晃、眩晕的视觉体验。影片中的大部分场景都利用了自然光线，但在一些特殊情节中，光线做了特别处理，特别是在小马意外复明的那场戏中，整个光线随着镜头的人摇晃若隐若现。在《推拿》中，为了将镜头调动的自由性展示出来，很多场景段落的光线主要以自然光效为主，不过一部分人物需要宣泄情绪，甚至需要情绪爆发，因此摄影指导在光线使用上做了一些极端化处理，在此基础上，光效风格体现出两极化的特点。[1]《一句顶一万句》中，随着人物所处环境的不同，光线也发生着位移。当牛爱国出现在摄影馆或蛋糕店时，光线特别明亮，在自己的鞋匠铺和小院中时，则一般是弱光，由此来反衬人物的身份和苦闷的心境。茅奖电影中的光线对于人物内心的刻画起到了非常重要的作用，光线作为一种特殊的叙事方式，与色彩一起构成了影片流动的画面，共同参与影片的影像叙事。

三、渲染、烘托与补充：茅奖电影的声音叙事

电影是一门视听艺术，声音是影像叙事中非常重要的组成

---

1. 陈刚：《一次有关心灵通感的视觉实验——与曾剑谈〈推拿〉的摄影创作》，《电影艺术》2015 年第 1 期，第 128 页。

部分。法国电影大师罗贝尔·布烈松指出："电影书写是一种运用活动影像和声音的写作。"[1]电影的声音在类别上可以分为音乐、音响、人声三类，这三类声音功能各不相同，它们各有分工，相互配合共同组成了电影的声音叙事。巴拉兹指出："声音将不仅仅是画面的产物，它将成为主题，成为动作的源泉和成因。换句话说，它将成为影片的一个剧作元素。"[2]声音不仅是电影语言的构成要素，它对于人物形象及其情绪的塑造、情节的推动、矛盾的激化、主题的拓展、内容的延伸等都具有重要的作用。茅奖电影中通过音乐对叙事的渲染、音响对叙事的烘托、人声对叙事的补充三个层面的声音叙事，对影片的影像叙事发挥了重要的作用。

（一）音乐对叙事的渲染

自从电影这门艺术出现，音乐就与它产生了密不可分的联系。很长时间以来，音乐一直都是电影里面必不可少的辅助品。据有关资料记载，1896 年 2 月在英国公开放映的卢米埃尔兄弟的电影，就出现了钢琴的临场伴奏。最开始，音乐演奏与电影之间并没有很密切的关系，仅仅作为伴奏。不过很快观众就发现，如果影片内容比较严肃，放一些比较活泼欢快的音乐并不合适，随之钢琴师开始注重电影气氛与音乐之间的结合。[3]

---

1. ［法］罗贝尔·布烈松：《电影书写札记》，谭家雄、徐昌明译，生活·读书·新知三联书店 2001 年版，第 5 页。
2. ［匈］贝拉·巴拉兹：《电影美学》，何力译，中国电影出版社 1979 年版，第 185 页。
3. ［英］欧纳斯特·林格伦：《论电影艺术》，何力、李庄藩、刘芸译，中国电影出版社 1993 年版，第 136 页。

随着电影行业的快速发展，音乐在电影叙事中成为必不可缺的组成要素。著名电影理论家钟惦棐曾经说过，在电影里面，电影音乐属于有机的构成元素之一，也是非常活泼的元素，是空间艺术的一种时间走向，为故事中情绪渲染以及凝结的一种产物，是电影美学中必不可少的。[1]电影中的音乐对于影片氛围的营造、节奏的把控、人物心理的刻画、时代背景和民族特色的表现都具有重要作用。音乐参与影片的叙事，为影片提供了律动和节奏。电影的音乐分为画内音乐和画外音乐，即有声源音乐和配乐。有声源音乐是由影片中的人物演唱或者在剧情发展中播放的音乐，它作为影片内容的一部分直接参与叙事。配乐是为了强化影片情绪，带动故事节奏，配合演员表演而与电影匹配的音乐。

茅奖电影中音乐的叙事也非常重要，在影片中，音乐往往能对人物的情绪和影片的氛围以及时代背景起到渲染的作用，民族和地区特色音乐的使用在渲染叙事之外，也能体现当地的风俗人情。电影《芙蓉镇》的故事发生地在湘南地区，因此影片中多次出现了当地民歌《喜歌堂》，并且每一次的出现伴随着不同的叙事内容。《喜歌堂》第一次出现是在影片刚开始的时候，伴随着胡玉音与桂桂转动磨盘做米豆腐的画面，画外音响起"碧水河水呀流不尽呀，郎心永在妹心呀头，哎哟，妹呀心头罗罗里，来来来"的唱词，表达了两人对于美好爱情的憧

---

1. 钟惦棐：《起搏书》，中国电影出版社1985年版，第296—297页。

憬和对幸福生活的向往，音乐的使用渲染了这种甜蜜的氛围。第二次是胡玉音在漆黑的夜里趴在桂桂的坟前痛哭，秦书田劝阻未果，唱起了《喜歌堂》，凄婉的歌声配以悲惨的画面，使人不由得感叹当时的社会现状，渲染了胡玉音悲惨的处境。第三次是胡玉音在闪回镜头中想起了丈夫桂桂迎娶自己的美好时光，在成亲那天，还是文化馆副馆长的秦书田为他们唱的《喜歌堂》，可现在家破人亡的处境，早已是今非昔比。《喜歌堂》欢快的曲调与胡玉音的现状形成了鲜明的对比，加深了人物内心深处的悲痛。影片最后，当秦书田出狱归来，一家三口团圆时，画外音中又唱起了《喜歌堂》："韭菜开花细茸茸，有心恋郎不怕穷。 只要两人情意好，冷水泡茶慢慢浓。"《喜歌堂》贯穿了影片发展的始终，对人物处境的渲染、情绪的调动以及情节的开展、时代背景的凸显都起到了重要作用。

与《芙蓉镇》的湘南民歌相对应的就是《白鹿原》中的秦腔。秦腔是我国最古老的一种戏剧，在关中地区相当流行。秦腔的乐器敲打以及唱腔可以展示出关东群众激昂奋斗的生活热情，同时也可以看出关中地区淳朴的民风、豪爽的性格以及勤劳善良的品质。[1]《白鹿原》中秦腔的运用，一方面渲染了影片的叙事氛围和人物情绪；另一方面，秦腔与陕西方言相配合，体现了关中独特的民俗风情，直接参与了影片的叙事。秦腔第一次在影片中出现是在郭举人家的戏台上，一群麦客们在吃完晚饭后，作为娱

---

1. 黄配配：《〈白鹿原〉电影改编中的中国形象呈现研究》，江苏师范大学硕士学位论文，2016年，第10页。

乐活动，用各种乐器表演了华阴老腔《将令一声震山川》，齐吼"军校，备马，抬刀伺候，将令一声震山川，人披衣甲马上鞍，大小儿郎齐响喊，催动人马到阵前"，粗犷的声音，高亢的唱腔，投入的表演，渲染了关中人如滚滚麦浪般火热的生命力和豪爽的性格。第二次是黑娃和田小娥正在房间内偷情，郭举人和麦客们在戏台上唱秦腔，在平行叙事下伴随着雄浑有力的腔调和画面的切换，人性的欲望被完全释放，秦腔的加入渲染了镜头下紧张刺激的影片氛围。第三次，田小娥听信鹿子霖的诡计，主动勾引白孝文，白孝文当时在戏台子前面专心地看《走南阳》这部戏，刚演到"刘秀调戏村姑"时，田小娥瞬间出现了，这一场景与内容直接呼应，将白孝文内心的挣扎和欲望展露无遗。最后一次是白孝文把房子卖了与田小娥到县城里享乐。秦腔与皮影相结合，《桃花源》的唱腔和被人支配的皮影小人在光影中交织着，在戏如人生，人生如戏的寓意中，白孝文和田小娥马上就要结束这短暂的快乐时光，奔赴各自的悲剧命运。秦腔在渲染影片氛围和人物情绪的同时展现了地方的民俗特色，一次次参与叙事，成为影片独特的叙事声音。

电影声音属于形象化以及直观化的一种描述元素，并非为视觉影像的一种附属品，而是电影艺术创作的基础所在，与视觉影像同等重要。[1] 在《穆斯林的葬礼》中，楚雁潮用小提琴演奏的《梁山伯与祝英台》作为影片的有声源音乐，成为他与

---

1. 刘志新：《用声音写作》，上海戏剧学院博士学位论文，2006年，第7页。

韩新月爱情故事的重要线索，这首曲子贯穿他们爱情悲剧的始终，而这首曲子中的悲伤情调也进一步渲染了影片的氛围。他们相识是因为韩新月在学校亭子里看书被楚雁潮美妙凄婉的小提琴声所吸引，至此两人开始互相了解并慢慢相恋。影片结束时，在韩新月的墓地旁，楚雁潮一个人又孤独地拉起了《梁山伯与祝英台》，使影片的悲剧气氛再次升华。电影《长恨歌》中的音乐除了渲染人物情绪之外，另一个作用就是作为转场，提示不同的时代背景，以不同的背景音乐暗示着不同时代的到来，如 20 世纪 40 年代的《相见不恨晚》："天荒地寒，世情冷暖，我受不住这寂寞孤单"，20 世纪 60—70 年代的《天大地大不如党的恩情大大》："天大地大，不如党的恩情大，爹亲娘亲，不如毛主席亲"，20 世纪 80 年代的《怎么开始》："何必逼我记住一个你，缘分破碎扶不起"，20 世纪 90 年代的《千言万语》："不知道为了什么，忧愁它围绕着我"，等等。这些不同年代的流行歌曲，串联起影片的时空，忧愁的歌词也渲染了女主角王琦瑶的悲伤情绪。除此之外，影片中在不同的场合中都配有不同的配乐，渲染了时代的气氛，也展示出了上海这座城市的浪漫与魅力。

（二）音响对叙事的烘托

电影的声音叙事中，音响也是重要的组成部分。在电影中，音响有广义和狭义两类，广义的音响包括影片画面中的所有声音，也包括音乐和人声。狭义的主要指自然环境的声音，如街道中车水马龙的声音、自然中山川湖海的声音等，我们谈论音响，一般指后者。音响对叙事可以起到烘托的作用，在电影叙事中，音响一方面可以增加环境的真实度，使人物所处的环境或画面更为可信；另一方面，音响形成的听觉效果可以拓展影片的空间，增加叙事的内容。巴拉兹指出，在有声片里面，视觉与听觉印象被紧密地结合，伴随着发声物姿势或表情的改变，声音色调也会随之发生变化，类似于油画上面颜色明暗度伴随着周边的颜色不断发生变化。[1] 音响的变化也会对叙事的环境造成影响，在烘托影片情绪和氛围的同时，参与影片的叙事。

在电影里面，电影语言现实主义特征的一个重要元素就是声音，原因在于声音的主要特征为连续性，可以勾勒出丰富饱满的荧幕形象，同时也有助于外延。[2] 电影《芙蓉镇》中，最经典的音响设置是胡玉音与秦书田扫街时扫帚发出的"唰唰"声。在寒冷的大街上，扫帚在冰冷的青石板上发出的声响，是对那段历史最清晰的记录，而两把扫帚的相遇也使两人逐渐产生了感情。此外，谷燕山为救正在生养的胡玉音，在大雪天拦住军车，车旁呼呼的风雪声也烘托出了环境的恶劣。作为谍战题材的《听风者》，其中除了电报机断断续续发出的声响之外，还有一系列环境的声音也烘托着紧张的气氛。如刚开始阿炳在躲避张学宁的寻找而逃跑时，街道上有各种各样的声响，他虽然是盲人，但听力特别好，因此街道上的各种叫卖声、车

1.［匈］贝拉·巴拉兹：《电影美学》，何力译，中国电影出版社1979年版，第190页。

2. 戴锦华：《电影批评》，北京大学出版社2007年版，第18页。

辆声、谈笑声等都使环境显得特别真实，这也进一步承托出了阿炳内心的慌乱。"《听风者》主要借助声音推动故事情节的发展，有助于更好的叙事，塑造人物饱满的形象。何兵逃脱被跟踪这个故事情节，小说里面并未提到，通过先进的音效技术，让观众对叙事节奏产生紧张感以及刺激感。"[1] 此外，阿炳在侦破敌方几个隐蔽的高级电台时，不同环境下音响的变化，在营造真实感外，也渲染了紧张的谍战气氛。

（三）人声对叙事的补充

电影的人声是指除了音乐和音响之外的声音，是电影叙事的重要补充部分。人声一般分为对白、独白和旁白三种。对白就是影片中人与人之间的对话；独白是影片中人物内心活动的直接陈述，画外独白属于一种角色思想的语言，同时也是主观的声音，与戏剧舞台人物的自我言语并不一样，主观观点以"我"为主。在电影里面，叙述者通常都会不停地回忆，描述个人的经历以及内心和情感方面的变化。[2] 旁白是一种为了影片叙事需要，以客观陈述的视角交代剧情、发表议论的方式。人声对于影片背景的交代、人物性格与内心世界的解释、情节的补充等具有重要作用，是对电影叙事的重要补充。

关于对白，《芙蓉镇》中有经典的对话。影片中胡玉音趴在桂桂坟前痛哭，突然看到了过来劝她的秦书田，她惊讶地问

---

1. 陈淑贤、姚国军：《麦家谍战小说的电影改编策略》，《南方论刊》2015年第7期，第95页。
2. 刘志新：《用声音写作》，上海戏剧学院博士学位论文，2006年，第38页。

道:"你是谁? 你是人是鬼?"在仰视镜头下,蓬头垢面的秦书田回答道:"这怎么说呢,有时候是人,有时候是鬼。"这几句简短的对白,将当时人们那种人不是人、鬼不是鬼的现状,描绘得淋漓尽致。影片后面,当胡玉音快要坚持不下去时,秦书田对她说:"像牲口一样活下去。"同样直击人心。对白在塑造人物形象、补充影片叙事的同时,对影片的主题进行了深化。

关于独白,电影《长恨歌》中独白就是一种重要的叙事方式。影片中,程先生的独白贯穿了女主角王琦瑶充满悲剧的一生。两人在片场第一次相遇时,程先生便说,我认识好多个叫琦瑶的小姐,不过却真心想要给这位琦瑶拍照;王琦瑶与李主任一起在爱丽丝公寓居住后,他说看见琦瑶的笑容,意识到她可能再也不需要我;王琦瑶可能知道李主任再也不会回来的时候,就开始不停地哭泣,程先生说,琦瑶相信爱一个人比其他任何东西都重要。王琦瑶感情受到伤害时,程先生基本都在场,在王琦瑶与康明逊的感情没有结果之后,程先生自言自语道,有的时候我太太总是问我琦瑶为何不过来一起吃晚饭,可以看出太太内心还是充满同情的,不过琦瑶的性格我是最了解的,当她难过时不愿意其他人打扰。他是王琦瑶每一段感情的见证者,独白在交代人物情感经历的同时,也将人物的内心世界进行了剖析和陈述,深化了人物形象的塑造。

茅奖改编电影中,《推拿》中用大段的旁白来进行叙事,这是对叙事的一种重要补充。电影中的旁白在交代人物信息、表达影片主题、刻画人物心理等方面有着重要作用。影片开始便以旁白的形式，交代了包括主演、导演在内的主创人员信息。其后，通过小说原文的直接陈述，将人物的内心世界呈现在画面之中，特别是对于贯穿影片始终的人物小马的表述。影片一开始便以一位女性旁白的口吻，讲述小马的失明情况："这个故事要从一个叫小马的男孩说起，那是很久以前的一天傍晚，在一片模糊的光亮之后，小马就什么都不知道了，那是小马记忆里看见的最后一点光亮，之后他感觉自己一直在夜里，到处是黑暗的气味。一场意外的车祸夺走了小马的眼睛和他的妈妈。小马什么也看不见了，只能听见声音。"此外，沙复明相亲失败后，电影加入了一段旁白来描述一个盲人的内心世界："沙复明的相亲再次失败，但是他始终不会放弃，突然他意识到有一种东西比相亲更加动人，那就是主流社会，盲人在认识方面始终比较顽固，在他们看来有眼睛的地方就是主流社会。"影片最后，导演利用旁白声音，让观众了解所有人的最终去向以及命运："沙宗琪不久后就不存在，被转卖给地产公司，大家也都不在一起了。金嫣和泰和决定回老家；婷婷在聊天的时候认识一位网友，最终嫁给了他；张一光回到曾经的贾汪煤矿并开店；张宗琪改掉老本行，当上了盲人剧团团长；沙复明由于身体原因始终在养病，在南京的一些老年舞场经常出入；小孔与王大夫一起到深圳打工，对之前沙宗琪的日子只字不提。"这些旁白的插入节省了影片的叙事时间，使叙事内容更加完整。

此外，旁白对于人物内心的刻画也十分重要，在《生死抉择》中，影片也运用大量旁白的插入，来刻画主人公李高成面对抉择时的内心活动。影片中，当李高成拒绝严书记的拉拢，从他家出来时，伴随着背景音乐的响起，旁白出现："此刻，李高成陷入了强烈的痛苦和震撼之中，严振最终摊牌可以看出未来要面对的场景，他怎么能忍心抛弃自己的妻子呢？未来将何去何从，这是一个非常痛苦的抉择。"旁白将李高成内心的挣扎和纠结讲述了出来，这对于人物形象的深入塑造是非常重要的。

茅奖影片的声音叙事，无论是音乐的渲染、音响的烘托，还是人声的补充，它们对于情节氛围的营造、人物情绪的渲染、影片环境的烘托以及内容的补充、心理的刻画等，都起到了重要的作用，都是电影影像叙事的重要组成部分，特别是对于茅奖作品这种长篇小说改编的电影，声音叙事的参与对于影片内容的完整呈现、情节节奏的合理把控和人物形象的多方位塑造，是非常有必要的。

茅奖作品由于其现实主义的题材和史诗气质，以及宏大的框架、众多的人物、复杂的情节，它的影像叙事不论是在镜头的调度上，还是在色彩与光线的设计以及声音的加入上，都根据叙事内容做了比较常规、稳定的设置，这样虽然有助于叙事内容的开展，但也局限了电影艺术的独特魅力。因此，在影像叙事方面，茅奖作品今后的改编可以在结合市场规律和受众审美需求的基础上，做出更多的创新与尝试，让经典作品充分发挥其主题意义和思想价值，以全新的影视面貌进行更为广泛的传播，从而使两种文本的转换形成良性的循环，各取所长，为文学的电影改编提供更为可靠的经验与方法，实现其更为广阔的美学图景。

实践回声

人民立场、家国同构、时代视野、地域文化

——《人世间》等热播剧改编的成功之道

孙璐璐

　　随着互联网普及和移动终端 App、5G 等媒介技术的发展，影视剧的内容生产与意义传播面临着前所未有的挑战。一时间，大量主题雷同、制作粗糙、流量导向的网络文学 IP 改编剧过度生产，这些剧在提供了一定的新奇的交互式观片体验的同时，通过定制化的推送业务，一味满足部分观众的观片趣味，加剧了影视剧传播的圈层化趋势。在这一背景下，以《人世间》为代表的现实主义文学作品改编剧逆势而上。《人世间》凭借思想精深、艺术精湛、制作精良吸引了大众目光，成为跨越年龄、突破圈层制约的国民热剧，为未来的影视剧改编提供了可借鉴的经验。总体而言，用人民的文艺观指导影视剧创编，将家国建构、时代视野、地域文化与人民视角相结合，讲好中国人自己的故事越来越成为影视剧生产和传播，尤其是文学作品影视剧改编中的重要任务。

一

2014 年 10 月 15 日，习近平总书记于文艺工作座谈会上的讲话中指出，广大文艺工作者要"认识自己所担负的历史使命和责任，坚持以人民为中心的创作导向，努力创作更多无愧于时代的优秀作品，弘扬中国精神、凝聚中国力量"。在总书记看来，"人民不是抽象的符号，而是一个一个具体的人，有血有肉，有情感，有爱恨，有梦想，也有内心的冲突和挣扎"。因此，坚持以人民为中心，讲中国人自己的故事，充分彰显"人民性"是当下文艺创作的核心任务。对于影视剧编创而言，坚持"人民性"就是要以呈现鲜活的中国人及其现实生活为根本任务。据国家广播电视总局办公厅发布《关于 2022 年 1 月全国拍摄制作电视剧备案公示的通知》显示，2022 年 1 月，全国电视剧拍摄制作备案公示的剧目共 44 部、1424 集。按题材划分，当代题材 38 部、1205 集，分别占公示总数的 86.36% 和 84.62%，这一数据说明，当下的现实生活是生产者与消费者共同关注的影视剧主题。就 2022 年上半年的播出情况看，《人世间》《心居》《亲爱的小孩》《您好，母亲大人！》等剧均改编自现实主义题材文艺作品，这些剧作最大的特点就是不回避现实生活的矛盾，展示普通人的苦辣酸甜，温暖是其基本的情感基调，苦难与勇敢是其内核。这些剧作的主人公是父亲、母亲，是孩子，是夫妻，是生活在现实中的观众自己……生老病死、住房、就医、育儿、养老等普通人的生活主题一股脑儿地抛出，相似的时代、相似的处境、相似的生活经历，让观众在收看电视剧的时候与主人公感同身受。这些关于普通人的现实主义题材的故事时时刻刻展现着现实主义题材的优势。《人世间》等热播剧剧本创编成功的秘诀正在于对具体的、日常的中国人进行了影像呈现，用鲜活的日常打动了观众，让观众透过作品在时代大潮与家国建构中找到了奋斗的自己。

二

不同于《红高粱》《平凡的世界》《白鹿原》等经典作品影视剧改编中采用的宏观视角和居高临下式叙事姿态，《人世间》的改编选择以"小家"映射"大家"，用"民间烟火"熔铸"时代变迁"。在原著的开篇，作者对"共乐区"的历史、"九虎十三鹰"的含义展开了相对冗长的叙述，引出主人公周秉昆观看枪决、接受教育的情节，开启故事。电视剧则一开场就直奔主题：影片用全景镜头直接呈现四季流转的东北大地，同时通过几句简单的旁白将观众带入故事时空——1969年的江辽省吉春市。近景一推，镜头落在一张全家福之上，镜头一抬，最终聚焦在握着照片的人——周志刚的脸上。他是一名即将返回"大三线"的建筑工人，照片中的是他的妻儿。伴随着"上山下乡"的时代召唤，儿女们即将奔赴各自的人生战场，故事也由此正式拉开大幕。这样的改编不但使得故事的整体节奏清晰明快，而且还使得叙事视角从聚焦周秉昆一人转向聚焦在周家一家人身上，将剧情解放出来，一下子就拓展了故事空间。作为个人，主人公们各具命运，作为国家的一分子，他们是新中国的建设者、是改革开放的参与者、是新时代的接班人，他们的人生透射出的是新中国五十年沧桑巨变。在具体的剧情设置中，编剧不渲染底层苦难、不凸显城乡对峙、不将主人公放置在传统与现代的思想纠葛中，亦不刻意勾画时代的宏大，而是聚焦琐碎而烟火的人世日常。生活的琐碎非但没有消解时代的意义，相反使得观众更易于进入剧情。很多观众说，《人世间》是在讲"我的故事""我父母的故事""我爷爷奶奶的故事"……或者可以说，这烟火日常就是中国故事原本该有的内核。《人世间》是一部国人看得懂的中国好故事。

相较于原著，《人世间》中的国家构建，不是渲染大苦难、大抗争、大绝望，而是在"遇山开路、遇水架桥"的态度下，度过一生的意难平，于平凡的人生中见证时代的伟岸，真正实践人民是历史的创造者与见证人的创作主题。秉坤父母的共赴生死、肖父的冻死、赶超的卧轨、周楠的去世、郑娟的失子、秉坤的入狱、冬梅的无子……生活总是不尽人意，却处处人间真实。正是在这普通人的人生故事中，作品逐一呈现了三线建设、上山下乡、改革开放、国企改革、城乡建设、棚户区改造等五十年间社会经济生活的时代发展脉络，知青返城、恢复高考、下海经商、下岗创业等一代人的命运与这半个世纪的时代之变息息相关。人民是历史的创造者，也是历史的答卷人，家庭与街坊邻里既是见证社会发展和时代变迁的意义单位，又是质朴的民间伦理的参与者与继承人，一代又一代的人在坚守、传承、超越……普通人在时代洪流中沉浮，在一个个奋斗而意难平的人生中点燃时代的激情。这个过程中，编剧也没有回避社会发展中遇到的各种问题，家风、传统、改革、养老、育儿、买房、农民工、下海、下岗、城中村改造、创业、腐败、贫富差距等现实的问题都夹杂在一起，以一种反思的姿态，引发观众的思考。

《人世间》的文化底色是东北，同时辐射全国：从黑龙江的建设兵团和农场到四川的大三线、贵州深处的贫困山区，再到经济最先发展起来的深圳……跨越了整个中国，每一处的地域文化，每一地的风土人情都掺杂在时空的洪流中，熔铸成了家国的缩影。其他一些热门剧也充分体现了地域文化特色：《山海情》中宁夏的戈壁、黄沙、被沙淹半截的土坯房，《什刹海》里的胡同、钟鼓楼、故宫、鸟巢、水立方，《装台》的秦腔、辣子蒜羊血泡馍、裤带面、肉夹馍、锅盔、油泼面……这一个个具有地域特色的文化标识将剧情定格在一个个真实的地理坐标之上，同时，宁普、京片子、陕普非但没有弱化观众的观片兴趣，还为剧情发展添加了更多生活化气息。

我国幅员辽阔，不同的地域之间具有鲜明的文化差异。在影视剧改编过程中，刻意保留原著中的地域文化元素，不仅使得影视作品更具真实感，而且使影视剧所呈现的国家形象建构更加具体。

三

长时间以来，文学经典影视剧改编的标准问题一直困扰学术界，与原著的符合度、改编的自由度等问题是论争的焦点。从本质上讲，文学作品的影视剧改编是将抽象的、具有巨大想象空间的文字符号、表意系统有效地转化为精准的声音＋图像结合的视听符号，它是不同艺术媒介符号之间的转换问题，归根结底是在考验编剧审美体验具象化、艺术表达精准化的能力。从这个意义上说，是否符合原著不应该是考察改编成功与否的唯一标准。之所以在这个问题上研究者争议颇多，是源于传统意义上文学经典的影视剧改编中客观存在的困难。以《红楼梦》《三国演义》等名著改编为例，几乎每部新剧集都会带来"是否符合原著"的论争，这一定程度上是因为原著因其巨大的思想深度和艺术成就为改编提供了一个巨大的资源库，一定意义上保证了作品的质量。但这些名著由于传承度高、读者数量庞大，读者身份向观众身份转变的过程中，角色是否符合读者的阅读体验，剧情是否尊重原著，改编是否合理，都成为跨不过去的问题。编剧若在改编的过程中，着力挖掘原著与当下时代生活密切相关的要素，缩小作品与当下的时空差距，让观众耳目一新，让观众在感受名著原有魅力的同时，更感受到声音画面带来的真实感与震撼力，这便成功了。相反，只是一味恪守、照搬原著，或者胡乱增加、删减重要情节，影视作品也会因为其时空之隔让观众难以融入其中，改编自然就会不为观众所接受。相比较于经典的文学名著，《人世间》的改编有着天然的优势：首先，没有时代之隔，原著中的故事就是观众亲身经历过或正在体验的生活本身，这变相降低了改编的难度；

其次，文学作品以其想象与艺术创造为特征，在一定程度上可以通过戏剧化呈现，将人物设置在超现实的环境中进行塑造，让其在非同寻常的体验中经历人生，而在电视剧《人世间》中，编剧弱化了角色的非日常化、戏剧性的人生经历，将部分情节删改成更合乎日常伦理、合乎日常逻辑的部分，比如编剧将周蓉的故事直接设置到回A城，删减了原著中北大留校、赴法留学、婚后大量情感争执等情节，将剧情从个人化的叙述中解放出来，同时改写了冯化成的结局、美化了蔡晓光的情感线，这些改编均使得剧情发展更为集中也更贴近日常伦理，让观众容易接受。可以说，原作改编提供了巨大的可被挖掘与言说的艺术空间，忠实于原作却没有被其捆绑，才造就了电视剧《人世间》最终的成功。

如何聚焦人民之需、时代之变，具体呈现新时代人民的伟大实践，使经典作品与时代脉搏同频共振，打造人民喜欢的影视作品，是电视剧《人世间》改编的启示，也是未来文学作品影视剧改编需要重点着力的方向。

当代历史题材文学改编影视剧中的女性形象分析

张哲玮

当前，中国电视剧年产量超过 6000 集，是全球电视剧产量最高的国家。其中，在女性历史人物的艺术塑造过程中注入当代性别气质，是近年来文学改编历史题材电视剧创作的普遍特色和亮点。以《大秦帝国》《白鹿原》《风起陇西》《庆余年》《人间正道是沧桑》《甄嬛传》《军师联盟》《琅琊榜》《大明宫词》《康熙王朝》《汉武大帝》《大宅门》《历史的天空下》等历史题材文学改编电视剧为代表，当代女性形象在电视荧幕上以一种独特的方式被呈现出来。

自中国全面施行改革开放以来，中国电视剧文艺创作历经了一段时间跨度长达四十年的过程曲折复杂的发展历程。十一届三中全会后，极左年代的激进政治环境因"解放思想、实事求是"的提出而被逐步开放的社会氛围化解，1979 年后，中国电视剧的发展随同其他文艺形式一道，开启了建立在改革开放政治基础上的不可逆转的文化趋势，在此之后的几乎整个

20 世纪 80 年代，中国历史题材电视剧的创作开始试图突破"文革"时期的思维禁锢，尝试在涉及历史题材的文艺创作中摒弃传统"高、大、全"的刻板形式，使电视剧生产过程中重故事性的创作优先取代了重政治性的意识形态优先，并且在故事立意上体现出了强烈的批判意识、自省意识、对于极左年代话语的否定性反思等回归时代现实的"去历史化"精英意识倾向，在电视荧幕里的形象呈现中，则直接表现为 20 世纪 80 年代历史题材电视剧在故事情节和人物形象中体现的浓厚"传奇"色彩，并不时体现出启蒙精神，与此同时，"传奇色彩"的引入让由演员塑造的人物形象挣脱了以往历史人物形象由意识形态定义的刻板束缚，变得更加鲜活起来[1]。在 1980 年至 1989 年间，产于中国大陆的电视连续剧共 200 余部，且有相当一部分属于历史题材或与历史题材相关。在摄制思路上，这一时期的电视剧逐渐摆脱了"文革"以来大鸣大放的文艺传统，以个人历史形象的传奇叙事取代了宏大历史叙事，诸如《努尔哈赤》《王昭君》《济公》《沙漠王子》《上海的早晨》《八旗子弟》《虾球传》《格萨尔王》《少帅传奇》《秦王李世民》《袁崇焕》《汉宫怨》《末代皇帝》《红楼梦》《西游记》等历史题材电视剧作品，在人物形象的塑造上，虽然仍以宏大历史叙事与无产阶级意识形态为人物成长的动力，但在故事性的传奇色彩上已用大量篇幅去进行描绘渲染，因此这一时期的历史题材电视剧

---

1. 高行健：《对一种现代戏剧的追求》，中国戏剧出版社 1988 年版，第 84 页。

创作也可说是改革开放以来以视觉影像为代表的文艺形式在创作观念转变上的先行者。在电视剧创作中引入传奇色彩，可以说是改革开放初期对"文革"时文艺作品中的娱乐元素极度匮乏的本能反应。虽然以如今的眼光而言，彼时电视剧主题依旧以意识形态宣传为主，但创作观念的些许创新无疑为之后文艺创作多元化的爆发打下了基础。

进入 20 世纪 90 年代之后，随着文艺创作中"突出主旋律，坚持多样化"创作路径的明确提出，电视剧创作基调再次发生了转变，在社会主义市场经济体制的确立下，以主流意识形态为叙事的电视剧作品开始与 20 世纪 90 年代起加速发展的市民文化相挂钩[1]，呈现出符合主流社会价值的文艺样式。这一时期，中国大陆地区共摄制播出了 928 部电视连续剧，其中历史题材电视剧的数量占据一半以上。与 20 世纪 80 年代改革开放初期文艺作品中对激进时代与集体主义进行深刻反思的"去历史化"创作观不同的是，以主流社会价值为基础的主旋律创作意图在文艺作品中的再度呈现，使以电视剧为代表的一干文艺形式出现了"再历史化"的浪潮。这一时期的历史题材电视剧在传奇故事特征得以保留的基础上，着重赋予故事情节和人物形象以家国情怀与民族精神等宏大历史叙事的特点，人物成长轨迹始终以重大历史事件为节点，以宏观视野的呈现去影响微观形象。因此这一时期的历史题材电视剧诸如《宰相刘罗

---

1. 董力之：《关于世纪末中国审美文化的理论思考》，《文艺研究》1995 年第 1 期。

锅》《康熙微服私访记》《三国演义》《水浒传》《封神榜》《雍正
王朝》《太极宗师》《武则天》《东周列国》《上海沧桑》《北洋水
师》《官场现形记》《三侠五义》《隋唐演义》《上官婉儿》《绍兴
师爷》《胡雪岩》等，都不约而同地在电视荧幕中展现了广阔的
宏观历史视野和丰富的文化信息量，以主流社会价值体系对处
于20世纪末的中国社会与文化环境进行历史化的阐述与思考。
而自20世纪80年代以来定下的传奇故事基调，又让整个90
年代的中国历史题材电视剧摆脱了传统历史叙事的艺术表达定
式，向着以城市文化为代表的消费主义艺术表达靠拢，这就使
20世纪90年代的历史题材电视剧呈现为一种既切合政治主旋
律，又贴近百姓生活的雅俗共赏、官民同乐的艺术样态。

在女性人物形象中融入主流价值的同时又符合传奇色彩，
是这一时期电视剧的特征。在整个20世纪90年代中国大陆地
区摄制的历史题材电视剧作品中，《康熙微服私访记》中宜妃
的形象或许是最令人难忘的女性形象之一，宜妃在剧中的形象
知性、聪慧、善解人意，正符合中国主流社会价值观念中"贤
妻"的标准形象。剧中康熙皇帝在宫中换上农夫的衣服并叫来
群臣，让群臣辨认犁耙为何物，群臣竟无一不知，唯有宜妃不
仅辨认犁耙，甚至还向康熙绘声绘色地描绘出农民在田间地头
耕种的美好景象，使康熙大为愉悦。作为中国传统观念中的一
部分，女性在两性关系中的"知己"定位符合大多数中国男人
对于自身伴侣的完美想象，《康熙微服私访记》中处处与康熙
心有灵犀的宜妃无疑是对完美中国式现代夫妻精神羁绊的美好

想象的艺术呈现。这种"知己"式的夫妻关系不仅体现在精神层面，也深刻融入生活细节当中，形成"伙伴关系"。在剧中，康熙微服私访经营店铺，无一不靠宜妃认真打理生意，宜妃算账时打得一手好算盘，遇到来店铺闹事的流氓无赖，或双手叉腰当街训斥，或直接动手将其击退。宜妃的人物形象并非严格符合中国传统中遵从"三从四德"的古典女性，文可与康熙吟诗作对，武又符合侠义道德典范，集合了"伙伴"与"知己"双重特性的伴侣形象不仅涵盖了夫妻间相互扶持的主流社会价值，更符合 20 世纪 90 年代改革开放持续深入中国市民社会而开始形成的精英想象。

20 世纪 90 年代中期以后，主流价值观被赋予了新的时代诠释，渐融入了市民文化[1]，得益于市场经济在这一时期的持续发展，代表民间社会与城市空间的大众化文艺浪潮以疾风骤雨般的速度占领了电视观众的文艺生活，并把主导女性形象创作权的传统精英话语由曾经的社会主流地位迅速挤压至社会边缘。在改革开放进行至 20 世纪 90 年代末期，经济建设的持续深入让现实物质环境的改善正处于由量变转向质变的临界点上，因此主流价值与大众文化由曾经的互相拒绝走向逐渐合流[2]。电视剧创作对市场经济的游戏规则由排斥到怀疑，最终走向接受，并挖掘出了其正面价值。在这一过程中，女性形象所

---

1. 叶砺华：《历史题材影视剧的虚构权羽大众艺术精神》，《艺术评论》2011 年第 7 期。
2. 陆贵山：《中国当代文艺思潮》，中国人民大学出版社 2002 年版，第 344 页。

体现的主流价值始终存在于大众文化对于现实关怀的再度历史化的想象之中。

根据作家江奇涛创作同名小说所改编的电视剧《人间正道是沧桑》，塑造了动荡年代中的女性面对革命道路所做的不同抉择，剧中女性人物在成长过程中接受了传统中式教育与左翼思潮下的革命教育的双重培养。该剧塑造的具有进步倾向的近代女性，并未与传统价值完全划清界限，但仍然积极拥抱革命浪潮。与一元的历史化叙事作品不同的是，该剧在艺术塑造上力图展现女性形象上传统与现代价值观的融洽共存，其中的女性形象集传统价值和革命理想于一身，对二者主动接受并适当扬弃。

在女性形象的塑造过程中加入浪漫主义诗歌气质，也是当代文学改编历史题材电视剧的特点。基于长篇历史小说改编的电视剧《风起陇西》《大秦帝国》《长安十二时辰》，以此三者为典型，创作者以浓墨重彩的布景、光影以及文学化的人物台词，将宏大历史变为一出带有先锋派后现代主义风格的、具有形而上表意特征的审美意象，为女性形象赋予了"诗化"气质。

当代历史题材电视剧的创作长于将女性形象融入宫廷权谋斗争中，带有舞台表演特征的形式主义美学风格容易突出古典女性的柔软，也能突出人物身处宫廷斗争漩涡中的悲情色彩。改编自小说《风起陇西》的同名电视剧，其场景与台词设计都展现出了相当细腻的情绪氛围，这在荧幕中呈现的不仅是另一种想象历史的感性方法，也是一段古代女性的私人情感受难史。

与《风起陇西》相似，热播剧集《大秦帝国》在女性形象的塑造上同样运用了"诗化"的创作方式，使得观众的焦点从历史发展的结果转移至过程，历史存在的目的在一系列情感纠葛中反而不再被过于看重，观众由此深化了对古典女性气质的认知。

当代不断变化的文艺环境促使创作者们在电视文艺创作中不断对历史角色——特别是对女性角色进行重塑。在重塑的过程中，以往历史叙事中固有的男权话语被逐渐打破。从对女性形象的塑造而言，近年来不断出现的历史题材文学改编电视剧所体现的这种塑造，不仅是一种全新的创作过程，同时具备一种全新的创作目的。在以严肃历史为题材的文艺创作活动中，电视剧展现的历史女性形象被不断地赋予全新的气质，新的女性气质也借由历史形象而更加深入人心。在新的文艺环境下，人们固有的传统观念正在发生变化，女性形象对于电视作品的影响早已不再是单纯的有无问题，"女性主义""性别平权"被各种创作技巧逐步施加在那些原本属于女性个人情感的叙事当中，这些叙事被划至宏观历史的语境下被观众重新解读，事实上正反映了女性个人话语与现代文化环境的紧密结合。

事实上，文学改编历史题材电视剧在今天已经成了一种较为流行的剧集类型，女性特质在故事中的呈现催生出了当下广受观众热议的所谓"大女主戏"。这类剧集通常将或属于架空、或基于史实的故事情节，经过合理改编后放入古代宫廷斗争和江湖轶事之中，本属于个人叙事范畴的女性话语由此获得了挑战或消解宏大叙事的意味。

在历史叙事中加入大胆奔放且带有浪漫主义的诗歌气质，以浓墨重彩的布景、光影以及诗化的人物台词，将宏大历史变为了一出带有先锋派后现代主义风格的、以极端的形而上的表意特征为特点的审美形式，是逆历史化叙事的另一种艺术手法。2000 年，中央电视台播出了女性导演李少红执导的以唐代为背景的历史电视连续剧《大明宫词》，在剧中，李少红向观众呈现了一种压抑的、用诗化的影视语言构建起来的武则天与太平公主的对立母女关系。在李少红的描绘下，曾经站在权力巅峰的女人们对一切男性都怀有一种近乎扭曲的复杂情感，在这种情感的支配下，男性彻底沦为了这些女性的政治工具——可供利用（如太平公主为了对抗母亲武则天而负气下嫁善良却愚鲁的武攸嗣）、可供玩弄（如在武则天年迈之际作为男宠一直陪伴在其身边的张易之，却因欲望而走向自身的毁灭），却唯独不可付出爱情与亲情（如中宗李显因爱而放纵妻子韦后与女儿安乐公主，最终却死于权力欲极度膨胀的女儿的毒杀）。李少红在《大明宫词》中塑造的一系列宫廷桃色悲剧，都带有女性的柔软和面对爱情时富有导演个人特色且带有悲情色彩的狂热，这点在其台词塑造中尤为明显，例如剧中侍卫薛绍因被太平公主爱慕而被武则天下令杀死自己妻子时所说的对白："你知道爱情意味着什么吗？爱情意味着长相守，不论活着，还是死去，就像峭壁上两棵纠缠在一起的常青藤，共同生长、繁茂，共同经受风雨最恶意的袭击，共同领略阳光最温存的爱抚。最终共同腐烂，腐败，化作坠入深渊的一缕缕屑。"最终薛绍因为拒绝执行武则天的旨意而与发妻一同自尽，少女时期的太平公主也因母亲的冷酷而彻底断绝了对爱情的憧憬。形式主义外表下的《大明宫词》在李少红细腻的情感勾勒下，实际上是一部关于女性对爱情由失望至绝望而自我毁灭的故事。太平公主出生在长安城中的一个细雨绵绵的阴冷时刻，在空旷的宫廷中寂寞成长，与此同时也不断承受着来自母亲武则天的巨大压力。作为女人，她天生渴望爱情，而爱情却成为太平公主成长道路上的绊脚石，自己的母亲以一种残酷的方式教导太平公主摆脱女人面对诸多感情时的弱点。在这一"逆历史化"的艺术叙事中，历史是男女之间情感纠葛下无意诞生的副产品，李少红注重历史存在的原因，用浓墨重彩去描绘历史的来源，而历史的目的在一系列的情感陨落中显得无足轻重，盛唐的历史成为女人们细腻的情感史，李少红的剑走偏锋，创造了《大明宫词》虽是严肃历史题材，却具有争议的独特历史体验。

改革开放四十年以来，不断变化的文艺环境促使艺术家们在文艺创作中不断地对传统历史价值进行重估，在重估与再重估之间，以往历史叙事中固有的那种男权话语所带来的宿命论逐渐被打破，从现代性意义上而言，带有"重估"意义的文艺作品，其意义既是创作过程也是创作目的。在以严肃历史为题材的文艺创作活动中实践这种意义，树立"逆历史化"的女性形象是顺理成章甚至是轻而易举的。在历史题材电视剧中，对新兴价值下的女性形象的实践，可能从创作伊始就与女性的情感表达相结合，这是因为，在宏大历史叙事中，人们固有的传统观念在某种程度上使目标发生了突变，原本属于女性个人情感表达的那些叙事，被划归到"人道主义"的范畴[1]。这种不同的叙事方式被划至宏观历史的语境下重新进行解读，事实上正反映了女性个人话语与现代生存环境的紧密结合。

根据网络小说改变的电视剧《军师联盟》，剧中出现的甄宓、张春华等女性形象，皆被导演赋予了类似现代职场女性的干练气质，创作者试图在历史人物身上引入现代意象，以此突出巾帼不让须眉的性别意识。同样改编自网络小说的电视剧《甄嬛传》近年来数次复播，剧中女性人物身处危机四伏的宫廷权力斗争中，多数女性人物为了获取自身安全和政治地位而改变生存方式，最终成为皇权的附属品；个别人则与之相反，即使身处危机环境中，也绝不充当封建等级秩序下的政治附庸，自由意志成为这些剧中女性面对封建秩序时果断抗争的思想基础。

当代文学在营造宫廷女性的生活氛围时，其塑造的女性时常会面对来自男权社会的绝对压迫，以及同性竞争所产生的迫害，这些文学作品被影视化后，极具压迫感的社会氛围更显逼

---

1. ［美］张英进：《影像中国：当代中国电影的批评重构及跨国想象》，胡静译，上海三联书店 2008 年版，第 118 页。

真直观。剧中无力招架的女性逐渐退出舞台，化为失败的经验供幸存者引以为戒，也给观众留下阵阵唏嘘；不愿屈服的女性则将自己沉浸在深不可测的内心世界当中，或拒绝与他人沟通，或曲意逢迎以抵抗来自不同方向的侵袭，最终在隐忍中成为传统秩序的主导者。各类"大女主戏"中女性所遭遇的种种境遇，以及在这些境遇中所展现的生存智慧，事实上都是当代女性境域的艺术呈现。剧中女性角色在动荡变化的人文环境中或处变不惊或长袖善舞的性格特质，甚至能够对观众的现实生活产生某种指导作用。

总体而言，当代文学改编历史题材电视剧的创作，其女性形象的塑造将环境写实与情感写意合二为一，家国天下的宏观视点与个人化的叙事、私密情感的表达结合愈加紧密。在电视艺术作品对时代价值的体现中，女性形象的呈现作为一种独特的衡量方式，构筑了一系列与现有社会伦理道德、价值观念并行不悖的创作模式，并最终形成当代电视艺术创作理论的重要组成部分。

电影的跨文化改编和"第三空间"的探寻

何田田

在文化的纬度上，文化产品已经处于全球化和杂交化的中心地带。文化杂交（或文化杂糅）是文化产品的一个持续趋势，同时伴随着文化产业的全球化和本地化走向。但是，文化杂交不仅仅是不同文化元素混合、协调和合成，最终形成毫无个性的某种文化。在文化杂交过程中，文化往往会产生新的形式，并在各个文化元素之间形成新的关联。文化杂交主要有三个阶段：去文化化、文化挪用、二次文化化。本文聚焦于好莱坞的三部以中国文学和形象改编的流行于全球的电影：《木兰》《功夫熊猫》和《卧虎藏龙》，以阐释文化杂交的复杂性，以及它们在文化全球化中发挥的巨大影响力。同时，文章还将对这三部电影的经济属性和运作方式进行探讨。最后，本文采用结构主义策略，去除好莱坞 vs 中国、东方 vs 西方等主流二元对立思维及冲突导向，代之以霍米·巴巴的"第三空间"理论和斯皮瓦克的经典理论，试图为中国电影的国际化改编寻求一条可持续发展道路，突破二元对立的结构困境。

一、文化的杂交化和全球化

全球化是过程也是结果，是现实也是信仰（Mattelart，2002）。对于它的滥觞、定义和结果，一直存在争议。很多人相信，不同文化将会以全球化的方式融合，但人们又对文化的本质是什么这一问题有所担忧。如 Wallerstein（1990）所言，全球化会导致文化以单一的同质化系统、以杂交为特征，并最终以特殊包含普遍的面貌示人，或者如 Hannerz 所言，它是一系列特殊的合奏，并以远程互联为特性。随着后殖民主义的兴起，"杂交"或"杂糅"的概念成为社会科学领域关于全球文化新的讨论热点。

"杂交"（Cultural Hybrid）一词源于生物学，后被引用到社会科学领域。它指不同的双方发生交流后产生的混合体，它具有双方特点但又不同于双方，同时又具有母体双方不可比拟的优点。在文化批评领域，文化杂交也被称为文化杂糅或文化混杂。"杂交"已逐渐从一个比喻化的、狭义的掺杂的名词，发展到不同传统的汇合的专有名词，并被用于具有争论性和对抗性的新文化场域。

在全球化的论战中，文化杂交化呈现出一种与西方文化霸权和后现代多元化不同的出路。但是，也有学者指出，文化杂交化的概念缺少了一种结构性的平等，往往据此成为一种新殖民主义话语，进而成为跨国资本主义的帮凶。此外，按照

Pieterse 所说，现代都市的历史表面文化杂交化有其自身的高潮低谷、快慢转折，但一直都在进行。文化杂交化并不是某一社会形态的特征，它从第一世界都市延伸到第三世界乡村。因此，杂交化是"人类所有文化的进行时态，没有真空无污染地带，因为所有文化都在经历着持续的文化嫁接过程"。从这个意义上讲，杂交化是种永恒命题，全球化带来的就是不同文化的杂交化过程。

现在的问题不是为文化杂交化寻找证据，或讨论其牵涉到的结构的不均衡，而是杂交化如何发生并能够产生什么。全球化在文化产业内体现出的文化杂交化要多于其他行业吗？文化杂交化最终会导致全球文化的同质化和无个性吗？

本文试图揭示杂交化文化产品中可能包含的杂交策略、杂交化发生的偶然性、它的成功方式及新的文化形式如何被生产出来。正如 Chan 和 Ma 指出的，我们正在经历文化的"给予和拿走"，它们相互碰撞，形成了一个多层面的复杂力量。但是，需要进一步诘问：谁给予？谁拿走什么？在现代产业结构中，这种给和拿的结果是什么？这些问题的讨论又对文化全球化的讨论有什么暗示呢？

（一）去文化化、文化挪用、二次文化化

随着 20 世纪 90 年代有线电视和卫星电视的普及，人们对于电影和电视节目的需求增长了 20 倍甚至更多。这种需求导致了前所未有的全球产品本地化和地方产品全球化。这一趋势使得制片商去"借点子"，以此赋予一个旧的故事模式新的内涵，或做些内容调整以迎合不同观众的需求。这其中包含对已有故事的改编、重新包装或变形，如文化元素的移除、合并、转移或重新创造等手段。它既与具体的某个地理位置、时间、政治经济背景相关，也与某种文化价值和实践有关。

其中最常用的一种策略即"去本地化"，用以使本地元素的影响最小化，以此来创作让更多、更多元的观众"最不讨厌"的内容。在"去本地化"的基础上，进行"再地化"，将新的地方元素融入跨国影视作品中。如迪斯尼于1998年上映的动画电影《木兰》，在这部面向全球观众的动画电影中，"本地"的意指从空间范畴扩展到涵盖了空间和时间（当下）的融合，具有了文化所指（文化意涵）。在最初的故事中，那些民族、历史、宗教等方面的文化元素，都对非中国观众造成了阻碍，或容易被西方观众认为是一种不合时宜的呈现方式。迪士尼通过独具一格的改编，将这些元素包含在一个让所有观众熟悉的叙事模型中，这不仅填补了文化差异的鸿沟，而且保证了不同观众易于理解。《木兰》引领了这类电影和电视节目的流行趋势——一种"文化挪用"的新型文化产品。

美国电视节目和大多数好莱坞大片一直以来都表现出一种普遍程式，这种程式使得它们能够跨越文化藩篱并赢得跨国市场，这是一种"无个性"的文化特征。这些影片往往表现一个浪漫冒险的幻想世界和易于理解的故事线，辅以令人震撼的视听效果，牢牢吸引观众，抹去观众的年龄、性别、种族、宗教信仰、社会文化等差异。好莱坞电影总是要为人们制造逃避现实的"幻想"（fantasy），这种"幻想"常被崇尚现实主义批判的进步电影人（如苏联著名导演爱森斯坦与维尔托夫、践行"第三电影"的拉美电影人等）视为"精神麻醉剂"，因为其叙事逻辑与功能并非为了激发观众质疑与思考现有社会问题，而是以制造视听奇观的方式维护资本统治逻辑并获取利润。迪士尼于2020年再次改编的电影《花木兰》也有着类似弊病，太过强调花木兰的"天赋异禀"、有凤凰相助（神秘力量），而忽略了中国传统故事中的女英雄气概，过于突出木兰的超能力，将其外化为中国传统文化中所谓的"气"，并将其神秘化，这一点还不如《功夫熊猫》中对于中国传统哲学的理解。

以中国故事或中国形象、历史背景为改编基础的电影在好莱坞并不新鲜。好莱坞对中国主题或主旨的兴趣始于20世纪20年代。很多拥有这类主题的电影都遭到了某种批评，即过分强调了西方帝国主义话语下的中国类型，或重构了爱德华·萨义德所谓的"东方想象"。但是，这并没有阻止好莱坞利用中国故事或中国背景。《木兰》作为一部典型的好莱坞电影，有着清晰的区分国际消费的联合制品特征，是一部很精致的全球化产品，它的成功说明文化杂交化的螺旋式进展。《功夫熊猫》和《木兰》成为在当前全球文化流媒介中两种不同的杂交化类型：一种利用"全球本地化"的策略，从文化挪用到二次文化化都较为彻底，最终落脚到中国文化的博大深邃这一看似本地化的"大片"身上；一种利用中国起源的故事，"本地全球化"，将"木兰"这一角色吸收进庞大的迪士尼众神庙中。两者都是文化杂交化的产品，但采用不同杂交、融合的方法达到这一目的。接下来，本文将运用"去文化化、文化挪用和二次文化化"的文化杂交化的步骤和过程来分析这两部电影。在这两种不同的杂交过程中，我们会进一步发现全球化和杂交化如何交织成当代媒介娱乐的分析方法：《木兰》是通过民族素材被好莱坞融资、合作得以实现的杂交化的常见版本；《功夫熊猫》是通过文化"地方化"、民族化来达到的反向杂交。

《木兰》（1998）和《功夫熊猫》（2008）分别由迪士尼和梦工厂两大好莱坞电影巨头制作，并取得了良好的电影票房。《木兰》的故事由中国北魏年间（386—534AD）的一首流行的民谣《木兰辞》改编，是关于一个14岁传奇女孩木兰自愿替父从军的故事。她作为孝女替父从军、隐瞒性别，奇迹般地在十年战争中活下来，并在战场上表现良好，最后被皇帝赏赐，但她拒绝皇帝的加官赏赐，而是选择立刻回故乡陪伴父母。这个故事将木兰刻画成一位榜样，是中国最受欢迎的十大民间故事之一，并放大了孝顺和爱国的主题。它被改编成戏曲、电视剧、电影等，在中国几乎尽人皆知。另一部《功夫熊猫》，虽然没有《木兰》改编的成熟故事基础，但它利用知名度较广的两个中国元素或中国形象：大熊猫和功夫，并较为深刻地理解了中国功夫和传统处世哲学中的"空""悟道"的精髓，通过一个喜剧故事和一群性格鲜明的动物角色作为载体，很好地在西方观众中传播了中国文化。

（二）《木兰》电影的文化杂交化改编策略

与中国版本的《花木兰》影视改编相比，迪士尼的演绎有了重大改变。它将一个中国传奇人物改变为一位有着文化辨识度或现代娱乐产物文化口味的荧幕角色。这件"娱乐产物"无论以民族观来看，还是在性别观的语境下，都以美式个人主义为内核，这与中国民间传说故事所反映的意识形态有所差异。

《木兰》的故事起初是通过一系列漫画介绍到好莱坞的，这些漫画中表现了很多由误解和争吵带来的幽默，这在早期迪士尼卡通片里很典型，如《糊涂交响曲》（ *Silly Symphonies* ，1929—1939）。漫画中的木兰形象与原本中国故事中的木兰是不同的：后者最初是一个传统中国妇女的形象，坐在织布机前，安静地织布，补贴家用："唧唧复唧唧，木兰当户织。问女何所思，问女何所忆。"木兰是一位在传统家庭环境中成长、生活的女孩，日复一日地完成家庭劳动；而迪士尼的木兰是一位轻快、有点男孩子气的，并不适合做贤妻良母的女生。这种人物形象的差异即我们熟悉的古代中国和现代西方的二元对立。中国故事里的木兰始终维持着其"孝女"的人物形象："阿爷无大儿，木兰无长兄，愿为市鞍马，从此替爷征"；而迪士尼的木兰高调地搅浑了她的新娘测试。她因此垂头丧气，开始怀疑自己，难道只有嫁为人妇这一条路吗？救赎的机会来了，战争爆发了。她想向家里和自己证明，她可以通过其他方式给家族带来荣誉：不是通过婚姻，而是履行男性的职责在战场上保家卫国。因此，这一改编策略有着从中国文化中的孝顺到追求自我实现的重大转变。

迪士尼把一个其他国家都不熟悉的中国故事拍成动画电影，至少有两个文化杂交化的步骤包含其中：一是结合中国文化标识，如画面环境以庙宇、柳树、飘带为主，配乐采用中国古典乐。这些文化标识物只是作为工具用以确保故事的"相异性"一面。二是迪士尼的木兰体现了好莱坞对多元文化的加工，突出了文化、民族、国家、性别和种族的多样性。如《木兰》电影的制作团队中，为主要角色配音的演员包括：非裔美国人艾迪·墨菲为小龙木须配音，华裔美国人温明娜为木兰配音、黄荣亮为木兰的长官李翔将军配音、吴汉章为木兰的战友祈福配音，还有好几位日裔、韩裔及犹太裔演员配音，可见其配音阵容的种族和民族的多元化。

在《木兰》中，原创角色木须是个小不点儿／弱者，一无是处，而它一直努力获得自己的一席之地。这让它成了木兰的一面镜子，平行映照出木兰的追求。木兰和木须都在想办法忠于真我，与电影片尾曲中所唱的"忠于我心"表达了同样的主题——自我的真实性并不来自社会的看法，而是来自内心。最后，木兰设法实现了父亲的期冀，也保全了家族荣誉，找到了她的如意郎君，是一个典型的"迪士尼女英雄"。这样的"拥有了一切"的结局只能存在于大众的想象，现实中绝无可能，尤其在古代中国封建社会，家族荣誉从来都不关乎女儿的事。迪士尼的《木兰》所宣扬的价值观不仅仅是小家庭的爱、个体自由，更是真实自我的价值实现，对一个人身份的认同和对意志胜利的庆祝、弱小者成功的庆贺。这些价值观对于好莱坞大片来说最典型不过了。

故事虽然以古代中国为背景，但绝对是很现代，也很美国。其中，"他者"的黑暗过去由两个惹人烦的小角色所代表：媒婆和宰相。一个是讨厌的传统妇德的卫道士，另一个是指手画脚、心胸狭窄的官僚，只在乎规则。媒婆这一人物形象是漫画式的：肥胖、苛刻挑剔、死板。借助这个角色，这部电影批判了这样一种观点：女性的角色只应被局囿在贤妻的框架里。宰相被刻画成一个瘦小、体形可笑的爱管闲事的人，他唯一在乎的就是确保照章办事。总之，他们影射了不适时宜的传统，以及迪士尼所代表的当代价值所反抗的一切。

《木兰》故事重新被诠释为一个超越时间的传奇，其目标观众是迪士尼的家庭观众，它也庆祝了一种普遍的文化适应后的价值：关于爱、勇气和独立。甚至是中国人和所谓的北方的野蛮人（柔然）之间的矛盾历史也被描写为一种中世纪战争，也可能随时随地在人类历史上发生。

总之，迪士尼的《木兰》去除了容易给全球观众造成观看障碍的文化元素，挪用了容易辨识的中国文化符号和已在好莱坞大片中接受度较好的价值观，通过电影艺术的加工和叙事策略的辅佐，取得了二次文化化的成功典范，完成了文化的杂交化过程。

（三）《功夫熊猫》和《卧虎藏龙》电影的文化杂交化改编策略

《功夫熊猫》可以算作一部很成功的解读中国文化的电影，

它让中国的"国宝"熊猫成为美国好莱坞炮制出的"功夫"英雄，用中国的道家文化辅佐西方的个人英雄主义，并将它推向了一个更深刻的诠释领域，让西方观众了解到中国哲学文化的精髓，并激发他们进一步深入了解的兴趣。这种改编策略实则是与《木兰》相左的对于文化杂交化后果的一种反向推进。

在我们熟悉了好莱坞大片宣扬的主流价值观之后，电影还能走向何处？《功夫熊猫》提供了一种可能的方向：全球化之后回归本地化。电影通过一只只能卖面的熊猫的一个不切合实际的梦想：成为功夫达人，从中国的家庭观念、中国功夫的精髓，进而上升到关乎人的欲望、政治权力的斗争、人的价值的实现、梦想与现实的关系等一系列现实问题的探讨，引发观众的热烈讨论和反思。

《功夫熊猫》中植入的中国元素十分鲜明，除了熊猫这个主角形象之外，还有和平谷里的建筑、民俗等，甚至人物名字也直接用汉语拼音的发音规则，如 Shifu（师傅）、Wugui（乌龟）等，连几位继承者候选都是中国传统文化中具有一定代表意义的动物：虎、鹤、蛇、猴和螳螂，还有一个反派：豹子（背叛师门）。很多中国观众甚至都对此片做出"西方的皮，中国的心"这种较为认可的评价，不得不说这是一种全球化回归本地化的反向策略的成功。

与此类似的还有李安《卧虎藏龙》的成功。这部电影引起了对于文化杂交化产品的文化本真性的热烈讨论。李安由于自身文化身份的复杂性，看到了解构中国文化、影院、语言的固有模式的必要性，以至于将《卧虎藏龙》打造成一部现代中国电影，但是以好莱坞哥伦比亚公司作为其经济支撑。因此有批评家注意到这部电影对传统价值观的移除，以及由此引发的"中国性的缺乏"。因为无论是西方观众还是中国观众，或许都期待一个具有纯正"中国性"的李安。

Schmus 针对这种舆论，建议用一种不同的东方主义来诠释这部电影。殖民者视角与非殖民者视角不同，他说，《卧虎藏龙》让一些人觉得没有纯正的中国味道或亚洲味道是因为，一个人可以从不同文化领域获得自己所期待的专长并将其反哺于自己的文化，这实际上是一种西方观点和特权。其余非西方国家的观众指望电影能够忠于他们的文化类型，并从中培养民族性，这如李安所言，很像"动物园中的熊猫"。所以，一件中国产品如果排除了某种具有中国文化特质的东西并融合了某些西方元素的话，就被认为是"假的"，是文化的"私生子"。这一观点触及了一个长久以来在文学领域被忽视的议题：文化杂交后的产品的本质和特征已经并非它们所呈现出的母体文化特征的表现形式了。但往往观众对于文化杂交化的理解还未如此深入。

很多学者将《卧虎藏龙》的成功归结于西方电影市场上被认同的东方性，也将其在亚洲的成功（或失败）归结于在东方电影市场中的西方性。问题的核心在于电影中的"中国性"或"东方性"，如果一部电影中呈现的既不是这种文化也不是"那种"文化，那它是什么呢？给一部电影贴上"假的"标签，无论说它"遮掩"了什么或"真实"再现了什么，其实都是假设了一种文化标准范式的存在，但实际上它是不存在的。正如《功夫熊猫》带给观众的惊喜一样，西方观众或许并没有期待它能有这样的"中国心"，而中国观众也没有指望一部典型的好莱坞动画电影能够有点"中国味"。

二、文化杂交化的经济纬度

电影是一种商品的观念已被大众接受，它所携带的商品属性甚至是它的基本属性。但很多时候，我们研究电影，其实是在研究文化，我们更加注重它的文化属性。但"文化研究并不能从根本上触及帝国资本主义的本质，相反，纯粹的文化研究往往掩饰了帝国主义资本积累的本质血腥事实。"（《斯皮瓦克理论研究》，p.62）正如斯皮瓦克所指出的："依此逻辑，在国际劳动分工日益明显的今天，我们完全可以推断出：是第三世界生产了世界财富，并使第一世界文化自我再现成为可能。19世纪是工人阶级与资本家之间的对立，20世纪则是第三世界与第一世界之间的对立。19世纪，资本家剥削工人阶级赚取剩余价值获取财富；20世纪，第一世界剥削第三世界赚取巨大的商业利润。"斯皮瓦克清晰地认识到"在金融、信息和贸易网络全球化美好表象的掩饰下，第三世界国家在政治上获得了独立，然而在经济上却不得不依附于第一世界，接受第一世界的经济剥削。……在第一世界对第三世界提供的援助中，总夹带着要向第一世界购买某种商品和在不同层次上雇佣不同国别工人的比例要求。同时，第一世界利用庞大的债务以及强劲的跨国公司在全球经济逻辑的强势霸权之下，通过承包、合同、配额等现代化商业手段使第三世界国家渐渐沦为第一世界的廉价劳动力和生产资料的供应地以及产品的生产地"。

以好莱坞为主的美国电影工业，正在将其所生产的电影产品销往各国，包括众多第三世界国家。好莱坞与这些国家所采取的合作方式正是斯皮瓦克所谓的"第一世界利用庞大的债务以及强劲的跨国公司在全球经济逻辑的强势霸权之下，通过承包、合同、配额等现代化商业手段使第三世界国家渐渐沦为第一世界的廉价劳动力和生产资料的供应地以及产品的生产地"。如分账方式、买断方式，及其看似遵守国际惯例的配额比例等，这是好莱坞电影在其经济属性上对于别国的一种霸权体现。

迪士尼的改编和梦工厂的创作均建立在制作团队的经济运作能力基础上。首先，制片团队已经在这部电影前积累了重要经验来制作满足全球化市场的产品。从市场的角度，他们能够获取融资渠道、获得银行贷款。其次，在最后阶段，整个团队都在国际化的劳动分工中完成后续工作，并让电影通过跨国公司网络的全球化市场可达性进行市场营销和分账。

三、"第三空间"作为出路

按照霍米·巴巴的观点，他将文化杂交化的结果称为"第三空间"，在这一空间内，各种文化元素相互碰撞并相互转化，同时，它是与帝国主义权力相斗争和抗衡的场域，其目标是消除中心和边缘的差异，及其他形式的二元对立。霍米·巴巴的理论为全球化语境下非西方文化的身份构建提供了指导意义。我国著名学者王宁认为，巴巴的理论核心在于混杂策略（杂交策略）的应用，以此来消解西方殖民主义者的文化霸权，从而打破第三世界文化不被重视的局面，继而真正实现文化的全球性。这种后殖民主义的对于文化变迁的诠释是一次文化批评领域的重要转身，是与"从西方到其他"（西方中心论）线性扩散模式的道别。它直接挑战了文化本质主义的观念，按照Pieterse的观念，它动摇了文化的内向的概念，是一种消解意识的概念，如浪漫民族主义、种族主义、文化本质主义等。它将我们从民族、社群、国家或阶级的桎梏中解放出来，呈现出了一种"运动中聚集的经验的万花筒"。

霍米·巴巴的文化杂交理论深受俄国形式主义文学理论家巴赫金的复调理论和杂合理论的影响。巴赫金对语言学领域内的"杂交"做了界定，他认为杂交是指单个语句中、语句的范围内两种社会语言的混合，两种区分于时代、社会差别或其他因素的不同的语言意识之间的混合。其内涵一是一个话语单位内不同的音调、意识、意义等的混杂，即语言内部的混杂；二是两种语言的混合，两种不同的语言意识的相遇，即语言外部的混杂。这为巴巴的文化杂交性理论提供了某些共通的基础。巴巴结合巴赫金的复调理论进行后殖民研究，认为殖民与被殖民的情境相互影响，并由此形成了心理机制和语言认同之间的一个既矛盾又模糊的新的中生空间。巴巴认为，巴赫金所强调的杂交性主体内容从根本上来说是一种发声空间，这一空间促进了话语的双重性进行有效的交汇贯通，促成新言语行为和新心理机制的产生，为颠覆殖民霸权和话语霸权提供基础。杂交性在霍米·巴巴的理论构建里被塑造为"殖民权力生产力的标志"，同时"表现出了所有存在于被歧视和压迫场所中的必然变形和置换"。巴巴用这种理论试图颠覆本质主义与二元对立，与后殖民研究者萨义德、斯皮瓦克及多元中心论等理论一脉相承。

从语言学领域到文化批评领域的转向，是霍米·巴巴理论创新的贡献，他强调杂交化是持续的、发展着的交融混合的过程，他并不认为文化杂交是殖民主义的消极副产品。巴巴的文化杂交理论不仅反对将任何种族和文化集团看作同质，同时也反对将不同种族与文化集团二元化和对立化，因此，其理论有某种反叙事，是对经典及经典的排他性的一种批判。

霍米·巴巴的"第三空间"理论影响了政治变化的混杂时刻，这种变化的价值在于重新融合和生产，或翻译、转换那些既不是"这个"也不是"那个"的元素，而是赛过这些的某种结合的"他者"。在这个意义上，文化杂交化和全球化的出路业已形成，即在这个"第三空间"内重新理解和生产可能的新的文化。"第三空间"的诞生因此需要地方文化和方言文本的处理过程和反应性互动，通过观点、价值和意义的冲撞，被讨论和再生产。这与文化杂交化的过程：去文化化、文化挪用和二次文化化有相通之处。

但在实践中，文化产品中的文化杂交化往往被简化为一种肤浅的操作，如使用当地演员、给城市或角色安上当地的名字等。如一些人所警示的，本地化的产品并不是本地产品，它们实质上还是全球化的。为了超越这种文化杂交化的肤浅层面，去文化化和二次文化化就很有必要。去文化化是保证全球观众理解和接受的关键，二次文化化是赋予它生命力和现代性的策略。对于迪士尼的《木兰》，电影制作过程中并没有牵涉文化任务或个人野心，《木兰》的联合导演托尼·班克罗夫特（Tony Bancroft）承认这部电影在是否中国化上有所局限："我知道我们得尊重原始材料，但我们也知道我们不会去画中国画。没办法，我们毕竟不是中国人。"再有，迪士尼已经建立了它的制片模式，它有着"不同的敏锐性，不同的讲故事风格"。《功夫熊猫》也有着强有力的"第三空间"生产力，它巧妙地利用中国元素和"功夫"的文化要义与西方喜剧叙事（梦工厂的动画叙事策略）的反应性互动，即将地方文化进行了现代化的处理；《卧虎藏龙》中的"第三空间"主要来源于导演李安自身所携带的东方与西方的碰撞与融合后生成的具有明显优势的"他者"特质。

"第三空间"给予我们更多可以探索的空间，迪士尼折中主义的改编方法也不失为一种路径。1945 年的迪士尼动画《三骑士》中，Burton Carvajal 注意到迪士尼对于民族本真性的真诚。但对他而言，这些好的意图都是为一个目的服务：掩盖隐藏在疯狂喜剧和看起来纯正的文化外表之后的"没有哪种文化互惠的出现是平等的"的证据。这与斯皮瓦克和其他后殖民理论家的主张是一致的。需要明确的一点是，文化杂交化之后的产品的本质和特征并非它们所呈现的母体文化的特征和表现形式。如《功夫熊猫》中梦工厂试图诠释的"中国功夫"和中国功夫电影中的"中国功夫"并不完全对等。

四、结语

在这个"第三空间"内，我们应该致力于带有生命力的、深度融合的新产品的生产。正如 Ulf Hannerz 提醒我们的，文化本质上是流动的，且通常是文化内部持续碰撞、反应的结果，也是内部文化与外部文化碰撞的结果，是一种动态的呈现。Bakhtin 和列维·施特劳斯指出，所有文化都是混同体。同时，我们要注意到持续动态的融合给"第三空间"内的文化再生产带来了新的特征、新的差异和新的类似。从这个角度来说，或许文化的全球化的确导致了文化产品中文化差异的缺失，这适用于一切文化。但是，通过丢失原有的，我们获得了些许新的东西，它们具有独特性和不可替代性。只有我们忽视文化本质上的动态属性，并将自己封闭在文化本质主义的桎梏中，那么文化产品，以电影为主的杂交化才可能导致陈腐的同质化。

《史记·列传》电影改编中人物形象的戏剧化塑造

张　谦

　　美国学者利昂·塞米利安表示："不朽的小说作品的条件之一就是要创造出令人难忘的新的人物形象，创造出新的堂·吉诃德，新的哈姆雷特，新的巴扎罗夫，新的 K 甚至新的巴比特。"[1] 小说人物（character）属于"故事"层，有别于"话语"层的叙述者（narrator）和受述者（narratee）。当我们谈及故事或事件时，必然涉及人物及其行动。同时，在探讨塑造人物的方法时，人物又与叙述视角、叙述声音等密切相关。传统小说批评关注人物本身，认为"作品中的人物是具有心理可靠性或心理实质的（逼真的）'人'，而不是'功能'"。这种观点承认人物的语言属性，但提倡研究者们应该从似真效果角度关注人物的"人格"特征。法国符号学家罗兰·巴尔特不考虑人物性格和思想，将人物当作一个叙事功能抽象化，聚焦

---

1. 塞米利安：《现代小说美学》，宋协立译，陕西人民出版社 1987 年版，第 141 页。

于人物行动，重视行动对故事结构的意义。

司马迁在《史记》中创造了由本纪、表、书、世家和列传构成的五体结构。关于列传，司马迁在《太史公自序》中解释道："扶义俶傥，不令己失时，立功名于天下，作七十列传。"唐人张守节说"其人行迹可序列，故云列传"。列传是司马迁独创的体例，目的在于记录历代有影响的人物的传记，他们其中有人仗义而行、倜傥不羁，有人才华出众，有人逞凶斗恶。学者杨照十分赞赏司马迁为平民立传的做法，认为"历史重要的存在理由之一，就是弥补'天'与命运的这种不公平，将好坏行为与名声彼此相称地存留下来"[1]。不同于一般改编影视的前文本，《史记》延续了中国史学中载言记事的传统。分析《史记》中的人物形象，必须同时兼顾叙事学注重叙事功能的"功能性"人物观和传统上强调心理意识的"心理型"人物观。《史记》的电影改编也以人物为中心。在七十篇"谓叙列人臣事迹"的列传改编的电影中，人物角色依据各自职业大体可分为官吏、刺客和良医三类。

一、官吏：佞、忠、智三极分化

英国小说家福斯特在《小说面面观》中将人物分为"圆形人物"和"扁平人物"[2]，《史记》在描写作为各篇传主的圆形人物之外，也充斥着诸多"单一思想或特质"，利于读者辨认的扁

---

1. 杨照：《史记的读法》，广西师范大学出版社 2019 年版，第 IV 页。
2. E.M. 福斯特：《小说面面观》，冯涛译，上海译文出版社 2019 年版。

平人物。《史记》的电影改编，正是将司马迁笔下的"圆形人物"和"扁平人物"转译成可以直接感受的影视形象的过程。"扁平人物"让读者和观众能够迅速地分辨出他们的性格特征。《史记》君王的幕僚，他们有惊人的相似性，对于故事情节的阐释也有着相似的作用。这些人虽然位于列传之中，但处于权力中心，他们同国君及君王周围的女性一起在改编本中构成了一个稳定的戏剧结构。现有的《史记》改编电影中，以出现频次较高的人物形象举例：范增和伍子胥属于"忠"，张良和范蠡是"智"，伯嚭和项梁是"佞"。就"忠"的角色而言，起先不得志的忠臣因为遇到赏识自己的君主死心塌地地效忠，近乎愚忠。他们同《刺客列传》中的人物一样，践行的是"士为知己者死"的模式。原著中人物的互文关系使得这类人物在改编实践中越发趋同，究其原因，仍是人物在前文本中的相似。

（一）孔子

《史记》中关于孔子的内容主要集中在《孔子世家》和《仲尼弟子列传》，电影形象以费穆的《孔夫子》和胡玫的《孔子》为代表。儒学是封建时代的"显学"，孔子又是儒家学派的创始人。长期以来，孔子一直作为一个被神化的人物而存在，新文化运动以后又成为被批判的封建代表，几乎不存在一个作为"人"的孔子。纵观中国历史，孔子形象可分为"世俗的人""精神的圣"和"政治的神"。[1] 孔子死后，历代帝王极力把孔子打

1. 尹砥廷：《中国古代文化中孔子形象的三维透视》，《吉首大学学报（社会科学版）》2004年第3期，第120—125，128页。

扮成更加有利于引起人们敬畏膜拜的形象，借以巩固自己的专制统治。鲁迅说："因为他不会噜苏了，种种的权势者便用种种的白粉给他来化妆，以至抬到吓人的高度。"[1]孔子由"人"变成了"神"。20世纪30年代之后，现代小说创作者开始重写孔子，力图剥去其"圣人道德"的外衣，"还原其本相"。[2]

　　费穆在创作《孔夫子》时意识到这一问题。费穆在他的文章《答方典、应为民的〈期望于《孔夫子》〉》[3]中引用了卡尔·克劳[4]题为《孔夫子》的文章："孔圣人和孔夫子根本是两个人格。'孔夫子'，是一个诚笃可亲，完全人性的学者与君子：他生于耶稣纪元前第六世纪，一生无过，遭遇了别人所未有的幻想寂灭和绝望的痛苦，在临死的时候，自觉整个生命是一个失败。'孔圣人'是后世学者将他神格化了的创造物，用一种奉之为神圣的方法，演绎孔子的行为和言论，而将他造成一个没有血肉的'知识的神秘偶像'。"

　　亨利·詹姆斯认为人物决定事件，事件阐释人物[5]。通过将电影情节与《史记》文本对比，可以确定改编本和源文本之间的改编关系。在《孔夫子》中，电影一开始是战前"衅鼓誓

1. 鲁迅：《在现代中国的孔夫子》，载《鲁迅全集（第6卷）：且介亭杂文·且介亭杂文二集·且介亭杂文末编》，人民文学出版社2005年版。
2. 祝宇红：《"打倒孔家店，救出孔夫子"——论孔子形象在中国现代小说中的重写》，《中国现代文学研究丛刊》2008年第1期，第86—96页。
3. 黄爱玲编：《诗人导演费穆》，复旦大学出版社2015年版，第50页。
4. 卡尔·克劳（Carl Crow），美国人，曾长期在中国经商生活。
5. 亨利·詹姆斯：《小说的艺术》，崔洁莹译，四川文艺出版社2021年版。

师"的场面，场景结束后用字幕的方式提示："齐伐鲁。古代行军，先以牲血衅鼓。""牲血衅鼓"出自《高祖本纪》。刘邦起事，"祠黄帝，祭蚩尤于沛庭，而衅鼓，旗帜皆赤"[1]。电影中"齐大而近于鲁。鲁小弱……齐师侵鲁"直接注明引用自《孔子世家》，完整为："齐大而近于鲁。鲁小弱，附于楚则晋怒，附于晋则楚来伐，不备于齐，齐师侵鲁。"[2]孔子落难获救，出处为："于是使子贡至楚。楚昭王兴师迎孔子，然后得免。"[3]孔子归鲁，"孔子之去鲁凡十四岁而反乎鲁"。[4]费穆的《孔夫子》是少有的标明了和《史记》改编关系的改编本。作为改编实践者，费穆不拘泥于单一源文本。比如，君臣失仪的字幕"晋赵盾弑其君夷皋"[5]"卫州吁弑其君完""楚世子商臣弑其君頵"[6]引自《春秋》。影片中孔子表明志向的情节引自《孟子·滕文公下》："世道衰微，邪说暴行又作，臣弑君者而有之，子弑其父者有之。孔子惧，作《春秋》。"[7]

费穆关于《孔夫子》的创作"叙写的则是英雄的异端"[8]，他把英雄的话语和人格提升到文化的高度。《孔夫子》表达的

---

1. 司马迁：《史记》，中华书局 2011 年版，第 297 页。

2. 同上书，第 1711 页。

3. 同上书，第 1729 页。

4. 《史记·孔子世家第十七》原文为："孔子之去鲁凡十四岁而反乎鲁。"

5. 公羊高：《春秋公羊传》，黄铭、曾亦译注，中华书局 2018 年版。

6. 《春秋》原文为："楚世子商臣弑其君。"

7. 孟子等：《孟子》，方勇译注，中华书局 2015 年版。

8. 丁亚平：《英雄与人民：中国电影的形象塑造和历史观念的建构》，《电影艺术》2021 年第 4 期，第 11—18 页。

是，人民的力量不只存在于特殊的场景，更是一点一滴施行为一种历史的主体精神与民族意识。戴维·米勒在《论民族性》中指出，历史性的一个特征是"体现历史延续性的认同……历史性民族共同体是一个义务共同体，……这个历史共同体也向未来延伸"[1]。孔子不是高人、逸人或历史的超人，但是可以称为民族或时代共同体的文化英雄。

（二）屈原

屈原，见于《屈原贾生列传》。屈原名平，楚国人，官居左徒。司马迁概括屈原为"遭世罔极兮，乃陨厥身"[2]。屈原的电影改编代表作是鲍方、许先导演的《屈原》，屈原饰演者为鲍方。鲍方拍摄《屈原》时内地正开展"评法批儒"运动，在找到相关历史学家界定屈原的身份后，得到了"屈原是反对贵族阶层、反对奴隶压迫、反对战争和诸侯割据的爱国人士，有明显的法家倾向"的评价，影片才得以拍摄。开拍后，凤凰影业的新闻上以"伟大的爱国诗人和政治家"对影片进行宣传。《屈原贾生列传》是《史记》中特殊的一篇，明代的赵南星《离骚经订注·自序》言："司马子长天才侔于屈子，而愤世嫉俗之意，异代一揆。故为之立传。叙次其事，才及数行，不胜怆惘，辄为论议，又复叙次，未几复论议焉。且泣且诉，且唱且叹。子长以前作史者，亦无此体也。要之世有屈子，乃能为《离骚》，为屈子作传，必以子长之文。亦惟子长乃能传屈子

---

1. 戴维·米勒：《论民族性》，刘曙辉译，译林出版社 2010 年版。
2. 司马迁：《史记》，中华书局 2011 年版，第 2193 页。

耳！"[1] 司马迁正是在屈原身上看到了自己，使得《屈原贾生列传》不同于其他列传文本。《史记》全篇，司马迁只有在孔子和屈原的"太史公曰"中有"相见其为人"[2]的评价。司马迁在书写以屈原为代表的这一类人物时寄托了自身的情感，忠心的官吏不为君王信任几乎成为《史记》的一大特点。

《屈原贾生列传》中的叙事模式可以看作此类代表。"怀王以不知忠臣之分，故内惑于郑袖，外欺于张仪，疏屈平而信上官大夫、令尹子兰。兵挫地削，亡其六郡，身客死于秦，为天下笑。"[3]司马迁寥寥数语奠定了一个为历朝文学家创作的戏剧模式。起因：屈原"博闻强志，明于治乱，娴于辞令……王甚任之"；发展：上大夫"争宠而心害其能"，楚怀王"听之不聪也，谗谄之蔽明也，邪曲之害公也"；高潮："王怒而疏屈平"；结局："怀王悔"，"死于秦而归葬"。在文学改编和影视改编中，这一模式经过反复演化，成为中国戏剧中最为重要的戏剧结构之一。从历史人物转变为功能型角色，代表着改编意识的成熟。例如，张仪入秦后"币用事者臣靳尚，而设诡辩于怀王之宠姬郑袖"，在影视和文学作品中，往往使上官大夫和靳尚形象集中为一人，郑袖和南后[4]集中为一人，即大夫靳尚，

---

1. 赵南星：《味檗斋文集》，商务印书馆 1936 年版。
2. 司马迁评价孔子："余读孔氏书，想见其为人。"评价屈原："适长沙，观屈原所自沉渊，未尝不垂涕，想见其为人。"
3. 司马迁：《史记》，中华书局 2011 年版，第 2186 页。
4.《战国策·楚策三·张仪之楚贫》言张仪之楚时："南后、郑袖贵于楚。"可见南后、郑袖并非一人。

南后郑袖。本文重点分析的鲍方编导的《屈原》，以及张今标导演，罗石贤、吴傲君编剧的电视剧《屈原》，郑晓龙执导，王小平、蒋胜男编剧的《芈月传》都采用了这一做法，将人物形象集中。

（三）范增和伍子胥

范增和伍子胥都属于怀才不遇，数年才得遇明主的类型。他们是福斯特所说的"扁平人物"，但这并不意味着他们就是不重要的。詹姆斯·伍德并不赞同福斯特对"扁平人物"的轻视，"然而扁平并不减损他们的生动、有趣，或者作为一个人物的真实"[1]。《史记》中对两人的描写，会令我们进一步明白"扁平人物"的作用。司马迁在《伍子胥列传》中起笔写伍子胥之前，先写他先祖伍尚因"直谏事楚庄王"出名、父亲伍奢因直谏被佞臣谗害。伍子胥奔走数国逃难，抵达吴国后不被吴王僚赏识，退"耕于野"。《项羽本纪》中，范增"年七十，素居家，好奇计"。范增和伍子胥均被其主猜忌，含恨而终。伯嚭诋毁伍子胥，夫差回答"吾亦疑之"。"项王乃疑范增与汉有私"，伍子胥被夫差赐死沉江。范增被项羽剥夺权利后乞骨回乡，途中毒疮发作而死。甚至两人劝谏其主的话术都相同。伍子胥谏夫差："越王为人能辛苦。今王不灭，后必悔之。"范增劝项羽："汉易与耳，今释弗取，后必悔之。"伍子胥说夫差："句践食不重味，吊死问疾，且欲有所用之也。此人不死，必

---

1. 詹姆斯·伍德：《小说机杼》，黄远帆译，河南大学出版社 2015 年版，第 94 页。

为吴患。今吴之有越，犹人之有腹心疾也。而王不先越而乃务齐，不亦谬乎！"范增说项羽曰："沛公居山东时，贪于财货，好美姬。今入关，财物无所取，妇女无所幸，此其志不在小。吾令人望其气，皆为龙虎，成五采，此天子气也。急击勿失。"

二、刺客：观众"以武行义"的英雄梦

刺客形象的代表人物是荆轲。关于荆轲的章节主要集中在《刺客列传》，"荆卿好读书击剑"[1]曾经跟盖聂、鲁句践谈论剑道，在燕国时跟高渐离及一个杀狗的屠户交好，经常喝酒放歌。荆轲虽是平民，但结交的都是贤士豪杰。燕国处士田光善待荆轲，知道荆轲非常人。燕国太子丹用荆轲行刺秦王政，假借献秦将樊於期首级和燕国督亢地图靠近秦王，最后刺杀失败。

陈凯歌、王培公以荆轲刺秦王改编成同名电影。对比改编本《荆轲刺秦王》和前文本《史记》异同，可以看出，改编本省略了举荐荆轲的过程，这一改变使得改编本同前文本的主题相差悬殊，抛弃了原文本"知遇"的主题。《史记》中太傅鞠武找到田光后，田光因为自己老迈推荐荆轲。太子丹见田光时"却行为导，跪而蔽席"[2]，因此田光"自杀以激"荆轲。太子丹知道田光死后"再拜而跪，膝行流涕"，得到荆轲后"日造门下，供太牢具，异物间进，车骑美女恣荆轲所欲"，樊於期自杀、高渐离击筑。以上均是作者对尊士尚贤这一观念的表

---

1. 司马迁：《史记》，中华书局 2011 年版，第 2221 页。
2. 太子丹倒退着走为田光引路，跪下来拂拭座位给田光让座。

达。电影中田光被省略，太子丹对荆轲傲慢无礼，荆轲不是为报知遇之恩的"义"，而是为赵姬的"情"去杀秦王。影片重复"英雄美人"的戏剧模式，丢弃了前文本中的"知遇"主题。《荆轲刺秦王》中荆轲为帮助孩子甘受胯下之辱，虽然体现了荆轲不失正义，但落入了俗套中。谷利平评价说："银屏上的荆轲胸无大志、痛苦迷茫，褪去了英雄的光环和历史赋予的壮烈豪情。从为家国到为女人，陈凯歌将'荆轲刺秦王'的意义从民族国家的角度降到了个人爱欲的角度，女人成为刺秦的动因，这是对荆轲故事的极大讽刺，也是对历史叙事的无情解构。"[1]

对于《荆轲刺秦王》放弃《史记》，杨树增认为，《史记》中传记情节有"曲"和"奇"两个鲜明特征，"'奇'，就是指取材不凡庸，故事情节有新奇性；'曲'就是指描写不简直，行文有变化"[2]。在情节表现上，改编本《荆轲刺秦王》虽然摒弃了这一情节，将重心完全放到荆轲本人身上，但仍不失"奇"和"曲"。电影中荆轲刺杀铸剑师徐夫人一家，被徐夫人女儿感化，其后又移植了《史记》中韩信胯下受辱和《水浒传》中杨志卖刀的情节，在艺术特色上仍与前文本《史记》一致。《刺客列传》以"知遇"为主题，朋友之间相互赏识，君王任用贤能的官吏。司马迁陈述他和李陵的关系："素非能相

---

1. 谷利平：《华语影视剧中的秦朝记忆与银屏重构——以〈秦始皇〉〈秦颂〉〈荆轲刺秦王〉等作品为例》，《电影评介》2020年第5期，第45页。
2. 杨树增：《史记艺术研究》，学苑出版社2004年版，第256页。

善也。趋舍异路，未尝衔杯酒，接殷勤之余欢。"司马迁因为赏识李陵所以替李陵辩护："然仆观其为人，自守奇士，事亲孝，与士信，临财廉，取予义，分别有让，恭俭下人，常思奋不顾身，以殉国家之急。其素所蓄积也，仆以为有国士之风。"

另一个代表人物是聂政。关于聂政的章节主要集中在《刺客列传》，聂政是轵县深井里的屠户，杀了人之后带母亲姐姐来齐国避难。在韩国做官的严仲子"与韩相侠累有郤"[1]，逃亡之后寻找刺客刺杀侠累，到齐国之后听到聂政的名声礼贤下士，跟聂政结交。聂政等到姐姐聂荣出嫁、母亲下世后去找严仲子，替他杀死侠累。张彻以"聂政刺侠累"为主题改编了电影《大刺客》。

春秋时期随着西周宗法制的衰落，士人群体开始壮大，"穷"与"达"成为士人阶层重要的人生命题。"士不遇"是士人阶层的生活常态，"达者未必知，穷者未必愚。遇者则得，不遇失之"。同为士人的司马迁在《史记》塑造了士人形象，丰富和发展了这一主题。何雨盎将《史记》中的"知遇"主题依据人伦关系划分为君臣之遇与亲友之遇[2]，聂政和严仲子属于后者。司马迁在讲述聂政其事时用曲折的笔触进行勾画，先是以"老母在，政身未敢以许人"凸显了聂政的孝，而后又以聂政自叹"是者徒深知政"表现了聂政的义。聂政因为严仲子的

---

1. 司马迁：《史记》，中华书局 2011 年版，第 2227 页。
2. 何雨盎：《〈史记〉"知遇"主题研究》，北方民族大学硕士学位论文，2021 年，第 10 页。

"知"以性命相报。

张彻不局限于《聂政》一文，他从《史记》全文中汲取营养。电影层层推进，聂政先是受限于自己的平民身份，想学剑报国，因为政治黑暗才隐居轵县杀猪，但志向不曾改变。当他准备帮助严仲子刺杀侠累时穿着贵族的衣物，行事也同贵族，张彻以外部形象刻画人物内心，以展示聂政将刺杀奸相视为君子的行为。聂政形象的变化则是"朝为田舍郎，暮登天子堂"的体现。《大刺客》中聂政的角色体现了封建专制社会中"官本位"的文化基因，聂政有着改变社会地位的强烈愿望。

前文本中有严仲子送黄金百溢给聂母祝寿的情节，张彻的《大刺客》强化这一细节。电影一开始就说聂政家贫，无法迎娶爱人。严仲子见聂政是几次赠予钱财，刺杀侠累时严仲子又给予大量财物。司马迁在《报任安书》中写自己因李陵案问罪下狱，"家贫，货赂不足以自赎，交游莫救，左右亲近不为一言"。司马迁借用谚语"谁为为之？孰令听之？"来表达士不被重用。《大刺客》中作为重点塑造对象的聂荣，她对聂政的情感便是司马迁自我倾诉。聂政为知己严仲子"面皮决眼"而死，姐姐聂荣不甘心聂政名声被埋没，以牺牲自己为代价以告诉世人聂政的事迹，甚至可以看作司马迁与李陵的翻版。何雨盦认为，《史记》中"知遇"主题传递的是传统中国民众知恩图报的普遍心理，它反映了一种朴实的"义利相济"的恩报观。

还有高渐离。关于高渐离的章节主要集中在《刺客列传》，只有两段文字："荆轲嗜酒，日与狗屠及高渐离饮于燕市，酒醋以往，高渐离击筑，荆轲和而歌于市中，相乐也，已而相泣，旁若无人者。"[1] "秦始皇召见，人有识者，乃曰：'高渐离也。'秦皇帝惜其善击筑，重赦之，乃矐其目。使击筑，未尝不称善。稍益近之，高渐离乃以铅置筑中。复进得近，举筑朴秦皇帝，不中。于是遂诛高渐离，终身不复近诸侯之人。"[2]

三、良医：仁智合一的中国式偶像

《史记》中"良医"形象的代表人物是扁鹊。关于扁鹊的叙述见于《扁鹊仓公列传》《赵世家》。扁鹊为春秋良医，原名秦越人，"在赵者名扁鹊"[3]。扁鹊的形象是战国时期良医形象的集中投射，他医治的对象包括国晋国大夫赵简子、虢国太子、齐桓侯。崔隐导演的电影《神医扁鹊》如实还原了《史记》，并适当地加入一些人物使之更富戏剧冲突。《神医扁鹊》中存在两种矛盾。在中国历史上，巫医同源，经"绝天通地"[4]事件之后，职业医师出现，巫医分立[5]。司马迁所写的扁鹊是历史上第一个有详细记载的职业医生，《史记》中扁鹊的"六不治"

---

1. 司马迁：《史记》，中华书局 2011 年版，第 2222 页。
2. 同上书，第 2229 页。
3. 《黄帝八十一难序》："秦越人与轩辕时扁鹊相类，仍号之为扁鹊。"《中国医药与治疗史》中扁鹊原是半鸟半人的巫师形象，巫医分立后成为良医代名词。《史记·日者列传》有："吾闻古之圣人，不居朝廷，必在卜医之中。"可见巫医同源。
4. 《国语·楚语下》："颛顼受之，乃命南正重司天以属神，命火正黎司地以属民，使复旧常，无相侵渎，是谓绝地天通。"颛顼使神事和民事各有其司，断绝之前民神杂糅的局面。
5. 孟宪泽、刘振：《"绝地天通"与中国医学"巫医分立"的完成》，《医学与哲学》第 42 卷第 20 期，第 75—79 页。

中有"信巫不信医"[1]，电影强化巫医矛盾，影片中第一个事件里巫医便假借扁鹊之名愚弄百姓，与医师扁鹊形成矛盾。《神医扁鹊》正是观察到这一点，以扁鹊治病是喻治国。扁鹊和巫医分别代表善良与邪恶。

《史记》中的扁鹊并不单纯是一个医生。杨凌通过对《扁鹊列传》的三个医案与其源文献的比对发现，司马迁竭力要把扁鹊从源文献中的一个民间游医的形象改造成为一个具有高超医技的官吏形象[2]。《神医扁鹊》中，扁鹊教授弟子更多的不是医术，而是类似"丹心映青天，热血医百病"这类道德教诲。在改编本中，巫医三次出现医治虢国太子，将巫医矛盾再次加深，救治后的太子又被巫医作法致使昏迷。电影中虢国夫人为使扁鹊只做宫廷医生而杀死扁鹊的患者，扁鹊在"为官治病"和"为民去疾"之间选择了后者，在见到秦王时并不跪拜。导演将扁鹊塑造成不是权贵，但具有高超医术和高贵品格的医生。

在梳理了巫医区别之后，导演抛出神医和庸医的概念。庸医不仅在医术上不如前者，更在道德上也难以站稳脚跟。《史记》中，"秦太医令李醯自知伎不如扁鹊也，使人刺杀之"，扁鹊见齐桓公时正是李醯从中作梗，使得齐桓公一再延误治疗，扁鹊与李醯之间的矛盾是正邪矛盾。这里与要注意的是，扁鹊

---

1. 司马迁：《史记》，中华书局 2011 年版，第 2438 页。
2. 杨玲：《文本细读、春秋笔法与〈史记·扁鹊仓公列传〉释疑》，《渭南师范学院学报》第 33 卷第 13 期，第 52—61、87 页。

跟齐桓公言病，太医李醯驳斥，齐桓公不信。这一模式为典型的《史记》叙事模式，即忠臣劝谏，佞臣陷害，君王见疑。扁鹊逃走，扁鹊妻子被谗言致烹，与伍子胥、比干结局相仿。扁鹊妻子反驳李醯"妒贤嫉能"也说明了这一点。司马迁对扁鹊的评价是"女无美恶，居宫见妒；士无贤不肖，入朝见疑"。从扁鹊为民去疾到入朝见疑，电影在主题上与前文本《史记》契合。扁鹊见齐桓公这段情节同时有巫医之辨，庸医李醯医治齐桓公的同时也禀神卜卦，扁鹊斥责他"医人巫鬼信巫，害人不浅"，当他人说"谁人不知良医，巫也"时，扁鹊认为这是污蔑。扁鹊和其医术被污蔑为妖人妖术，仍可见巫医同源的现实。扁鹊在秦国看到书籍全是巫咒之书时愤恨难当。对扁鹊来说，"巫是巫，医是医"，"巫医一定要分家"。电影虽然立医驳巫，但也将巫医并立。在改编本《神医扁鹊》中，当良医扁鹊被诬陷为视虢国太子死活不顾、见齐王患疾不医时，李醯也与《史记》中的佞臣一致了。

通过《史记·列传》改编电影的人物形象梳理，电影改编本的人物被按照正面和反面分类，由此，列传中的人物可分为忠、佞、宠、智四类。《史记》的改编实践包含着同时进行的两部分：一方面，由于戏剧要求，后人不断地填补司马迁文本当中的空白，使其丰富多彩；另一方面，由文本接受出发，前文本中的故事一点点地被拆开，变得简单，昏庸的君王宠信奸佞，疏远忠良，贤明的君王任用能人志士最终击败前者。在漫长的改编实践中，"信而见疑，忠而被谤"的剧情模式最终演化为《史记》改编本的底层戏剧结构。

参考文献

［1］司马迁：《史记》，中华书局 2011 年版。

［2］［加］琳达·哈琴：《改编理论》，冯涛译，清华大学出版社 2019 年版。

［3］［英］E.M. 福斯特：《小说面面观》，冯涛译，上海译文出版社 2019 年版。

［4］［美］罗伯特·斯科尔斯、［美］詹姆斯·费伦、［美］罗伯特·凯洛格：《叙事的本质》，于雷译，南京大学出版社 2015 年版。

［5］［英］詹姆斯·伍德：《小说机杼》，黄远帆译，河南大学出版社 2015 年版。

唐传奇电影改编述略

牛鹤轩

唐传奇是中国古代文学发展的阶段性产物，作为较早且成熟的文学形式，它因自身的"文本资源"和"影视触点"而存在巨大的影视改编潜力。唐传奇原文本中的古典风味以现代影视技术为手段在"旧瓶装新酒""新瓶装旧酒""三节联动"三大主要模式的改编中为观众呈现出一幕又一幕的视听、精神盛宴。唐传奇小说为电影产业带来经济发展新活力的同时，其背后的文化意义、民族意义更是不容忽略的重要存在，因此要科学地促进唐传奇电影改编事业在我国文化建设领域的良性发展。

一、唐传奇影视化的潜力分析

"凡一代有一代之文学。"唐传奇，迥高前人，沾溉后世，代表了中国古代短篇文言小说的关键发展阶段。明代学者胡应麟曾指出："凡变异之谈，盛于六朝，然多是传录舛讹，未必尽设幻语，至唐人乃作意好奇，假小说以寄笔端。"[1]

可以说，唐传奇整体沿袭着六朝文脉，并对六朝的文学风格予以了完善。作为唐朝特有的文学形式，其内容主要包括侠客轶闻、才子佳人、怪谈趣事等题材，优化了后代文人创作的素材宝库，为中国古典小说的发展作出承上启下的重要贡献。如鲁迅先生所言："小说亦如诗，至唐代而一变，虽尚不离于搜奇记逸，然叙述宛转，文辞华艳，与六朝之粗陈梗概者较，演进之迹甚明，而尤显者乃在是时则始有意为小说。"[2]

"小说实际上是电影的题库"，[3]小说为电影故事的编撰提供了大量的参考文本，不断丰富电影自身的文艺内涵，是涵养电影事业的意义源泉。唐传奇作为较成熟的、中国原始小说的文学形式，"其故事和人物异彩纷呈，具有深刻的思想性和纵深的想象空间，具备影视改编的潜质"。[4]"文以载道"是中国古典文学独特的文化印记，而唐传奇却大胆突破"道德说教、价值评判"的文化禁锢，聚焦、致力于在审美趣味性的导向中来完成一段故事的生动创设。较高的文学、艺术价值，是唐传奇可以进行影视改编的必备优势条件之一。

1.（明）胡应麟：《少室山房笔丛·己部·卷三六·二酉缀遗中》，上海书店出版社2009年版，第371页。

2. 鲁迅：《中国小说史略》，人民文学出版社1973年版，第54页。

3. 周志雄：《论小说与电影的改编》，《山东师范大学学报（人文社会科学版）》2008年第2期。

4. 王淑梅：《从文学到影像：唐传奇影视改编的潜质和策略》，《电影评介》2021年第9期。

唐传奇可以进行影视化改编的潜力主要体现于"文本资源""影视触点"两个层面。

在"文本资源"中，唐传奇作为"原始小说"的各项关键构成，基本形似、契合于现代小说"情节、人物、环境"的创作三要素。

（一）生动别致的情节是唐传奇文学内容的重要表征

情节，是小说因果关联的有力串接，即高尔基在《与青年作家谈话》中所说的："任务之间的联系、矛盾、同情、反感和一般的相互关系，——某种性格、典型成长和构成历史。"情节是读者感知文本价值的关键引导，是调度受众审美思维的集群性环节。小说情节的摇摆、激变、冲突，直接营造着文学的"阻距性"特征，后者使审阅主体对于小说文本的认知在延长后的阅读历程中进一步变深刻，并使自身的文本获取得到充分强化，间接促进小说文学、艺术价值的升华。

在现代影视语境中，情节的开端、发展、高潮、结局四位一体，集中催化影视作品娱乐、审美价值的生成。大部分电影对于情节的需要，与市场化、娱乐化趋势下的现代电影产业发展形成了深度绑定的"鱼水关联"。

唐传奇关于情节能进行电影改编的潜质显现，可以《霍小玉传》为例。故事中，李益与霍小玉经历了"二人缔结因缘""李益海誓山盟""登科东去省亲""尊母另娶她人""小玉散财寻夫""负心汉躲不见""小玉害病日甚""豪侠仗义促愿""二人相见诀别""李益苦遭报应"的完整过程。李益与霍小玉的爱情悲剧坎坷曲折，李益所谓的"皎日之誓，死生以之"并没有成为彼此爱情保鲜的坚实依靠，反而在他"晨出暮归，欲以回避"的可耻行为中像极了一段可憎可悲的笑料。

市场化的电影情节追求因果相接、环环相扣的演进基调，因此要逐步累积情节矛盾以达到剧烈冲突时的震撼效果，并力求使受众于冲突过后的淡然平缓间依旧葆有着刺激或舒爽的心境。

《霍小玉传》的情节曲折，反转极其紧凑，各小矛盾点营造的戏剧性冲突动人心弦。李益懦弱、逃避的负心行为，让一段原本美好的爱情慢慢畸变，最终走向死亡，造就出由喜至悲的震撼性冲击。这篇传奇在引人深思之余，亦反复深化、极致延展文本自身的美学艺术价值。

以《霍小玉传》为集中代表，唐传奇对于情节的巧妙设置和精心安排极大迎合了现代电影制作的规律导向，这也是唐传奇能够作为电影改编文本的先决因素。

（二）遒劲立体的人物是唐传奇文学内容的基本支撑

唐传奇对于人物的外在描写简约而凝练，如《刘法师》中，将张公弼描写为"衣缝掖而面黧瘦"之形象，[1] 又如在《许元长》中，对于许元长"心伤永日"[2] 的外貌状态直接表述为"全失壮容，骤或雪鬓"，[3] 由此可见，唐传奇更加注重"表现人

---

1. （唐）牛僧孺、李复言：《玄怪录·续玄怪录》，上海古籍出版社 2012 年版，第 43 页。
2. 同上书，第 54 页。
3. 同上。

物内在气质的美，讲究神韵，把人物的内在气质转化成一种可以感知的艺术之美"。[1] 再如《虬髯客传》对于首次出场的虬髯客虽仅用十一个字——"中形，赤髯如虬，乘蹇驴而来"[2] 进行描写，但却完美地实现了共性与个性相统一的典型人物塑造。"中形""乘蹇驴而来"的表达是一种与寻常人家所共有的普遍特征，反映虬髯客不修边幅、简朴大气的风度，在"赤髯如虬"的个性化刻画中，着重衬托虬髯客与众不同、豪迈洒脱的形象，其本人内在性格气质皆通过外在的形象表现而出。兼具共性与个性的外在描写充分使该典型人物形象包含着故事性演绎的雄厚力道。

在虬髯客的文学形象中，既有对天下负心者"衔之十年，今始获之。吾憾释矣"般疾恶如仇的斗争，同时也有对李世民"默居坐末，见之心死"的释怀不争。在"争"与"不争"的矛盾对立间，其人物形象顺利摆脱"扁平化"且稚嫩的文笔倾向，故丰满、立体的文学人物也由此在虚构的唐传奇小说中屹立。唐传奇言简意赅、构思精巧，所以金庸先生曾对《虬髯客传》评价道："这许多事情或实叙或虚写，所用笔墨却只不过两千字。每一个人物，每一件事，都写得生动有致。"

一个成功的人物形象塑造对于电影改编的成功至关重要，影视化的人物形象在整体的视听构造中是承担情节推进、思想

---

1. 张引群：《唐传奇塑造人物形象的艺术》，《湖北师范学院学报（哲学社会科学版）》2000 年第 1 期。
2.（宋）李昉：《太平广记：足本 2》，团结出版社 1994 年版，第 870 页。

传达与情怀感染的核心要素。一个性格包含矛盾焦点、心灵深处存在冲突动荡的立体的人物形象方具备影视演绎的力量支撑。主要人物影视化的集中形塑有力地控制、调度着画面、镜头、声音、光线等各类视听元素的整体运作，画面之内框取主体，镜头之下写实人物，声音之间烘托性情，光线之中反照内心……"影视创作中所使用的一切艺术手段都是为成功地塑造一个丰富、生动的人物形象而服务的。"[1] 所以，一个复杂、矛盾的影视化人物直接影响、扩大了视听语言的挥毫极限。而唐传奇对于人物立体化、矛盾聚焦式的文创方式，亦彰显了其可进行电影改编创作的潜力。

（三）丰富多样的题材对于社会环境的映射是唐传奇文学内容的核心内涵

虽然唐传奇小说的创作初心，不被"文以载道"的文统束缚，但后世读者却依旧能在妙趣横生的故事中巧妙地找寻出特定时代下的环境缩影。

唐传奇中，有《枕中记》卢生追求大富大贵，而后大彻大悟的淡然释怀，高度体现了古典文学创作物质性与精神性的辩证统一，集中反映了封建社会官场的凶险与腐朽；有《莺莺传》中被张生"始乱之，终弃之"的莺莺，艺术化地呈现了没落贵族的爱情悲剧，间接流露出封建伦理道德的虚伪、可憎；《李娃传》中，有娼妓追求自我幸福的大胆抗争，安史之乱后，

---

1. 吴淑霞、马文杰：《浅谈矛盾冲突塑造影视人物形象的基本方法》，《新闻研究导刊》2016 年第 7 期。

中唐时期微妙松动的封建社会风气跃然跳动于字里行间；《贾昌传》中的天子宠臣，在精巧生动的故事编纂中无形见证着大唐没落之根源。落魄书生、才子佳人、低贱娼妓、天子宠臣，唐传奇的取材范围极其宽广，为后人进行合乎于唐代环境特色的影视制作提供了宝贵的文化资源与可靠的文学参照。

作为小说三要素的情节、人物、环境，都可以在唐传奇中发掘出相应的雏形、印记。近现代电影改编对于小说的统摄和依赖趋势与日俱增，据资料统计，"自电影问世以来70％以上的电影都是改编自文学原著，其中主要是改编自小说"。[1]因此作为古典原始小说的唐传奇自身亦存在着被电影改编的独特资质。且唐传奇裹挟着古时特有的人文风情，可作为文化清流在"泛娱化"的银幕中展现出意想不到的视听效果，从而为"讲好中国故事"进一步开辟出全新的文化思维方向。

影视触点，指文学、艺术作品与其所转化的影视成果之间相互建立起关联并形成交汇的关键表征。除了以上分析的唐传奇作为"古典原始小说"的电影改编潜力之外，其自身所具备的影视触点，也可作为唐传奇进行电影改编的重要依据。影视触点总体又可分为两个意义方向，基于此，我们可以对唐传奇的改编价值予以进一步的评估。

其一是文本意义上的影视触点，即唐传奇中所记载的大量奇幻、玄怪之事。欧阳修在《新唐书·艺文志》中曾道唐传奇

---

1. 周志雄：《论小说与电影的改编》，《山东师范大学学报（人文社会科学版）》2008年第2期。

"多记神仙诡谲之事"。如《柳毅传》中的书生柳毅因守诺传信救得洞庭龙王之女，且大义谢绝其以身相许之报答，后因龙宫财宝而得富贵，三回九转，与龙女缔结姻缘，终获修仙升道之际遇。又如较早描写狐妖题材的《任氏传》，狐妖任氏和韦崟、郑某之间有情有义、有礼有节的传奇故事与《聊斋志异》中"花妖狐魅，多具人情，和易可亲，忘为异类"[1]的创作构思形成呼应。

天马行空、通感万物的大胆泉思浇灌、沾溉出唐传奇所特有的玄幻风味。这种具有神话魅力的文艺风味可充分地以影视技术为手段，灵活转化为现代电影制作时的特效加持。"西方神话电影的成功，离不开他们在影视特效方面一枝独秀的地位。"[2]同样，对于唐传奇影视化资源的开发，不仅可以推进中国古典文学的现代传播，还有利于集中打磨出展现中国风采的影视特效技术。美国好莱坞的科幻类题材电影，就能够炉火纯青地运用科技感与文艺感相融合的表现形式，从而创造性地构筑起独树一帜的现代科幻影视艺术体系，并通过成熟的电影工业流水线进行加工，为美国意识形态输出披盖上华丽的外表装饰。唐传奇的"影视触点"是中国影视特效发展的重要机遇之一，我国在"追根溯源"的文本改编中所形成的民族影视美学体系亦可对美国的电影文化入侵进行较为有力的反制。

---

1. 鲁迅：《中国小说史略》，人民文学出版社 1973 年版，第 179 页。
2. 王志翔：《从"神话电影"到"电影神话"——以西方神话电影为例谈中国神话电影的当代转型》，《电影文学》2019 年第 19 期。

其二是大唐气象与民族向往、复兴情结之间的贯通。唐朝作为中国历史上最为强大的时代之一，是国人民族自尊心的强烈文化映射。所以影视艺术对于这个年代的复原与归位，乃是除文本意义上（民族美学价值开发）的影视触点之外，与受众意义层面的影视触点的巧妙连接。

文本意义和受众意义的影视触点相互交映，文本层面的"小说三要素"电影改编特性与之互为表里，共同萌发、孕育着唐传奇电影改编的潜在内动力。

二、唐传奇电影改编类型综论

（一）旧瓶装新酒

所谓"旧瓶装新酒"，即在固有文本中创造性地添加具有现代意义的价值内涵。在电影语境中，它可以是将古典情怀放置于现代社会加以解构的大胆创设，还可以是二度创作者以主观视角重新审视世界的艺术性思维构筑，更可以是工业、城镇文明下传统国民心理的越境与出位之思。唐传奇"旧瓶装新酒"的电影改编模式无法彻底地将原始文本的框架、脉络剥离开来，它需要古典的文本元素为之形成讲述"现代性故事"的有力支撑。

"旧瓶装新酒"的电影改编模式最具代表性的作品莫过于侯孝贤导演根据唐代裴铏所撰的传奇故事《聂隐娘》改编而成的电影《刺客聂隐娘》。"电影《刺客聂隐娘》对唐传奇的文本是在继承的基础上加以改编，用影像和画面以及典型的'侯氏叙事'构成了一个充满诗意、矛盾和孤独的世界。"[1]

唐传奇《聂隐娘》先是讲述了聂隐娘"为尼姑所掳"的故事，其间聂隐娘习得高超本领，以至于"一年后，刺猿百无一失。后刺虎豹，皆决其首而归。三年后能飞，使刺鹰隼，无不中"。她遵从师命，杀无道之人，五年后归家。接着故事则描绘了聂隐娘与磨镜少年缔结姻缘，父亲过世，聂隐娘弃魏博节度使转投刘昌裔，尽心护佑刘昌裔无虞，请赐夫一职，随即辞别云游。此后，聂隐娘仅出现于昌裔亡故和其子危难之时，后不知所终。

电影《刺客聂隐娘》对于原文本故事而言存在些许出入。例如，电影中的聂隐娘与表兄魏博节度使自幼指腹为婚，师傅由尼姑变为宗室公主，精精儿被增设成魏博节度使之妻的角色，同时电影也删除了原作中刘昌裔的人物存在，诸如此类的改、增、减为电影的主题表达重新确立起合乎逻辑的元素构成。

在电影中，聂隐娘师傅是作为宗室成员的嘉信公主，为维护唐朝统治而苦苦支撑着刺杀事业；嘉诚公主作为唐皇安抚地方藩镇的联姻工具，嫁给了田季安之父，后孤独守寡；精精儿则为维护自己家族的利益而甘愿作为政治牺牲品；田季安的爱妾为防止自己因孕受害，如履薄冰地用鸡血代替"月事"，后被精精儿识破，终引来妖僧的施咒陷害；甚至是聂隐娘离家多

---

1. 杭洁：《〈刺客聂隐娘〉从传奇小说到电影银幕的承与变》，《四川戏剧》2016 年第 3 期。

年后，在物是人非的环境里与家人所产生的疏离感，都集中体现了导演侯孝贤孤独意识的灌输与营造，这亦是本部电影的核心主题表现。

嘉诚公主曾为聂隐娘讲述过"青鸾物镜"之典故。该典故来源于南朝刘敬叔所著的《异苑》卷三："罽宾国王买得一鸾，欲其鸣不可致，饰金繁，飨珍羞，对之愈戚，三年不鸣。夫人曰：'尝闻鸾见类则鸣，何不悬镜照之。'王从其言鸾睹影悲鸣，冲霄一奋而绝。"青鸾非同类而不舞的品格，就是电影《刺客聂隐娘》"孤独"主旨的点题与升华。

原唐传奇中，刘昌裔处处为聂隐娘所助、所护佑的情节，明显不符合电影"孤独"的主题表达，故导演将其删去。而电影中的嘉诚公主、嘉信公主、精精儿、田季安爱妾、聂隐娘等人宛若孤独青鸾困苦挣扎的艺术化映射，完全符合导演侯孝贤的影视创作倾向。所以，原唐传奇中深明大义、忠诚护主、本领高强的聂隐娘在"旧瓶装新酒"的电影改编模式中也成功转变为传递导演个人色彩的特殊文化符码。对聂隐娘影视化的形塑与重构，其承担的孤独性现代意义即"新酒"的独特韵味之一。

关于该部电影中的"旧瓶"与"新酒"，花开两朵，各表一枝，笔者先以"旧瓶"为开始进行叙述。

所谓"旧瓶"，指原文本中的经典性固有元素及框架性结构脉络，为影片新鲜内涵的注入提供了进行"辩证扬弃"的底本。

导演侯孝贤在进行电影拍摄时，"把从南北朝到隋唐的社会风俗史、节度使官阶形成、胡化汉人与汉人之间的关系，以及遣史、节度使官阶形成、胡化汉人与汉人的关系，以及唐使和唐朝之间的关系都梳理了一遍"。[1] 在影片中，不论是唐朝"晨钟五百，暮鼓三千"的声音细节还原，还是服、化、道设计运用暗光线、暗色调的镜头以显现中晚唐疲靡的时代风味，都在胶片质感的特殊画面里刻画出极尽厚重、真实的年代之感。经典性固有元素在《刺客聂隐娘》中的运用，成功迎合、满足了观众的文化期待视野。

《刺客聂隐娘》对原文本框架性结构脉络的承袭还体现在电影中对豪侠、刺客双重身份的艺术化融构。在《史记》中，太史公司马迁将曹沫、专诸、豫让、聂政、荆轲归作于《刺客列传》并为之评价道："然其立意较然，不期其志。"将朱家、田仲、郭解则归作于《游侠列传》，在"其行虽不轨于正义，然其言必信，其行必果"的论断里可以明确地知晓其区别于"刺客"正统性的狭隘文化标签。

唐传奇中的聂隐娘，有除暴安良、护佑正主的刺客风骨，而在刺杀大僚时，她也会生发"见前人戏弄一儿，可爱，未忍便下手"的仁慈，可她最终还是决绝地"持得其首而归"。原作中对该文学形象内心挣扎的侧写，也说明了聂隐娘在朝"游侠"的回归线不断渐近。电影《刺客聂隐娘》中对于大僚中止

---

1. 肖潇、李航、韩冰：《从唐传奇到电影的文本变迁——谈〈刺客聂隐娘〉的改编》，《出版广角》2016 年第 21 期。

刺杀的行为，就是对现代"侠义"精神的全新构造。电影"杀一人可安天下"的刺客文化和"仁慈止杀"的新侠客精神共同聚焦于影视化的聂隐娘形象之中，在框架性结构脉络的"守正"与"创新"之间达到了绝佳的平衡。

电影《刺客聂隐娘》的"新酒"内涵除"孤独"之外，还体现于以下两点：

1. 进行大胆的文化换血，创造性地化道为儒

在唐传奇原作中，聂隐娘选择磨镜少年为夫，并在为其夫谋得官职后，自己单独云游。宋伟华在《传奇聂隐娘，其人其事》一文中指出："此处择磨镜为夫婿，是离不开《聂隐娘》背后的道教思想的，而隐娘一见到少年就认为此人可为我夫，可能也与道教天生对镜之好感有关。"从聂隐娘安置丈夫离去的情节里，可感受到老子骑青牛出关不知所终的洒脱意境，原作《聂隐娘》中道家的文化影响力若隐若现。在电影的结尾处，聂隐娘与磨镜少年一起离开的情节则是对于姻缘人伦的坚守，儒家文化意象的结局实现了全片的完美收尾。

2. 消解玄幻色彩，且对人性的、自主的意识予以强化式重构

在电影《刺客聂隐娘》中，并没有出现原著"藏匕首于脑中""化蠛蠓于肠内"的玄怪情节，"神化"的文学文本在电影中实现"人化"的蜕变。原作中的聂隐娘，弃魏博节度使而转投他人，可理解为微弱的自主性精神跳动。但电影中的聂隐娘却充满着强烈的个人意识，坚定自我对"善良仁慈"的理解而放弃刺杀大僚的行动，因此引来师傅不满；对于维护"天下安

定"又有着自己的思考，甚至不惜与尊师嘉信公主交手打斗。其强烈的现代个人意识与充满思辨的怀疑精神，都全面助力本部影片的主题升华。

（二）新瓶装旧酒

所谓"新瓶装旧酒"，指在全新的表现形式中，对原文本中的些许元素予以容纳、整合。其中最具代表性的作品为陈凯歌导演的《无极》。《无极》中昆仑的形象便是根据唐代裴铏《传奇》中的'昆仑奴磨勒'设计出来的。"[1]《无极》中包含着导演陈凯歌新颖而主观的"人性思考"，但是电影的部分段落和情节设定却是将《昆仑奴》中的磨勒形象原汁原味地搬演。

传奇小说《昆仑奴》亦为唐代裴铏所撰，记叙了一位名为磨勒的昆仑奴，身怀绝技异能，帮主人崔生猜出"红绡手势"，并杀死猛犬促成一段姻缘，但事情败露后，崔生供出磨勒，磨勒凭借本领得以逃脱的故事。

在电影《无极》中，导演以现代高超、精湛的影视技术和碎片化、非连贯性的叙事安排作为"新瓶"，并将原本故事中的人物符号加以填充。

其中，"异能""出卖""责任"是"新瓶"中"旧酒"的要素合成。它们所产生的新意义、新内涵并非如"旧瓶装新酒"一般是影视创作者主动改编，而是在新的表现形式和新的文化场域内因交融、磨合、冲突、碰撞等种种现象而被动萌发的新

---

1. 郭海洋：《试论当代电影和文学的亲近与疏离》，《戏剧文学》2008 年第 2 期。

价值解读。

关于"异能"，唐传奇中的磨勒有"疾同鹰隼，攒矢如雨，莫能中之"的高超本领。在电影《无极》中，昆仑本人亦有急速飞奔的能耐。无论是救光明大将军还是救绝色美人倾城，健步如飞的本领是对《昆仑奴》文本元素的继承。在新形式下所表现出的具有东方美学韵味的影视画面里和西方哲学式题解的追寻中，昆仑善跑的人性本能游走、挣扎于不同势力间，令不同的文化语境在矛盾碰撞间产生出幽邃而悲情的灵魂拷问。

"出卖"是原文本为电影所吸收、葆有的情节爆发点。从《昆仑奴》中磨勒被懦弱的崔生出卖到《无极》中被奴隶贩子和光明大将军出卖，磨勒这个形象始终是一个被动性的符号隐喻。《昆仑奴》以磨勒自身的本领实现了悲剧的破圈，而《无极》中的昆仑则在新形式的苦难循环中完成了自我意识的找寻和灵魂的新生、觉醒。"出卖"作为"旧酒"的要素，在现代影视化的新形式中大胆演绎，为"新瓶"有效融摄了相对扎实的古典文化基因。

《昆仑奴》中的磨勒为达崔生所求而尽职尽责，《无极》中的昆仑也因安置倾城并将其托付给光明大将军和捍卫雪国人尊严而散发出无尽的责任魅力。在新的故事文本结构中，因为奴性的"责任"，昆仑几经转手，倍受玩弄；因为自主的"责任"，昆仑的价值意义方能够点题人性。

电影《无极》是现实逻辑层面的人性剖析在神化、超自然表述镜头中铺张开来的创作。导演大胆、超前的艺术思维，必然无法脱离现实受众的理解困境，而对"旧酒"元素的融括亦能在文本把握和影视解读的循序渐进中很好地缓解观众的审美越位。

（三）三节联动：文统寄寓、小说新生、影视再现

唐传奇作品的第三种电影改编类型是非直接的、间接性的创作模式。从唐传奇原文本到电影改编的过程里，还介入穿插着一个承接性的文学作品。或者说唐传奇古典文本内的某种精粹、基因，被后世文学作者培植到一个新的文学作品之中，针对这个崭新而兼具部分原文本色彩的文学作品所进行的电影改编即三节联动的改编模式。在此模式中，文统寄寓、小说新生、影视再现三大板块环环相扣，最终成为唐传奇改编类电影创作的基本流水线。

这一特殊类型的唐传奇改编模式的集中体现莫过于金庸小说对唐传奇小说部分精神内涵的传承，后以此为基点改编为电影的文艺现象。

例如金庸的武侠小说就集中表现了英雄人物的抗争精神，他们大多在时代浪潮的冲击中坚守自我，甚至逆天改命，从而实现自我人生价值的彻底觉醒。在唐传奇中，豪侠、刺客的形象就具备如此特质。唐传奇《郭代公》讲述了郭元振抗争猪妖"乌将军"，使"乡人之女"避免"枉死于淫鬼之手也"的故事。其勇敢无畏、善于斗争的文化情结与金庸武侠小说中的抗争精神遥相呼应。在王晶执导的1993年版《倚天屠龙记》里，张无忌的影视形象就历经各种苦难、屈辱，后习得武林秘

籍《九阳神功》和《乾坤大挪移》，技压群雄解围六大派围攻光明顶，终入主明教。由一个任人欺负的小角色，转变成威名远播的江湖大侠，张无忌在对磨难的曲折抗争间顺利实现对自我命运的深度救赎。郭元振和张无忌，他们面对人生的"负性势力"时，表现出顽强不屈、坚定反抗的共性品质，可谓形成着山鸣谷应之关系。

电影《妖猫传》"是唐传奇经典故事的变体"。[1] 该电影改编于日本作家梦枕貘的魔幻小说《沙门空海之大唐鬼宴》，该小说亦是唐传奇三节联动的改编产物，《长恨歌传》记载了四川方士"出天界""没地府""旁求四虚上下""东极天海""跨蓬壶"寻找杨贵妃的故事。而小说《沙门空海之大唐鬼宴》中白乐天和空海对于杨贵妃死亡之谜的追寻揭露则是对唐传奇元素传承的文学响应。从"恩泽势力"至"死于道周"，《长恨歌传》中有安史之乱前后对杨姓宗族的对比性描写，以《沙门空海之大唐鬼宴》为改编基础的电影《妖猫传》又以影视化的表达方式成功构筑起互文性的对话型叙事。电影《妖猫传》与唐传奇《长恨歌传》的对比性意味一脉相承，小说《沙门空海之大唐鬼宴》则为二者之间的贯通转化提供挥毫、整合的沃壤。《妖猫传》在白乐天与空海找寻真相的宴会之处，分别展现出大唐兴盛与没落的历史情形。过往的"极乐之宴"如梦如幻、极尽煊赫，仿若人间仙境，盛极一时的大唐气象令人震撼；但现实的"极乐

---

1. 倪江：《跨媒介写作的实践与反思》，《教育研究与评论（中学教育教学）》2019年第5期。

之宴"却暗淡无光、破败凄寒。在彼此互文的时空交流和悬念性场景反复变换的设定中电影情节逐步推进，高潮迭起。

三、唐传奇电影改编的方向性策略概要

为实现中华民族百年复兴，文化自觉与文化自信的建立是这一时期强基固本的重要工程。挖掘民族文化资源，并利用现代媒体传播手段使其在新时代中熠熠生辉，则是当今传媒工作者们义不容辞的责任与担当。

唐传奇作为中国古典文学的发展精粹，在现代媒体传播中不仅是内涵性的文本宝藏，更能在现代传媒语境内重新唤起大唐繁荣气象、民族傲然自尊。

在影视改编中，唐传奇的电影改编事业已取得巨大的成就，《刺客聂隐娘》《无极》《妖猫传》等作品的出现为唐传奇作品的二次创作与改编积累了宝贵的经验。但是目前为止，唐传奇的电影改编不论是在数量还是质量上依旧有很大的提升空间，其优化主要集中在以下三个方面：

（一）人文性、经济性的统一

唐传奇的改编电影大部分晦涩难懂，无法在市场化、娱乐化的电影产业环境中扎根、立足。《刺客聂隐娘》作为文艺电影"在当前商业电影的围追堵截中，难以取得口碑和票房的双赢"。[1]"2005 年，影片《无极》上映后因晦涩的剧情而被观众

---

1. 杭洁：《〈刺客聂隐娘〉从传奇小说到电影银幕的承与变》，《四川戏剧》2016 年第 3 期。

冠上'烂片'称号。"[1] 因此，如何消解唐传奇电影"艰深晦涩"的意味，使其在保有自身人文性特质的同时又能够有效兼顾追求娱乐口味的受众需要，则是唐传奇电影改编的关键发力点。它不应该仅仅作为"象牙塔式"的存在，一味地要求观众在科学技术日新月异和快节奏的信息社会中对电影"细嚼慢咽"是不切实际的，因此唐传奇的电影改编要大胆重构自身的影视表达体系和风格，在有限的尺度和艺术原则中主动拥抱观众。要极力避免"晦涩艰深"的认知标签在观众的心目中留下"敬而远之"的刻板印象，以至于从根本上对"唐传奇"文化形象造成损伤。努力实现人文性与经济性的辩证统一，令其成为唐传奇电影改编的主要方向指引，是形成"电影促生经济—经济反哺电影"的双向良性循环的重要步骤。

（二）结合现实语境，对改编进行多样化模式的探索

如上文所述，唐传奇的电影改编类型重点以"旧瓶装新酒""新瓶装旧酒""三节联动"为主要的创作模式。虽然唐传奇的电影改编目前仍然由于数量、质量的原因处于未饱和的状态，三种改编模式依旧可以容纳相对较多的唐传奇改编作品，但是为传统优秀文化之传播长远发展计，提前挖掘、探索符合现代人审美需求的唐传奇电影改编模式亦尤为重要。

（三）挖掘唐文化资源，助力唐传奇电影改编的内涵提升

唐传奇文学的电影改编不仅为产业经济打开一扇令观众眼

---

1. 胡畅：《互联网条件下粉丝参与电影生产的机制与影响研究》，浙江大学硕士学位论文，2019年，第25页。

前一亮的新鲜窗口，它更是在现代社会里，一种民族文化的主流意识去审视、重构历史认知的思想、行动方向。它也凝聚着作为后人的我们对于大唐气象的特殊情感，究竟是传承还是背叛？现代人一切的使命担当都在这光影构造中被反复检验。因此，对于唐文化资源的充分挖掘与唐传奇电影改编的探索要齐头并进，切不可顾此失彼地形成内容与形式之间的严重失衡。

影视改编的"ＩＰ"化传播研究

武　翔

　　文学改编影视再改编游戏，尤其是在网络文学兴起的潮流下，是近些年来影视改编的一个方向。文学中的 IP 被利用到游戏、电影甚至周边商品，会吸引从影视游戏中得知此 IP 的观众去阅读文学文本。"IP 化"是现在传媒产业发展的一个重要方向，热门 IP 所带来的"影游联动""漫游联动"为 IP 的发展提供了一个更加全面的市场环境，用户会从各个方面为自己所喜爱的 IP 买单。

一、IP 以及其衍生概述

　　IP，指的是 Intellectual Property，即知识产权，这个词在互联网时代已经有了新的含义，并不是单单指某一知识产权。互联网时代下的 IP，可以理解为已经成名的，包括游戏、动漫、影视等在内的作品及相关二次创作的统称。

　　IP 实质上是经过市场验证的用户的情感承载，或者说是

214

创意产业里面经过市场验证的用户需求[1]。当我们提到一些熟悉的 IP，比如哈利·波特，我们就能想到魔法和成长，再比如提到大圣，我们立马就能想到孙悟空、大闹天宫，提到哪吒，就能联想到"我命由我不由天"，等等。某一 IP 的大热，能够带动更多产业的发展，比如动漫游戏 IP，中国最经典的《仙剑奇侠传》，就经历了从游戏到电视剧，再到更多其他领域的改编。这种 IP 的发展能够带动更多相关产业产品的发展，用户也乐意买单，为自己的热爱和情感花一份钱。

再者，还有基于某一 IP 的周边商品，例如漫威经典复仇者联盟、DC 经典正义联盟这种影视 IP 所衍生的手办、海报、游戏甚至手机壳、衣服等，这些无一不是在 IP 的影响下，所能带来的更多的经济发展。

二、文学改编影视下"IP"的利用

谈到 IP 化的改编，就不得不提及金庸先生的武侠小说，其中以《天龙八部》最为著名。《天龙八部》是金庸从 1963 年开始连载，并于 1966 年完成的一部长篇武侠。这里提及它的完成年限，是因为在如此长的时间跨度里，《天龙八部》被不断地改编为电影、电视剧、漫画和游戏等。1977 年，《天龙八部》就被鲍学礼改编成为电影和观众见面，此后的几十年间，这部作品一直是文学改编影视的热门作品，尤其是 1997 年由 TVB 改编的《天

---

1. 程武、李清：《IP 热潮的背后与泛娱乐思维下的未来电影》，《当代电影》2015 年
　　第 9 期。

龙八部》，和 2003 年胡军主演的《天龙八部》最为大家熟知。

在经过从文学到影视的改编之后，《天龙八部》成了一个 IP。2002 年，智冠科技推出了《天龙八部》的单机游戏，在这款游戏中，玩家扮演的角色可以和故事中的三百多位角色进行互动，收集宝物，推动剧情，游走于天龙八部的世界当中。2007 年，搜狐畅游也在得到了金庸先生的正式授权之后，制作开发了《天龙八部》的第一款网络游戏。这款游戏一经上市，也是引起了众多玩家的兴趣，尤其是对金庸先生和《天龙八部》，以及对武侠感兴趣的玩家。游戏中精良的美术制作，忠于原著的副本剧情、技能系统和门派划分，都是吸引众多玩家的亮点。而在普遍使用智能手机终端的时代来临之后，北京畅游也在 2017 年开发了《天龙八部》的同名手游。

那些可能对于原著没多少了解的观众、玩家，也会对原著产生兴趣，从而去阅读金庸先生的原著，这也是文学 IP 化之后所产生的一个影响。可以看到，在《天龙八部》被 IP 化改编之后，它不仅作为一部文学作品在文学上产生了巨大的影响，也在游戏等传媒领域产生了巨大的影响。凌子风导演提出，文学作品的改编在一定程度上可以对文学作品本身进行再创作，而这种改编之后的 IP 化，则可以宣传文学作品本身。

三、新媒体时代下 IP 对市场和用户的影响

（一）新媒体技术对于市场和用户的影响

近些年来，技术的发展推动了 IP 的影响力。在如今的新媒

体时代下，IP 的创作者，能够从各个方面来推动 IP 的产业联动。

互联网技术和手机的发展，让游戏成为 IP 能够带来经济利益的另一种手段。2015 年，一部《花千骨》带来了超 4 亿元的利润，这就是"影游联动"带来的产业发展。电视剧的爆火，让观众对于《花千骨》有了更多的期望，他们可能不会满足于仅仅看到《花千骨》相关的周边产品，于是《花千骨》的同名手游，在 IP 的授权之下，成为当年很火爆的一款手机游戏。这样一款手机游戏，甚至邀请了主演赵丽颖来担任游戏的代言人，邀请了小说的作者 Fresh 果果担任游戏的剧情架构师，这样一来，《花千骨》基数庞大的影视迷，就顺理成章地成了《花千骨》手机游戏的游戏迷，这自然会带来更大的经济收益。《花千骨》的手游打出的旗号就是正版 IP 授权，游戏能够高度还原电视剧和小说的剧情，让游戏剧情能够和电视剧剧情来一个精彩的结合。

同样，再比如腾讯游戏《英雄联盟》，作为一款玩家基数非常庞大的 MOBA 类游戏，《英雄联盟》IP 所衍生出的周边、动漫等数量是非常庞大的，在 b 站上也有很多以这些创作为生的 up 主。

技术的发展让某一 IP 的创作变得更加容易，甚至每一个人都能基于自己的喜爱，为自己热爱的 IP 进行二次创作。

（二）大数据对于用户的精准推广

我们都知道，大数据对每个用户的喜好都能进行精准的计算，然后根据用户的喜好去推送相关度很高的产品，这就为 IP 的发展提供了一个良好的环境。

用户今天刚刚看完一部漫威的电影，对电影中的某一角色特别地感兴趣，于是去搜索了这个角色，那么经过大数据的计算，可能这个角色的手办等相关商品，就被精准地推送到这个用户的手机，从而让这个用户能够直接去购买。这就是大数据时代下 IP 推广的缩影。

（三）市场能够提供契合用户的产品或者服务

传媒经济的本质是注意力经济，在新媒体环境下，用户媒介使用习惯呈现出碎片化、多屏终端、多道并行的特点。[1] IP 的多种渠道的联合，提高了这个 IP 变现的效率。IP 的全覆盖化甚至可以覆盖到生活的方方面面。优衣库曾经就和游戏公司暴雪进行过一次 IP 联名，把暴雪旗下多款游戏的经典人物、经典场景印在衣服上面，衣服就一度成为爆款，商场里人们排着队买自己喜欢的游戏人物的联名款衣服。人们在玩暴雪游戏的时候，或者是在手机上看视频的时候，都能够看到暴雪和优衣库进行联名的广告。市场正是抓住了用户的这样一种心理——"我喜欢的 IP 出联名服饰了，我要去买"——进行契合用户的推广，才让某一 IP 有了更大的经济效益。

四、基于"三次售卖"理论下的 IP 联合

（一）IP 化的第三次售卖

传媒经济学中的"三次售卖"理论认为，媒体在经营过

---

1. 王茹：《传媒经济学视域下 B 站破圈策略探析》，《视听》2021 年第 1 期。

程中包含三次售卖：第一次售卖是"卖内容"，第二次售卖是"受众的注意力"，第三次售卖是利用媒体的品牌资源挖掘更大的市场价值，形成产业链，以实现更大的利益。

　　IP其实更多地在第三次售卖当中，这其实就是利用原有的粉丝基数，在品牌认知扩大的基础上，向更多的形式、更多的渠道延伸，以此来获利。比如中国传统中的"孙悟空"这个IP，首先是基于《西游记》庞大的读者粉丝数量。在此基础上制作出的以孙悟空个人为主角的电影，比如2015年的国产动漫电影《西游记之大圣归来》，就是利用了孙悟空这个中国传统经典IP，对这个IP进行改编，从而取得了巨大的成功。同理，《西游记》相关的游戏也是众多玩家所喜欢的对象，比如《梦幻西游》《大话西游》等，都是经久不衰的游戏。由此，"孙悟空"的IP被挖掘出了更大的市场价值，毕竟每个人都有一个"大圣梦"，既然现实生活中体会不到，那么在游戏中、在电影中，我们就有机会去实现这个"大圣梦"。

　　（二）IP的联合

　　IP还有一种形式，就是多种IP进行联合，这样就能够带动两个或者多个IP的粉丝群体。IP的联合在日本的动漫中还是较为多见的。比如《名侦探柯南》和《魔术快斗》这两个动漫IP都出自日本漫画家青山冈昌笔下，但是《魔术快斗》中的主角怪盗基德经常能够在《名侦探柯南》的剧集中出现，这样两部动漫的粉丝能够在一部作品中看到自己同时喜欢的两个人物的联动，这是一件非常惊喜的事情。而《名侦探柯南》每年一部的剧场版中，就有多部利用"怪盗基德"这个角色作为噱头来吸引更多的观众。

除了动漫的 IP 联合，我们经常还能看到一些"破圈"的 IP 联合。中国作为最大的游戏市场，游戏玩家的数量是不可忽略的，于是我们经常能够在一些产品上面，看到两个完全没有相关性的 IP 的联合，从而让产品年轻化，增加受众。比如女性用品护舒宝和游戏王者荣耀的联名。护舒宝把握住 3.8 妇女节这个节点，推出和《王者荣耀》的联名款女性用品，游戏内外都调动了女性用户的积极性，制造了相当大的话题热度。还有今年冬奥会的吉祥物冰墩墩。伊利企业和冰墩墩进行联合，制作出的冰墩墩样式的雪糕，在年轻人中就非常受欢迎，伊利的冰墩墩雪糕也在各种超市便利店中成为雪糕的热门选择。还有上文中提到的优衣库和暴雪的联名，服饰公司和游戏公司的联合，同时让衣服和游戏都得到了推广。

五、IP 化产生的问题

文学作品是抽象的，阅读文学作品的读者可以通过文字进行想象，但影视剧则是具体的，需要演员对抽象的文字进行具体的表演，需要服化道甚至是更多方面的共同努力，才能够将文学作品呈现出来。文字作品只需要作者一人来构思创作，影视作品需要的是一个团队的共同努力。

IP 化固然能够推动经济的发展，但与此同时也带来相关的问题。首先就是 IP 化下产品的质量问题。我们都知道 IP 能够跨行业进行发展，比如动漫 IP 可以从动漫行业到游戏行业，再到一些实体产业，那么必然就会有很多企业在追求 IP 联名的同时，忽略产品的质量问题。我们经常可以看到一些热门的影视 IP，在游戏化之后，游戏质量本身不过关，于是造成用户流失。再比如和实体产业之间的互动，所生产的手办等周边存在质量问题，在消耗掉原作粉丝的基础上，可能产品本身也会滞销。第二点就是 IP 的滥用，"影游联动""漫游联动"是 IP 产业化不错的参考方向，但是很多 IP 会为了盈利，把自己的 IP 滥用滥卖，什么产品都可以和自己的 IP 进行联名，反而会让 IP 失去原有的粉丝基础，让 IP 失去热度，从而无人问津。

一个好的文学 IP，能够带来巨大的经济效益和社会效益，能够推动各个产业的发展，文学的 IP 化也是当今很多传媒产品制作的一个方向。如何利用好 IP，避免 IP 的滥用和 IP 多样化之后产品的质量问题，是很多产业应该思考的问题。"影游联动""漫游联动"之外，如何创新出更加多样化的 IP 联动方式，以更好地推动传媒行业的发展，才是 IP 化的关键所在。

参考文献

［1］程武、李清：《IP 热潮的背后与泛娱乐思维下的未来电影》，《当代电影》2015 年第 9 期。

［2］杨舒涵：《数据时代传媒经济学研究的反思与前瞻》，《全国流通经济》2018 年第 35 期。

［3］丁汉青：《创新与发展：中国传媒经济学术圈的当下关注》，《教育传媒研究》2020 年第 2 期。

［4］徐晓慧：《新媒体时代下移动短视频的传媒经济学解读》，《今传媒》2020 年第 28 期。

［5］王茹：《传媒经济学视域下 B 站破圈策略探析》，《视听》2021 年第 1 期。

［6］金佳林：《传媒产业"超级 IP"的衍生解构与价值变现》，《当代传播》2018 年第 1 期。

［7］张心侃：《泛娱乐背景下传媒优质 IP 的价值分析》，《新闻战线》2017 年第 16 期。

论当代西部现实主义文学的电影改编

杨丹迪

20 世纪 30 年代，胡焕庸先生在《中国人口之分布》一文中以"胡焕庸线"首次界定了中国人口密度的分布规律，这也成为划分中国东西部地区的分界线。学者阮青认为，中国西部作为一个地域性概念，囊括了新疆、西藏、青海、贵州、四川、云南、重庆、陕西、甘肃、宁夏、山西、广西、内蒙古 13 个省市自治区。[1] 而在艺术创作领域，西部文学与西部电影又重新建构了西部空间的内涵。

1984 年，电影《人生》的上映将作者路遥推向了观众的视野，也促进了西部现实主义文学的影视化改编。钟惦棐先生曾指出，"用电影的犁头耕种大西北这块正待开发的处女地，你们定会获得双倍的收成"[2]，自此，植根于西部历史文化土壤中的电影，以当代现实主义文学为源泉改编创作，实现了对历

---

1. 阮青、赵学勇：《论中国西部电影的文学改编》，《贵州社会科学》2009 年第 6 期。
2. 钟惦棐：《面向大西北开拓新型的"西部片"》，《电影新时代》1984 年第 5 期。

史与文化的反思，对民俗风情的传承，关照时代潮流中个人的命运起伏与精神诉求，重新建构中国西部的新面貌。

一、传统与现代的思辨

西部的地域特色并不仅仅是一个装饰，一个为人物提供活动与生存的场所，而是西部文化赖以生成、发展的母体。西部像一个容器，承载自然景观的同时也将人文内涵演绎得淋漓尽致。[1] 自 20 世纪 80 年代开始，一部《人生》将黄土高原的苍茫呈现在观众眼前，伴随着拖拉机马达声和自行车的铃声，镜头穿过贫瘠的土地和桥头，西北乡镇的景象唤醒了观众对黄土高原的原乡记忆。

在乡村与城市的发展变迁中，高家村和县城形成了两个对立的生存空间：一边是祖辈相传的务农生活，一边是施展抱负的理想蓝图；一边是传统的传承，一边是现代的召唤。于是这两种对立便造就了高加林犹豫纠结的性格和身份的错位。相比乡村，发展较为先进的县城似乎更易遭受到传统的桎梏，高考落榜的城市同学依靠家庭寻找门路，最终找到一份体面的工作，而出身农村的同学却只有一条回乡务农的出路，如此，高加林进城的远大抱负似乎变成了某种悲剧的宿命。在经济发展较为领先的城市空间中，人们的思想并未得到同步解放，正如路遥在改编后所言："这个不幸的故事使人们正视而且能积极

---

1. 陈蓉：《中国西部电影与西部文学的关系研究》，西北大学硕士学位论文，2008 年。

地改变我们生活中很多不合理的现象。"[1]

2012年，电影《白鹿原》一经上映便引发了热烈的讨论。导演王全安选取原著小说中的田小娥为主要人物进行改编，通过对田小娥命运的书写揭示原著小说的悲剧内核。尽管片段式的截取未能还原陈忠实先生笔下恢宏壮阔的白鹿原，但是电影中所呈现的田小娥，却映射了个体生命意识对封建礼教的反抗。不同于小说的叙事，电影的视听化表达可以更生动地彰显中国传统文化的魅力，以技术之美升华艺术内涵。电影《白鹿原》将陕西华阴老腔和皮影戏融入叙事，影片中《将领一声震山川》伴随着黑娃与田小娥的第一次偷情场景，以平行蒙太奇的方式穿插出现，秦腔高亢、激越的演绎与特写镜头下人性原始欲望交叉快速的剪辑将影片推入高潮[2]，一首华阴老腔传递着现代人年轻蓬勃的生命力，而在皮影戏的唱段《桃园借水》中，哀婉的曲调也隐喻了田小娥的悲剧宿命。

当代西部现实主义文学的影视改编，既传承了原著小说的文化内涵，也融合了现代性的思辨，在历史与未来的展望中实现从文学到电影的转换，回溯西部历史底蕴与现代思潮的碰撞发展，以独特的自然景观书写西部空间的人文内涵。从现实主义文学的影视化改编中重新梳理文学与电影、传统与现代的关系，突破奇观化的叙事，向西部之外的观众展示独特的西部空

1. 路遥：《早晨从中午开始》，北京十月文艺出版社2010年版，第78页。
2. 吉平：《从现实变革到个体生命彰显——论陕西当代现实主义文学的西部电影改编》，《当代电影》2014年第2期。

间、西部历史与文化，让西部突破黄土高原与荒漠戈壁的刻板印象，重新唤醒人们对于西部的认知与思考。

二、现实与理想的追逐

"生存还是毁灭？这是一个问题。"多少人站在现实与理想的分叉口踱步不前，只为做出圆满的选择。在西部辽阔的荒漠戈壁中，总不乏单薄身影所承载着的信仰，或是西部特有的铁骨侠义，或是清醒坚定的抗争，抑或是简单质朴的纯真。在辽阔粗犷的自然生态中，世俗的欲望最终都化成一粒微小的沙，只沉淀人世间最珍贵的善与真。

就中国的西部电影而言，它与文学的发展密切相关，尤以现实主义文学为依托，将理想化的个人信仰放置在辽阔的地域空间中，在贫瘠的土地上开出绚丽的思想之花。相比于原著中人物鲜明的个性和反抗思想，影片《老井》的呈现，更倾向于对奋斗精神的描绘和文化精神的传承，由张艺谋所饰演的孙旺泉最终选择了沉重的家族使命而放弃了自己的儿女情长，表面上是自我牺牲的现实悲剧，实际却蕴含着对理想的追逐。导演吴天明在一次访谈中提道："无论从道德评价还是历史评价的高度，旺泉的牺牲和奋斗精神都是伟大的，它代表了我们民族深沉的凝聚力。"[1]

影片《百鸟朝凤》将陕北唢呐艺术的传承作为主线进行叙

---

1. 王人殷：《梦的脚印——吴天明研究文集》，中国电影出版社 2005 年版，第 98 页。

事，在工业文明的冲击下，传统艺术的存续面临着巨大的考验，影片借对传统文化的传承折射时代洪流中个人的信仰与坚守。影片中的主人公游天鸣作为一个游走在传统与现代之间的彷徨者，被父亲强迫学习唢呐，在目睹唢呐守艺人的凄凉现状之后，在不断的挣扎与纠结之后，做好了接纳清贫生活的准备，守着师父焦三爷的信仰，成为唢呐艺术的传承者。在与死亡基调一致的唢呐吹奏中，传统的伦理与道德秩序被颠覆，焦三爷的信仰崩塌，"百鸟朝凤"的曲子被物质的金钱衡量，"接师礼"的规矩被遗忘。现实利益驱动下的无双镇变成了无礼的荒芜地，而焦三爷却用一生坚守着自己的信仰，魂归之后的一曲"百鸟朝凤"是对他最高的礼赞。

在以黄土高原和荒漠戈壁为特色的西部，在辽阔又遥远的西部，在未被工业文明完全侵蚀的西部，总有人越过现实的泥泞，坚守着自己的信仰与理想，在利益与礼义的纠结下，还是义无反顾地坚守自己的内心，逆向而行。那是乡村与城市变迁中仍在追逐理想的人，是西部辽阔的地理空间中孕育的纯真与质朴。在现代化潮流的裹挟中，在情与理的冲突下，西部电影与文学仍在追溯未被侵袭的质朴，也许是扉页上不起眼的小人物，也许是银幕上悲剧宿命的主人公，在不断的思想纠葛之中向着理想的方向而去，追逐自己内心的安宁。不求流芳千古，不求名垂青山，只为超越现实的局限，寻得理想的归依，在这样的传承与追寻中，西部仍在它特有的空间中保留着精神与文明的传承，延续一代代人纯粹朴实的信仰。

三、民俗与文化的彰显

张承志先生在《心灵史》中写道："西海固，若不是因为我，有谁知道你千山万壑的旱渴荒凉，有谁知道你刚烈苦难的内里？"[1]2018年随着一部《清水里的刀子》，人们由一个回族家庭的故事开始关注宁夏西海固：影片以死亡为起点展开叙事，在西部贫瘠的土壤中叙写着对宗教与生命的哲思。不同于小说中心理描写居多的叙事形式，影片以日常的视角，通过展现宰牛前四十天的过程来彰显对于生命内涵的思考。

极简主义的影像风格让这部影片在现实的描写中带着诗意的色彩，平淡如水的日常、具有地域特色的方言带观众走进了西海固人民的生活。马子善老人在影片中的三次"洗澡"，老牛被宰之前不吃不喝的"自洁"，都是穆斯林文化中"清洁"的宗教要求，而马子善老人替亡妻还钱的故事更是他们精神的自我清洁。[2]从容的离去是回族对于死亡最平淡的态度，而在这样的平淡中，观众却感受到一种悲壮、诗意的震撼。

在"寻根"热潮的时代，对人文思想与民俗文化的探寻也成了艺术创作者所关注的焦点，电影在改编原著的基础上，更多了些形式上的直观展现，以独具特色的视听元素彰

---

1. 杨一：《石舒清短篇小说〈清水里的刀子〉的影像再叙述》，《民族文学研究》2020年第2期。
2. 许婧瑶：《文学与电影》，河南大学硕士学位论文，2019年。

显地域特色和人文内涵。或是方言对白，或是建筑，或是饮食文化，共同建构了西部空间的民俗风情。《老井》中结婚的热闹场景和抬棺的悲剧场面都是社会风俗的掠影；《百鸟朝凤》中对葬礼仪式的叙事，《图雅的婚事》中草根女性嫁夫养夫的婚俗习惯，《人生》中的陕北民歌和窑洞，《白鹿原》中的秦腔、皮影戏都是时代印记下代代传承的社会风俗。

不同于"奇观化"的宏大民俗仪式，西部现实主义电影的民俗书写孕育于现实主义文学的土壤之中，在日常化的底层生活叙事中发掘社会民俗的传承。通过对民俗仪式本身的展示隐喻丰富的社会意义，彰显整部影片的主题。影片《冈仁波齐》中贯穿全片的寺庙、藏族服饰和墙壁绘画，都是对布达拉宫全貌的展现，以朝圣者的眼睛勾勒出纯净的信仰和人文风貌。除了视觉的呈现，听觉元素的运用也发挥着重要的作用。影片《白鹿原》中，方言对白的使用彰显了陕西关中地区的地域特色，"咥"等词汇在塑造人物个性的同时，也作为情感的载体，凸显了关中地区的文化理念和冲突。影片开局念诵的《白鹿乡约》是氏族文化精神凝聚的寄托，演唱的《将领一声震山川》和《征东一场总是空》的民族音乐是关中大地民俗文化的彰显，是时代发展中个体生命意识觉醒的呐喊。在现实主义文学土壤中生长的影视艺术，保留着对故事文本的忠实还原，融艺术、语言、思想、信仰于一体，以视听元素生动地彰显对于民俗文化的传承。

四、时间与空间的建构

"小说的结构原则是时间，而电影的结构原则是空间。"[1] 文学作品作为电影叙事的故事蓝本，可以在文字的书写中完成时间的跨越，而电影的视听特征则通过对空间的呈现传递丰富的主题内涵。20 世纪 80 年代以来，随着时代的发展与变迁，工业文明的冲击让人们的心灵变成了一片荒芜地。在城市与乡村的交叠中，人们对西部有了崭新的认识。这些作品通过小人物的视角透视西部地区独特的社会观念、伦理道德和思维方式。

不同于电视剧的叙事模式，电影的改编首先要考虑所能容纳的时间跨度。文学原著中宏大的时代背景往往经历了数十年甚至跨世纪的时间长度，因此电影的改编如何实现合理的时间转换成为一个关键的问题。以影片《白鹿原》的改编为例进行分析，陈忠实先生在小说《白鹿原》中所描绘的白鹿原是一个系统的概念，既包含了地理空间上实实在在的"原"，又隐喻了文化与精神的空间。而电影的表达中缺失了对于白鹿原的整体塑造，影片有限的时长只能将目光对准田小娥和几个男性的情欲关系。虽然观众也可以从中看出封建传统礼教文化对人的束缚，但相比原著小说中整体的社会形态演进，影片还是有所不及。"白鹿传说"作为陈忠实先生笔下的精彩之处，既是儒家仁爱思想的象征，也是民间理想精神的隐喻，而在电影中却未见详述，白鹿原上的地理风貌也未能得到全面展现，影视化

---

1. ［美］乔治·布鲁斯东：《从小说到电影》，高俊千译，中国电影出版社 1981 年版，第 69 页。

"以偏概全"式的改编处理最终使得这部影片毁誉参半、颇受争议。

光影化的表达拓展了文本的言说空间，在地域与社会空间的叙事中实现思想的隐喻。西部现实题材电影的改编离不开现实的时代和文化背景，也离不开创作者想象的空间。陈凯歌导演在影片《黄土地》的拍摄中，改变了原著中第一人称叙事的心理空间，而以影视特有的视听元素呈现黄土、群山，将人与环境作为情绪的传声筒，留给观众足够的想象空间。除了留白式的想象之外，交叠、并置的空间也是西部电影改编的重心，将西部的都市与乡村相结合，是城市化进程的写照，也是人们心灵变迁的隐喻。导演黄建新曾说："我的都市不是工业化都市的概念，是农业文明的都市概念，是被封建农业文明思想左右着的一批人。中国最典型的农村化大都市是西安。"[1] 而他的都市三部曲中更是不乏这种传统与现代空间并置的表达。影片《人生》中的乡镇与县城是高加林不断辗转的生存空间，也是心理起伏的精神空间，在乡村与城市的两种对立中，他的言语、性格和心理状态也在不断地发生变化，超越地理空间成为精神的隐喻。

影视化改编不再局限于对原著小说中时间、空间的忠实还原，而是根据创作者的艺术需求，超越地理风貌，实现从文本到影像的转换，进而发掘精神空间的隐喻和社会空间的变迁。

---

1. 黄建新、张阿利：《群英会聚共谋新西部电影发展大计》，《电影画刊》2008 年第 9 期。

五、结语

中国西部电影的发展离不开现实主义文学丰沃的土壤。站在西部地区遥望中华民族的历史与文化别有一番风味，或是黄土高原的漫天黄沙，或是辽阔的荒漠戈壁，抑或是骏马奔腾的草原，都透射着社会变迁中人们对传统与现代的思辨，对现实与理想的追逐。

现实主义土壤孕育的质朴与坚毅是刻进骨血的文化印象，辽阔壮丽的西部之地不乏历史文化与民俗风情的传承，小人物起伏曲折的命运变化折射着时代与社会的发展变迁，彰显着民族与历史深厚的文化底蕴。以西部现实主义文学为源泉的影视化改编，重塑西部空间的地理风貌与人文风情，传承悠久的民族文化，让西部电影重新走进观众视野，重新构建西部文化的新面貌。

盗墓类网络小说改编影视作品的症候及其纾解

金新辉

　　随着盗墓类网络小说的风靡，盗墓类网络小说改编影视作品的热潮也相伴而生，且引发了观众们的追捧。然而，该类影视作品为何在短短几年之内热度骤减回归平常？对当下盗墓类网络小说改编的影视作品予以梳理就可以发现，其症候在于该类作品存在改编模式同质化、审美方式奇观化、作品目的商业化以及文化价值浅薄化等问题。欲解决这些问题，就要从突破改编模式的同质倾向、注重影视作品的故事细节、增强影视作品的艺术价值以及重构影视作品的文化内涵等方面寻求纾解之道。只有如此，方能催生出更多优秀的盗墓类网络小说改编的影视作品，从而满足广大观众对该类高质量影视作品的需求。

一、问题的提出

　　随着互联网时代的到来，网络小说改编影视作品呈现出了井喷式的增长。其中，盗墓类网络小说作为网络小说的主要类型，由其改编的影视作品也不断被搬上荧屏。2015年起，盗墓类网络小说改编影视作品成为一种新类型的改编影视作品进入了人们的视野。该类影视作品一经上映便持续火爆，引发了广大观众们的强烈追捧。并且，盗墓类网络小说改编影视作品也涌现出了很多具有代表性的经典。如《盗墓笔记》《九层妖塔》《鬼吹灯之精绝古城》以及《寻龙诀》等。这些作品深受广大观众的喜爱，一举取代了之前由青春爱情类网络小说改编的影视作品，成为观众心目当中视觉消费的最佳选择。然而，这种盗墓类网络小说改编影视作品好景不长。自2019年以后，曾经风靡一时的盗墓类网络小说改编的影视作品开始急转直下，步入下坡路。为何曾经广受追捧的盗墓类网络小说改编的影视作品仅仅"昙花一现"，而不是长期稳步发展？鉴于此，应当从盗墓类网络小说改编的影视作品入手，通过对当下该类影视作品发展现状的考察，找寻出该类作品无法长期稳步发展的症候所在。在诊断出盗墓类网络小说改编的影视作品发展症候的前提下，提出症候纾解的方案予以纾困，以期为该类影视作品长期稳定发展找到相关的理论方案，从而满足广大观众对该种类型优质影视作品的需求。

二、盗墓类网络小说改编影视作品现状及反思

盗墓类网络小说改编影视作品作为影视界的一种新现象，学界应当对其做出应有的理论回应。从该类影视作品的现状予

以考察，通过理论和实践的双重视角的审视，可以更深一步地了解盗墓类网络小说改编影视作品发展的历史流变，从而更深刻地反思该类作品存在哪些问题，以期寻求相应的纾困方案。

（一）盗墓类网络小说改编影视作品的现状

对于盗墓类网络小说改编影视作品的现状之考察，仅仅从单一视角出发必然难以一窥全貌。正因如此，应当从理论和实践两个方面进行盗墓类网络小说改编影视作品的现状审视。通过对盗墓类网络小说改编影视作品理论研究的情况和实践发展的状况进行双重观察，方能全景式地呈现出该类作品发展的整体图景，也更加有利于理论和实践的发展更进一步深入。

1. 理论视角下的盗墓类网络小说改编影视作品

就盗墓类网络小说改编影视作品的理论研究而言，专门针对该类网络小说改编影视作品的成果相对较少，国内学者更多的是将目光置于网络文学改编影视剧的研究之中，将盗墓类网络小说作为网络文学的一个类型来加以研究。具体而言，盗墓类网络小说改编影视剧的研究内容主要集中在以下四个方面：第一，对网络小说文本与影视文本两者转化之间的研究，在这方面的研究中，学者们主要针对叙事、奇观化、文化与价值观三个研究点做了有关的探讨和论述。第二，对两种艺术形式结合之中的媒介变化与传播机制进行研究。第三，对盗墓小说改编影视作品的商业市场与受众消费进行研究。第四，对盗墓类网络小说在改编影视作品过程中所存在的困境、问题与出路、策略进行研究。总之，目前盗墓类网络小说改编影视作品的理论研究尚存在诸多不足。

由于盗墓类网络小说改编影视剧的特点鲜明、风格化突出，因此对于盗墓类网络小说改编影视剧的大量理论研究主要集中于对盗墓小说改编影视剧的影像奇观化表达，与对商业市场和受众的研究。比如，在"奇观化"表达的相关理论研究中，有学者认为："盗墓类网络小说改编的电影的突出特征是利用特效而表达的奇观化，这一特征也与盗墓类电影的悬疑和历险的调性相符合。"在商业市场和受众消费的相关理论研究中，有学者认为："在文化消费语境下，文化产品成为了遵循市场规律的商品，其应有的审美特性、艺术特性和社会使命感逐渐缺失，不管是网络文学还是由其改编的影视作品都以满足受众的需求为首要考虑因素，导致网络文学与影视剧的生产成为批量化的工业成品。小说《盗墓笔记》的改编成为了唯市场论的改编现象的最好诠释。"从盗墓类网络小说改编影视剧的整体理论研究来看，这些理论研究虽然对盗墓类网络小说改编影视剧的各个方面均做了不同程度的研究，但是相关理论研究的专门性和系统性仍然相对欠缺，尤其是将盗墓类网络小说改编影视作品作为一种独特的影视改编现象之研究更加缺乏。

2. 实践视角下的盗墓类网络小说改编影视作品

就盗墓类网络小说改编影视作品的具体实践而言，该类影视作品的发展大致可以划分为三个阶段。第一阶段大致为2015—2016 年，这一阶段是盗墓小说改编影视作品的诞生期。2015 年 6 月 12 日，爱奇艺平台播出了由郑保瑞和罗永昌联合导演的盗墓小说改编的网络剧《盗墓笔记》，标志着作为新类型的盗墓类网络小说改编影视作品正式诞生。紧接着在2015年上映了两部电影《九层妖塔》和《寻龙诀》，这两部电影不仅取得了良好的收益，而且赢得了不错的口碑，为后续盗墓小说改编影视作品的发展奠定了一个良好的基础。总体来说，这一阶段盗墓类网络小说改编的影视作品虽然数量有限，但质量上乘并且受到观众的追捧。第二阶段大致为2016—2019年，这一阶段是盗墓类网络小说改编影视作品的繁荣期。2016年由网络小说《盗墓笔记》改编的电视剧《老九门》在东方卫视播出，拉开了盗墓小说影视作品改编热潮的大幕。紧随其后上映了电影《盗墓笔记》，播出了网络剧《鬼吹灯之精绝古城》等。随之，2017年上映了网络电影《牧野诡事之神仙眼》《牧野诡事之金豹子传》，播出了网络剧《鬼吹灯之牧野诡事》《鬼吹灯之黄皮子坟》等。到2018年播出了网络剧《沙海》，上映了电影《云南虫谷》。总而言之，这一阶段的改编影视作品涵盖了电视、电影、网络剧、网络电影四种媒介且数量众多，即使其中的少数作品也曾被观众质疑，但总体质量还是稳中有进，并在学界与业界都产生了极大的影响。第三阶段大致为2019年至今，这一阶段是盗墓类网络小说改编影视作品的衰退期。2019年网络剧《怒晴湘西》在腾讯视频播出，该剧播出后整体上毁誉参半，也成了该类影视作品走向衰亡的开端。后期上映了网络电影《巫峡棺山》，播出了网络剧《怒海潜沙&秦岭神树》。2020年播出了网络剧《龙岭迷窟》《龙岭迷窟之最后的搬山道人》《鬼吹灯之巫峡棺山》等，其中仅有《龙岭迷窟之最后的搬山道人》因采用了互动剧的观看模式而受到观众的好评外，其他影视作品都不尽人意。2021 年仅有《云顶天宫》与《云南虫谷》两部网络剧播出。总的来说，这一阶段由于盗墓小说改编的影视作品以网络剧居多，大成本的电影作品已经销声匿迹，影视作品的数量也在逐年降低，并且产生的热度和影响力也微乎其微，出现了一定的衰退。

（二）盗墓类网络小说改编影视作品的反思

盗墓类网络小说改编影视作品作为一种新型的影视现象，从不同的方面对其予以各个视角的反思尤为必要。通过这种反思，能够让人们更加深入地理解盗墓类网络小说改编影视作品的整体图景，也能够助推理论研究者和实践操作者更加深入。具体来讲，可以从主体视角、内容视角以及载体视角等方面反思盗墓类网络小说改编影视作品的全貌。

1. 主体视角：从读者走向观众

根据网络小说改编影视剧受众的来源将其分为三类：忠实于网络小说 IP 的"原著粉"、喜爱某一演员或导演的"个人粉"和网络意见领袖、热门话题引导下慕名观看的"路人"群体。将盗墓类网络小说改编成影视作品，自然使欣赏消费的主体从读者改变为观众。观众相对于读者来说是更大的受众群体，里面既包含了盗墓小说的忠实粉丝，也包含了对盗墓小说不甚了解的普通影迷以及明星粉丝。因此在改编过程中，改编者既要照顾原著粉丝群体的观影感受与观影期待，也要对对于原著相对陌生的影迷产生的疑惑在理解上加以考虑。这势必会增加改编的难度，但改编者还是要以"两害相权取其轻"的方式进行对故事、人物、场景、情节和细节的改编。

事实上，盗墓类网络小说的粉丝阅读此类小说，是为了满足自我的一种好奇心理，而该类网络小说也致力于为读者提供一种"爽感"。而观众对于影视作品的要求将不仅于此，他们除了希望从改编的影视作品中获得视觉享受外，还要获得心理与情感上的触动。但由盗墓类网络小说改编的很多影视作品不仅没有赢得原著粉丝的追捧，同时也没有赢得除原著小说粉丝之外的观众的"芳心"。纵然如此，改编影视作品对盗墓小说二次传播的影响不该被忽视。从目前来看，商业票房与观众口碑皆佳的盗墓小说改编的影视作品仅有《寻龙诀》，其不仅收获超 16 亿的票房，而且获得了观众的一片好评，并随后开发出了游戏等衍生产品。这部改编电影的成功得益于演员精湛的演技、讲究的置景、真实的道具和精良的特效，以及改编得相得益彰的故事情节。这不仅满足了原著粉丝对于影视作品能够很好还原小说风格的心理期待，而且也吸引了陌生观众的观看欲望，这样的改编不可谓不成功。《寻龙诀》的成功"说明了这种创作模式是符合当时受众审美需求和观影心理的。所以，将网络文学作品改编成为影视剧，受众需求是改编前提，这也是对于当下电影市场的理解和把控"。

2. 内容视角：从文字走向图像

"中国的电影生产不缺好演员、好导演，也不缺资金，缺的是好剧本、好故事、好编剧。电影就是讲故事，编剧就是编故事，哪里才有好故事呢？如今的网络小说就是故事的海洋。"而盗墓类网络小说是网络文学当中一个极受欢迎的类型，将盗墓类网络小说改编为影视作品的实质就是将小说中的故事内容影视化，具体来说，就是将小说中的文字转变为活动的图像。小说中的文字能够激发读者的自主想象力，通常，在我们阅读文字时，大脑当中也在补充相应的画面，读者会有无限的想象空间，造成一种类似于"一千个读者就有一千个哈姆雷特"的阅读效果。而影视中的图像能够将小说中的文字以一种具象化和可视化的方式表现出来，这是图像的优势，但这种图像表达也存在一定的劣势，即图像所表现的内容是唯一的也是固定的，它不能使观众留有多余的想象。这就容易造成再现原著小说文字内容的影视图像，与每个人心中对原著小说想象的图像产生不尽相同的差距。但在观众的心目中有着对影视图像的普遍的审美标准，这就要求改编者将文字转为图像时，既要贴近原著小说中的文字风格，也要制作出精良的画面来满足观众的观影需求。

小说能够吸引读者去阅读，是因为小说中的文字有足够的吸引力，而将文字转化为图像还能不能吸引观众去观看，则首先取决于影像质量。大屏时代的到来使观众对影视作品的影像质量的要求不断提高，不仅要满足最基本的观看标准，而且画面中的场景、道具与演员表演也要符合逻辑，经受得起观众的推敲。但在众多盗墓类网络小说改编的影视作品中，既有原著小说风格又有精良画面的作品数量有限。因为很多影视作品的筹备拍摄时间很短，加之资金受限，导致该类影视作品的影像质量存在着很大问题。这一问题则更多地反映到改编的电视剧作品中，很多电视剧中的特效被观众疯狂吐槽，例如网剧《盗墓笔记》一经播出就被观众吐槽"五毛钱特效"，导演李仁港表示："全片两千多个特效镜头，只给了三个月时间做。三个月就是三个月的效果，五个月就是五个月的效果。"这样的画面造型自然与观众所想象和还原的原著小说中的场景相差甚远，这就使故事内容从文字走向图像时，对受众所产生的吸引力减弱了不少。

3. 载体视角：从书本走向影视

能将盗墓类小说的故事内容从书本搬到大银幕，意味着承载故事内容的载体发生了改变，这种载体的改变自然离不开我国影视制作技术的进步，尤其是特效方面的制作技术。"盗墓小说这种奇观式的画面刺激，正是奇观社会在文学写作上的一个反映。文学，是时间的艺术，而奇观，是视觉世界的展现，在某种意义上，两者是根本不同的。文学若要转换成形象，需要二度转换。"天下霸唱（原名张牧野）的《鬼吹灯》系列小说最早连载于2006年的天涯论坛，这说明盗墓小说早已有之，但由其改编的影视作品在2015年才能出现，其中的原因自然与影视的制作技术有着密不可分的联系。在我国的电影制作领域中，CG技术的越发成熟以及VR与AR的大量运用，使影视投资方嗅到了影视作品与盗墓小说IP相结合的商机，才能够顺利地推出以电影《寻龙诀》和《九层妖塔》为代表的盗墓小说改编的影视作品。

　　盗墓类网络小说的内容故事从书本走向影视，使推动故事发展的载体也发生了改变：小说故事的发展主要依靠作者的文字描述，而影视中的故事发展则是通过由演员扮演的人物角色来推动。盗墓小说改编的影视作品的主要角色比较固定，容易产生类型化的倾向，从而延长了网络文学 IP 开发的产业链，并推动了周边电影衍生品的出现，"如游戏开发、有声读物、影视衍生产品、动漫改编、有关演出，等等，这些开发产品都在反过来为网改剧推波助澜"。这种将网络文学 IP 开发成影视作品的商业模式逐渐被投资者争相模仿，使得该类影视作品很容易因商业利益的驱动而立项，加之市场导向的推波助澜以及大量资本的涌入，导致之后所改编的影视作品都匆匆上马，质量无法得到有效保证，观众便慢慢地对该类影视作品产生了视觉疲劳与审美疲劳。因此，由盗墓类网络小说改编的影视作品经过几年的持续火热之后便出现了"退烧"现象。

三、盗墓类网络小说改编影视作品的症候分析

　　盗墓类网络小说的出现丰富了影视作品改编的题材来源，而影视作品又能够将盗墓类网络小说中由文字所描写的奇异景观作可视化的呈现，对促进盗墓类网络小说的二次传播发挥着巨大作用。同时，盗墓类网络小说改编的影视作品是消费社会当中不折不扣的大众文化和流行文化，它符合大众的观影需

求、审美趣味和美学观念，这也是该类作品能够在近几年来"大行其道"的原因所在。能够"大行其道"，自然会产生不错的商业收益，这进而对我国电影类型化的发展与电影工业的进步产生了积极的影响。但盗墓小说改编的影视作品经过几年的爆火后，便突然在影迷眼里"失宠"，这主要是因为观众在成长，他们的观影期待与审美趣味在发生变化，还因为该类影视作品的改编出现了很多问题，如影视作品改编模式同质化、审美方式奇观化、作品目的商业化、文化价值浅薄化等。

（一）改编模式呈现同质化

盗墓类网络小说的文字体量动辄接近百万字，想要将如此之多的内容浓缩、改编到一个多小时的电影中无疑是天方夜谭，即使是几十集的电视剧也很难完成。所以，盗墓类网络小说的改编都是节选整部小说的其中几章来改编加工成影视剧本，进而形成影视作品。这种节选式的改编导致盗墓小说改编的电影、电视、网剧，虽然每一部的故事都不尽相同，但在叙事方式、情节设置、矛盾冲突、人物刻画、影视造型上却极为相似，逐渐地发展成盗墓类网络小说改编影视作品的一种固化模式，这种模式虽然短时间内能赢得观众喜爱，但从长远的发展角度来看，是急需改变的。事实上，即使是作为好莱坞经典类型片的代表之一的西部片，其西部牛仔与土著居民对抗并最终英雄救美的模式也被突破和改变了。

"广泛研究美国夺宝历险类影视作品中的类型片特征，总结出此类电影基本的六个环节：动机、证据、地图、密钥、宝物对人性的考验、逃出生天。"而我国的盗墓类小说改编的影视作品也有类似之处。笔者观看了由盗墓类网络小说改编的多部影视作品之后，发现它们基本围绕着两种固定改编模式进行改编。第一种固定改编模式即主人公因为某种戏剧性需求而踏上盗墓之路，接着与同为盗墓者的阻力方（以非正当目的而盗墓的一方）发生冲突，之后陷入绝境，经受人性考验，最终战胜对手逃出生天。以改编电影作品《寻龙诀》为例，该电影的故事情节主要是主人公胡八一、王胖子、杨小姐一行的正义方与应彩虹为首的邪恶方进行对抗，最终正义方经受住了"彼岸花"的人性考验，然后逃出生天。而《盗墓笔记》等电影作品与《牧野诡事之金豹子传》等网络电影的改编模式基本相仿，虽然故事与人物略有不同，但"情节即事件的安排"相差无几。第二种固定的改编模式即交代主使人物的前史，接着主人公陷入某种困境，进而产生某种戏剧性需求，于是踏上盗墓之路，然后陷入极端环境，经历人性的考验，最终战胜层层困难，逃出生天并留下悬念。以网络剧《鬼吹灯之精绝古城》为例，故事以主人公胡八一在火车上梦到了自己在战场上冲锋的场景为开端，之后胡八一与王胖子加入了杨小姐的考古团队，一起远赴昆仑、深入大漠，与各种特殊环境和奇异物种对抗，然后找到了他们的目的地即精绝古城，在墓室中经受住了"尸香魔芋"带来的人性考验，最终逃出生天，在故事结束时留下悬念。与第一种改编模式相比，两者有一定的相似之处，但在情节上则少了对主人公阻力方的设置，并增加了悬念的设置，主要的矛盾冲突变为人与环境的冲突。而电视剧《老九门》与《怒晴湘西》等网络剧的改编模式亦是如此，除了故事和人物上的不同外，情节的设置基本大同小异。

（二）审美方式表现奇观化

盗墓类网络小说改编的影视作品因其能够受到观众的喜爱，而源源不断地被生产出来，一定程度上对我国影视类型化与影视工业化的发展起到了积极的促进作用。其中的原因除了盗墓类小说本身拥有巨大的粉丝群体外，还有盗墓类网络小说改编的影视作品能够将小说中所描写的奇观化场景进行创造还原。由于观众没有对奇观化场景的现实经验，因此对其充满了无限好奇，当改编影视作品将这些奇观场景呈现在大银幕上时，便满足了观众的猎奇心理和追求视听刺激的需求。

"奇观化"这一文化景观在电影理论中得到了长远的发展。作为一种制作电影的美学原则，"奇观化"指"影像（声像）与观影主体既有感知方式和表象经验的微妙偏离，其美学目的是强化对影像（声像）的感知，以情感能量刺激观众"。众多盗墓小说改编的影视作品都对奇观化的场景有着浓墨重彩的表现，且不同影视作品中的奇观化场景表现得颇为相似。这些奇观化场景可以分为地理奇观、物种奇观、文化奇观三个类型。首先，盗墓类网络小说改编的影视作品对地理奇观的呈现主要表现的是我国一些极端的地理环境，这些地理环境从外部来看美不胜收，但内部却充满了各种危险。例如《寻龙诀》当中呈现的草原奇观，《九层妖塔》呈现的昆仑山奇观，《云南虫谷》

当中的雨林奇观，《鬼吹灯之精绝古城》当中的蒙古森林、昆仑冰川、西部沙漠奇观，等等。这些地理奇观为该类影视作品设置了一个足够吸引观众眼球的故事发生地，提高了观众的观看兴趣。但有些地理奇观的呈现可能受到资金与技术的限制，导致所呈现出的地理奇观画面完全没有小说当中描写的那般神秘、恐怖和壮观。其次，盗墓类网络小说改编的影视作品还着重于表现物种奇观。这些物种奇观超越了人们对现实世界物种的认知，它们一般都具有可怕的外形、奇特的功能、极强的攻击性，同时也存在着一些弱点，主人公可通过各种办法去战胜它们。例如《鬼吹灯之精绝古城》当中能够吃人的行军蚁，能够将人烧死的火瓢虫，能够让人产生幻觉的"尸香魔芋"，诈尸而成的"大粽子"，等等。这些相似的物种奇观在其他盗墓小说改编的影视作品中也屡见不鲜。最后，盗墓类网络小说改编的影视作品对于文化奇观的表现较为突出，这些文化奇观没有足够的让人可信的历史依据，多数来自想象。这些文化奇观一般集中表现异族文化，包括异族的服装、文字和习俗；也集中表现古代的葬礼文化，包括墓室的规格和墓主人的身份，陪葬物品的讲究与墓室壁画的含义，以及墓室中棺材的构造等；还集中表现盗墓文化，包括盗墓的派别、盗墓的风水秘术、盗墓的专业术语以及盗墓所用到的物品，等等。这些雷同的文化奇观在多部影视作品均有所表现。

可以看出，各种奇观元素已然成了盗墓小说改编影视作品的一个着重刻画的方面，也是该类影视作品的一大卖点。不得不说，这些奇观化景象的打造的确很好地满足了观众的猎奇心理，但长此以往，不同作品的奇观表现中透着一股相互模仿之风，观众慢慢形成了对奇观化场景的经验，便对这种奇观化的审美景象产生了疲劳，近年来美国大片在中国电影市场上的低迷表现亦是同因。

（三）作品目的出现商业化

"当今社会，消费符号功利性意义已成大众文化消费审美心理追求的主流，大众文化也不负众望，其为满足人们功利性消费心理已把感性审美的特质做到无缝对接。"而盗墓类的网络小说与其改编而成的影视作品均是消费社会的产物，它们的创作注重商业利益价值的回馈，却忽略了文本之中艺术性的体现。盗墓类的网络小说与经典小说相比，在人物刻画、语言风格、主题思想、艺术价值等各个方面都颇显不足，加之网络小说以网络平台为媒介，作者与读者之间能够自由互动，导致盗墓类网络小说的文本也有迎合读者口味的倾向。因此，从盗墓类网络小说的本根滋生而来的影视作品，其商业化倾向也同样严重。

这种商业化倾向的问题主要体现在盗墓小说改编影视作品的人物形象的设计与刻画上。第一，在人物形象设计上，盗墓小说改编的影视作品中扁形人物形象居多，在"爱·摩·福斯特《小说面面观》中可以这样界定，'扁形人物'即性格较单一的人物形象"。由于原著小说中主要人物形象较趋于圆形人物形象，虽然他们盗墓就是为了金钱财宝，但也有一些正义心理的表现，人物性格比较复杂。而改编的影视作品因为审查制度的限制，盗墓动机不能是贪图钱财。所以盗墓类网络小说改编的影视作品便落入了上文所说的两种固化模式，即要么是正派人物与奇异物种的斗争，要么加入了反派人物使影视作品中的主要矛盾变为了正派人物与反派人物之间的斗争。这种改编使主要人物形象的行为、性格、心理变得极为单一。在电视作品《盗墓笔记》中，主人公的形象相比于小说中的人物形象变得"阴阳分明"，且有了翻天覆地的改变。原著小说中的吴邪本是个性格复杂的人物，但在改编的影视剧中这一人物变成了一个典型的正义使者。"他变为了留学归来的高材生，一路护送国宝，完完全全变成了正义的代言人，三叔等人在电视剧中虽然仍是土夫子，但在吴邪的坚持下也都变为了国宝优先的正派人物，盗墓成了正义之举。"而电影作品《云南虫谷》中的王胖子只是一个贪图钱财、性格软弱无能的人，见到宝物只关心能不能卖钱，遇到困难只会呼唤老胡，仿佛变成了盗墓团队中的累赘，显然与原著小说中那个精明能干的王胖子形象大相径庭。

　　第二，在人物形象刻画方面，影视人物形象的刻画与演员有着密不可分的关系。盗墓小说改编影视作品在还原小说中的人物形象时多选择以流量著称的"小鲜肉"明星，想利用明星效应为影视作品提供噱头，助力其在宣发环节时的传播与造势，增加影视作品的影响力，形成一种未播先火的态势。如由盗墓笔记改编的电影作品《盗墓笔记》中主要人物角色由鹿晗和井柏然等流量明星来出演，这种流量明星演员的选择能够使影视剧作品吸引大量明星粉丝的关注。但从结果来看，观众对饰演张起灵与吴邪的演员演技多有诟病。《盗墓笔记》中的张起灵由井柏然饰演，其依靠一个冷峻的面部表情演完了全片，虽说不苟言笑是符合张起灵这一人物孤傲神秘的性格特征的，但影视剧中的主要人物一般需要在事件进程当中完成自身的转变。在电影《盗墓笔记》中，张起灵对吴邪的感情与认识在墓室中明显产生了变化，但我们从井柏然的表情中丝毫看不到这种变化，与小说中所描写的张起灵的丰富形象相比，显然难以让观众满意。这也是其他由盗墓小说改编影视作品的通病。

关注影视作品的商业性无可厚非，因为只有当盗墓小说改编的影视作品形成良好收益时才能促进这一类型的影视作品呈现良性发展的趋势。但过分注重商业性，只是以流量明星自身携带的流量作为噱头不是长久之计。著名戏剧作家埃格里认为，"人物是故事的核心，情节也要服从于人物"，因此人物对影视作品的重要性不言而喻，与其在其他诸如特效的打造上做一些舍本逐末的努力，不如将精力放在人物形象的设计与刻画上。

（四）文化价值显现浅薄化

盗墓类网络小说有其自身的特点，它所表现的时空具有一定的模糊性，我们不确定它所描述的事件到底处于历史的哪一个阶段，同时，事件发生的地下空间也基本来自作者的想象。因此，它不同于玄幻题材网络小说可以构架于一定的历史时期之上，反映一些传统的民族精神，也不同于都市言情类的网络小说立足于现代都市，可以反映社会之中人的情感问题，更不同于现实主义类型的网络小说筑基于社会现实，可以反映出各个时代的现实问题。正是由于这种自身特点，由其改编的影视作品很难挖掘出更深层次的文化内涵与核心价值观，很难表现出民族精神、传统优秀文化和新时代的核心主流价值观等。

"影视作品是最典型的大众化艺术，也是重要的文化载体，甚至直接反映一个民族的文化精神。影视可以承传文化传统和民族精神，建构国民普遍认同的文化价值观，确立大众共同信守的文化秩序。"由盗墓类网络小说改编的影视作品存在天然的劣势，即作品所反映出来的文化内涵不足且与当今社会主流价值观有差异。而在改编过程中，影视创作者也对小说中的行为动机、人物价值观、语言风格等方面做出了一定的改变与重构。但这样做主要是为了应付广电总局的审查制度，而不是真正地想为改编影视作品注入深层次的文化内涵与主流价值观。在文化内涵的表现方面，由盗墓类网络小说改编的影视作品所传达出来的文化内涵都极为浅显，要么只停留于主要人物之间的友情与爱情，或团队成员互相扶持的团结精神上，且往往浅尝辄止，要么停留在超级人物阻止反派人物夺取宝藏，拯救天下苍生的虚无的保护家园的侠义之上，最终呈现出的只是一种注重个体关怀与英雄主义的文化表达，这种文化含义经不起时间的检验与观众严谨的推敲。另外，在该类改编的影视作品在对于异族文化的表现上，往往表现的都是一种黑暗的、迷信的、空洞的、杀戮的异族文化，其所构建的诸如昆仑与西域等空间的文化显得极为邪恶，不强调爱国主义精神和团结勇敢、自强不息的民族精神。影视作品所反映出来的文化内涵与我们优秀的传统文化是不相契合的。

在价值观的表达方面，由盗墓小说改编的影视作品所传递的价值观有失偏颇，且与当今社会的主流价值观不相契合。例如在网剧《鬼吹灯之精绝古城》中，胡八一与杨小姐的团队为了一个虚无缥缈的精绝鬼洞文化而踏上艰难的盗墓之路，一路上牺牲了很多的团队成员，虽然电视剧为了使结局不那么残酷，而做了让郝教授以外的团队成员起死回生的处理，但这仍值得我们思考，为了一个虚无缥缈的目的去牺牲这么多条鲜活生命的意义在哪里？如果说是为了研究西域历史文化则显得些许牵强，这充满了一种虚无的意义在其中，也与提倡人道主义的世界主流价值观背道而驰。另外，在这部网剧中，团队中最有资历的陈教授经常有一句口头禅叫"与天斗，与地斗，其乐无穷"，其实这句话来自毛主席的语录，但是与其原文相比少了一个"奋"字，意义与境界全无。这句话在小说中没什么问题，因为网络小说中的情境性较弱。但这句话照搬到电视剧的特殊情景中由陈教授说出来则显得突兀，话语所传达出来的价值观便是我们与自然斗争是一种乐趣，这与我们当代提倡与自然和谐共生的主流价值观背道而驰。这类影视作品没有长久的生命力，很大程度上就是因为该类影视作品缺乏深厚的文化内涵，不符合当下的社会主流价值观。这样的影视作品缺乏"厚重感"，很容易成为影视市场与观众视野中的过眼云烟。

四、盗墓类网络小说改编影视作品的症候纾解

盗墓类网络小说改编影视作品已经成了网络文学改编影视作品中一个独特的文化现象。这些作品不仅丰富了我国的影视类型，而且还创造了一次又一次的商业奇迹。但经过观众群体与影视市场长时间的审视和检验后，这一改编现象迅速从高峰跌入了低谷。这也说明了盗墓小说的影视改编存在过巨大的机遇，也存在着相当大的问题，这种问题是两个文本相互转化之间的问题。当盗墓类网络小说改编影视作品的发展遇到了诸种问题而陷入今天的困境时，应该找出这些问题并给予相应的解决对策，使盗墓小说改编的影视作品重新走回观众视野与影视市场，进而长远发展。

（一）突围改编模式的同质倾向

由于盗墓类网络小说的改编主要集中在对两个系列的盗墓小说的改编上，随着一两部影视作品的大卖，便出现了跟风现象，导致改编模式同质化严重。如何能够突破这一固化模式成了首要难题。想要从这种固化模式当中突围，可在改编剧本的剧作模式中做出新的突破。剧本充当着文学艺术转换为影视艺术的桥梁，在改编的影视剧本中，除保留原有的主要人物与艺术风格，编剧还可以加入新的元素。在以前盗墓小说改编的影视剧本中，主要有正派角色、反派角色与特殊环境三股势力的交融和斗争，或者只是正派角色与特殊环境两股势力的矛盾。

除正派势力与反派势力之外，可在盗墓小说改编的影视作品中加入助力方的人物角色，甚至使助力方相助的对象可以在正派与反派之间变换和反转。这种处理方式使改编的空间更为广阔，矛盾冲突更为多元，故事的悬念感更加强化。放到具体的操作实践当中，如在小说《鬼吹灯》中，大金牙这一角色虽然是一个次要人物，但这一人物有深挖的可能性，可以将这一人物设定成为一个助力方的角色。因为该人物是一个生意人，他既没有盗墓的能力，也没有促使其为了不正当目的盗墓的戏剧性需求，因此以大金牙这一人物构建一个助力方再合适不过。而在之前的盗墓小说改编的影视作品中，大金牙这一角色只是承担了为胡八一与王凯旋介绍生意的单一使命。究其根本，这是因为创作者在改编剧本的创作上不够严谨，只是照搬小说当中的人物与故事，将文学语言变为影视语言，而没有做更深入的思考，甚至出现了小说的剧本化写作现象。

　　除了剧本上的合理构筑之外，新型观影模式也是突围的一条道路。在青春爱情类网络小说改编电影的高潮期，改编自安妮宝贝同名小说的电影《七月与安生》在结局时，曾国祥导演做了多个结局的处理，观众愿意相信哪种结局就是哪种结局。这无疑拓宽了改编网络小说的视野，满足了观众对于改编原著影视剧结局的种种期望。更为重要的是，这样的处理方式使得观众从被动接受观看到主动选择观看。而在由盗墓小说改编的影视作品中，《龙岭迷窟之最后的搬山道人》这一改编网剧作为互动剧，选择了一种类似于"游戏通关"的观看方式。"互动剧是在互动技术发展基础上，结合游戏与影视之特色所产生的新型影视剧类型。""互动剧是一种用户能'玩'的交互式网络视频，是一种游戏化的视频，或者说视频化的游戏。用户在观看互动剧时，每触发一个情节点，都需要通过点击视频播放器内的选项按钮，来'选择'剧情的走向。"观众在各个情节点的不同选择，会使故事发生不同的转向，最终得到不同的结局。《搬山道人》的播出取得了不错的反响，因为盗墓类小说与游戏的特质相符合，盗墓小说、视频与游戏相结合的互动剧模式，值得后期盗墓小说改编影视剧作品的模仿与借鉴。

（二）注重影视作品的故事细节

盗墓小说改编影视剧与其他类型小说改编的影视剧相比，奇观化的景象呈现成为该类影视作品的一个突出特色，也是优势点之一。但奇观特效并非一个影视作品的核心，而在实际的创作过程中，创作者却本末倒置地将奇观化景象的打造当成该类影视作品中最下功夫的地方。而想要解决这个问题，首先需要搞清楚一部影视作品的核心和根本仍然是故事。影视艺术变得具有故事性是影视艺术发展过程中一个极大的突破点，在之后的一百年，所有影视制作者都在致力于如何去讲一个好的故事。特效奇观只是作为一种形式和技巧为故事服务。因此，盗墓类网络小说改编影视作品还是要在原著的故事基础上，对故事做最合理的改编。可以看到，原有的盗墓小说改编的影视作品基本只有一个主要情节线，故事情节单一。故事情节的单一性使得以探险悬疑著称的改编盗墓影视作品，只突出了探险成分而少了悬疑的成分。可以通过加入支线情节让故事变得完整丰满，将事件的应果关系交代得更加清楚。同时也可将故事的时间顺序做一定的调整来增加故事的悬念性，让盗墓故事变得结构紧凑、节奏紧张，以达到吸引观众的目的，再辅之以奇观化的特效，从而使该类影视作品更加触动人心。

在盗墓类网络小说改编的影视作品中，还要加强对细节的营造。而对细节的营造体现在对小说景象的还原上，力图使还原特殊场景与特殊物种的"虚假"奇观特效和人物在场的真实反映相符合。因为只有这样才能让观众信服，甚至产生与演员同样的在场感受，在观看到这些奇观化景象时产生真实的心理反应和新的意象。但在实际的创作过程中，该类影视作品呈现出的细节缺失极为严重，如人物在寒冷的昆仑冰川穿着棉衣说话却没有热气哈出，人物蹚过河水裤子竟毫无水印出现等，被观众吐槽不断，形成了千里之堤，溃于蚁穴的局面。长此以往，观众显然不会再为这样的影视作品买单。因此，全方位的细节营造尤为重要，这就需要该类影视创作人员精益求精的创作态度和创作理念，当好"把关人"。在传播者与受众之间，"把关人"起着重要作用。影视行业的制作和出品方需要发挥"把关人"作用，摒弃"短视"行为，将眼光放长远，致力于制作优质的内容呈现给受众。

（三）增强影视作品的艺术价值

在商业利益的裹挟下，由盗墓类网络小说改编的影视作品缺乏艺术性的表达，这主要表现在人物形象刻画与设计的随意性、单一性和相似性上，造成主要人物角色缺乏特色，难以给观众留下深刻的印象。因此，想不让该类影视作品落入类型化和俗套化，就要提高该类改编影视作品的艺术性。但提高艺术性依然需要筑基于原著小说之上。在尊重原著的基础上，对影视作品做出更多艺术性上的设计。夏衍在《杂谈改编》中说："从一种样式改编为另一种艺术样式，就必须要求在不伤害原作的主题思想和原有的风格的原则之下，增加更多的动作形象——有时不得不加以扩大，通过稀释和填补，来使它成为主要通过形象诉诸视觉和听觉的形式。"当然，夏衍的改变理论主要针对的是经典文学改编，不伤害原作的主题思想对于盗墓类网络小说并非完全适用，因为盗墓类网络小说所表达的主题思想不够深刻或者有待商榷。但不伤害原作风格这点仍然值得借鉴，这样首先可以吸引原著小说的粉丝群体，还可以使盗墓小说改编的影视作品形成独特的风格化特征。

想方设法塑造出典型的和独特的人物形象是提高影视作品的艺术性的手段之一。好的影视作品不一定让观众记住其中的故事，但是独特的人物形象却能长久地被观众记忆，如《大话西游》中的至尊宝形象，《阿甘正传》中的阿甘形象。保持原作风格是盗墓类网络小说改编影视作品出于商业收益的考虑，同时也是针对过分改编破坏原著人物与情节这一问题的解决之策。当然，夏衍的改编理论也认为在保有原著风格的基础之上要对动作形象做出合理的设计。动作形象的形成来源于人物的性格，人物的性格决定人物的行动，并通过人物形象的外化表现出来。之前该类改编作品中的扁形人物形象居多，缺乏主要人物与自我内心矛盾的斗争。因此盗墓小说改编的影视作品，要尽可能让主要的人物形象变得更加圆形化，让人物有多种性格的显露，而不是"非黑即白"。人物将会变得复杂，进而产生人物与自我、与对手和环境的多重矛盾，同时也能够让观众有更加多义的理解。此外，人物形象很大程度取决于演员的表演，因此影视制作方也要改变以流量为王的思维，选择一些形象贴近原著且演技高超的"老戏骨"来扮演主要角色。为什么电影作品《寻龙诀》能够票房与口碑双赢，除了抢先入场盗墓类小说改编影视作品的市场之外，黄渤和陈坤的演技也是起到了关键作用。

（四）重构影视作品的文化内涵

盗墓类网络小说改编的影视作品所蕴含的文化内涵与传递的主流价值观需要被重构。制作该类改编影视作品需要挖掘和注入深层次的、优秀的文化内涵，以保持作品的长久生命力。同时也要将今天以习近平新时代中国特色社会主义思想为引领的社会主义核心价值观倾注其中，进而传递给广大观众并引导社会大众，发挥影视作品寓教于乐的功能。盗墓小说的故事场景均发生在特殊的地理场景中，这些地理场景远离当今社会的经济、文化中心而偏于一隅，但这不代表这些偏远之地只有被构想的神鬼传说与异族文化。事实上，这些偏远的地理场景在历史上也曾有着美丽传说和优秀传统文化的传播，这些向善至美的文化值得被关注和深层次挖掘。例如西域文化中以西王母为代表的昆仑神话传说，西王母是中华民族古代神话中的神，她爱护众生教人向善。如果盗墓类网络小说改编的影视作品通过现世对墓室的挖掘这一故事母体，而与我国优秀的传统文化相勾连，既不失盗墓的刺激，同时也增加了影视作品的文化内涵，这无疑是一举两得的处理方式。

同时，影视创作者也应试图在该类影视作品中倾注当今社会的主流价值观，如诚信、友善、公平、正义、爱国主义、民族团结等，这也是盗墓类网络小说改编影视剧的一个发展目标。虽然我们也能在以前的影视作品中看到这样的尝试，但这些尝试大多流于表面而没有深入。可以将这些社会主流价值观植入主人公入墓室的动机上，团队成员的团结前行和与黑恶势力的顽强斗争中，在发掘墓室途中面对人性考验和与自然和谐共生等方面，将社会的正能量真正地传递给观众。因为真善美的价值观是人类永恒不变的衡量艺术作品的标尺，例如里芬斯塔尔的《意志的胜利》，虽然艺术价值极高但评价却极差，而最近一段时期现实主义题材文学作品能够受到观众喜爱的原因亦是如此。

五、结语

由盗墓类网络小说改编的影视作品因其改编文本的特殊性，在经历了一段时间的繁荣发展后便迅速陨落。衰退的主要原因是受到了商业利益的裹挟，使得盗墓类网络小说的影视改编暴露出了很多问题。这些问题主要体现在两个文本转化的过程当中，尤其是该类影视作品的改编模式同质化、艺术性匮乏和文化价值底蕴薄弱的问题尤为突出。尽管如此，其在影视市场上依然创造了不俗的商业成绩，在观众视野中也留下了浓墨重彩的一笔。难能可贵的是，今天的观众对于盗墓小说的影视改编还存在着一定的期待。正因如此，有必要对盗墓类网络小说改编影视作品的发展历程予以提炼划分，更有必要对盗墓类网络改编影视作品中存在的症候进行分析并提出相应的纾解之道。只有如此，方能期望让盗墓类网络小说的影视改编作品走上良性发展的"阳关大道"。"理想很丰满，现实很骨感"，盗墓小说改编的影视作品想要脱离之前的窠臼，必须破旧立新，因此需要更多的学者将研究目光转向盗墓类网络小说改编影视作品，为该类型的改编影视作品发展找到新的突破口和着力点，从而满足广大观众对美好影视作品的需求。

参考文献

［1］张远：《论盗墓类网络小说的电影改编——以〈鬼吹灯〉〈盗墓笔记〉为例》，《电影文学》2019 年第 11 期。

［2］张书娟：《网络文学与电影的互动性消费》，《当代电影》2015 年第 6 期。

［3］赵智敏、高萱萱：《倾向性·交互性·娱乐性：网络小说改编剧受众特征分析》，《新闻爱好者》2020 年第 1 期。

［4］易查方：《论〈盗墓笔记〉的文本改编与受众接受》，《电影文学》2017 年第 20 期。

［5］欧阳友权：《国网络文学热的"冷"思考》，《华夏文化论坛》2021年第2期。

［6］袁云儿：《暑期档没品质IP片成"挨批片"》，《北京日报》2016年8月31日。

［7］张健平：《文物与奇观、空间与权力——文物意识与盗墓小说的互文性研究》，《当代文坛》2016年第6期。

［8］徐兆寿、巩周明：《网络文学二十年影视改编概论》，《中国现代文学研究丛刊》2019年第5期。

［9］乌尔善：《〈寻龙诀〉与类型电影创作实践》，《北京电影学院学报》2016年第1期。

［10］杨柳：《在青春的俗套里成长——好莱坞青春喜剧的发展及其借鉴意义》，《当代电影》2014年第6期。

［11］姜雪：《盗墓小说"奇观化"写作现象研究》，河北师范大学硕士学位论文，2017年。

［12］王玉琦、付昱：《消费时代电影的审美维度》，《江西社会科学》2018年第5期。

［13］［英］E.M.福斯特：《小说面面观》，朱乃长译，中国对外翻译出版公司2002年版。

［14］张秋诗：《盗墓题材影视剧改编与小说比较——以〈盗墓笔记〉为例》，《鸭绿江（下半月）》2019年第12期。

［15］［美］拉约什·埃格里：《编剧的艺术》，高远译，北京联合出版公司2013年版。

［16］戴旋：《当代商业电影文化价值取向》，《电影文学》

2019 年第 14 期。

　　［17］吕菁：《主体意识的凸显：互动剧的认知传播机制研究——以〈最后的搬山道人〉为例》，《湖南工业大学学报（社会科学版）》2020 年第 6 期。

　　［18］张翼飞、李敏源：《新时代网络文学影视改编的困境与突围——以〈鬼吹灯之精绝古城〉为例》，《戏剧之家》2019年第 14 期。

　　［19］夏衍：《杂谈改编》，文化艺术出版社 1989 年版。

　　［20］张敏：《网络文学改编电影的核心价值观》，《电影文学》2015 年第 9 期。

田园乡土的影像挽歌

——《告诉他们，我乘白鹤去了》改编电影的空间内涵分析

薛蕊蕊

有力量的文艺作品总是试图运用语言、色彩、线条、影像等媒介来描述、回答时代所提出的现实问题，以表现和把握"个人发展中根据个人同历史的复杂关系而得到的真实历史"。[1]现代性车轮驱入本土之后，最显著的特征便是城市化。《告诉他们，我乘白鹤去了》具有极强的现实关怀和现代性内涵，用艺术的形式和内容面对城市化所引发的现实问题。

影片改编自苏童同名小说，导演将原作散发着南方气息的文字置换进西北粗粝干燥的影像中，减少了文字的诗意，增加了生活的细节与现实的厚重。被称为李睿珺"电影三部曲"的《老驴头》（2010）、《告诉他们，我乘白鹤去了》（2012）、《家在水草丰茂的地方》（2014）集中呈现了中国西部现代性的具

---

1. ［法］路易·阿尔都塞：《保卫马克思》，顾良译，杜章智校，商务印书馆1984年版，第42页。

体历史：以一己之力独自拯救草原沙漠化的老驴头；在现代土地规划背景下推行火葬废除土葬时，农村老人的恐慌与对抗；草原牧民的后代失去水草丰茂的家园，面对淘金的父辈时巨大的冲击和迷茫。导演以影像的方式呈现出人与自然具有神性关联、人的精神肉体均被重视的乡土文明，与现代城市文明资本逐利的无情空间——二者之间的差异和冲突，亦表达西部地区独特的现代性经历。

一、田园乡土的空间诉求

《告诉他们，我乘白鹤去了》作为三部曲中的小说改编作品，不同于其他两部由李睿珺独立编剧、执导，在内容呈现与精神气质上却与其他两部影片一脉相承。影片讲述了乡村老人老马在火葬政策面前，因留恋土地而选择活埋自己，以此作为抵抗的过程。影片开头，老马作为村里的手艺人为同乡描画棺材，红底棺面上祥云围绕着仙鹤。仙鹤在民间意象中是吉祥鸟，可以将下土入葬的人驮入天堂。老马生活的村子，水草丰茂，人与天地之间保持着一种和谐基础上的神性关联。通过土地耕种获得生存所需，亦通过葬入土地安顿死亡问题，其间是自然对人的哺育和人对自然的呵护、敬畏。空间矛盾鲜少，乡村更多地显现为一种经济价值微弱却仍然良性的循环。并且，土葬作为一种传统，内含着乡村人伦、孝道的需求，土地上明白可见的坟墓构成的"异托邦"，长久以来作为传统乡村居民祭祀怀念先祖、感念约束后代的一种神圣空间，通过历史沿袭承担着较为坚固的文化意义。

现实中，老马面对的火葬新政策则意味着死后被拉去西关火葬场变成一股烟，是一种令老马及同乡老人恐惧的归宿。老马作为老年农民，身处乡土文明渐逝的全球化浪潮中，城市化与经济的发展要求将更多的土地征用为制造利润的原材料，传统社会中人们与土地的亲密关联、神性关联逐渐被割裂。

作为生于土地而无法回归土地的人，老马对于西关火葬场的恐惧超越了整个日常生活，于是偕同小孙子智娃做出一系列"荒唐"事：出于对"冒烟"的恐惧，在儿媳妇做饭时堵上烟囱，导致庭院厨房里乌烟瘴气；因期盼着白鹤到来而阻挡村里人"割湖"被人当作傻子；甚至最后在小孙子帮助、外孙女见证下将自己活埋。掩埋过程中，智娃称听不出坑里有什么声音，老马道："泥土一个劲地、一年四季叹气呢！……你们谁都听不到，只有我知道，它给爷爷叹气着呢！"老马一代对土地的情感深刻而复杂，眼见生于斯、养于斯、老于斯的土地即将被城市化潮流无情倾盖，泥土从不停歇的叹息，其实是老马这个有情之人对于乡土文明及昔日乡村生活方式的不舍。

老马代表的传统乡村老人对于土地、空间的诉求，内含着乡土文明中人与自然的一种和谐相处形态。老马期盼土葬与乘白鹤升天，本质上是因为传统乡村生命伦理认为，生前行善少作恶可得好死，而好死则意味着下一世好的投胎——能够继续做人，而不是转世为家畜等做苦役赎罪。这样一种在现代科学与理性文明中被定性为迷信落后的理念，在乡土社会中却使得人们保持着对于人之肉身和精神的关注及日常要求，对于安顿自身生与死的土地、对于家庭牲畜与其他动植物皆投诸泛灵论的目光，对诸事物珍重、爱惜，并且使邻里之间关怀、和睦，使老人注重对年轻一辈的孝道教育。关键的是，从自然空间的角度来看，轮回生命观使得他们思虑子孙与将来，土地在他们的爱和维护下，历来未遭到剧烈变革和严重毁坏。

花墙子村中央是大家聚集休闲、传播消息的场所，类似于巴赫金所称的"广场"，人物在这里碰面或出场。老马中秋去女儿家过节期间，同村老人老曹死了，儿女们偷偷将其埋葬在玉米地，后遭有司强行挖出，现场骇人且冲突剧烈，年幼的智娃在旁观过程中生出帮埋爷爷、将其藏起来的主意。以往的城市化、现代性荧幕表征多置放在城镇地区，以现代城市生活和人的异化，及城乡接合部的废墟式呈现表达现代性体验。李睿珺的"三部曲"则聚焦在西部农村，而土地是传统农村生活的重要依托，如费孝通先生的《乡土中国》讲述我们民族与泥土的关系："从土里长出过光荣的历史，自然也会受到土的束缚。"[1] 对于农民们世代劳作与栖居其上的土地，伴随着个人需要的更多是情感依附与朴素的宗教渴望，丧葬事宜更是直接关联着乡村伦理道德秩序。然而乡村之外如火如荼进行着的现代

---

1. 费孝通：《乡土中国》，北京大学出版社 2012 年版，第 10 页。

化，终将推进至老马他们中间，正如福柯曾做出的判断："当今时代也许是一个空间的时代。我们都处在一个同时性的时代，一个并列的时代，一个远近的时代，一个共存的时代，一个散播的时代。我认为我们存在于这样的时刻：世界正经历着像是由点线连接编织而成的网络版的生活，而非什么随着时间而发展的伟大生活。"[1] 现代性的具体进程城市化，其以逐利为本质，以发展为原则，为获得更多土地资源，从现代科学、经济、卫生等观念角度推行火葬，而火葬作为现代律法性质的政策很难进入传统乡村，于是有司便采取强制手段，将偷埋进土地的死者强行挖出以警示众人。以往"入土为安"的死，演变为令老马等人坐立难安的归途，坟墓作为"异托邦"从土地中的黑暗宁静变成"冒烟"后的空无，老马等人在农业文明中自然合理的空间诉求遭遇巨大冲击。

二、现代性进程的空间变革

原来自然和谐的乡土空间形态，遭遇了空间矛盾。老马关于死亡及后事的诉求，属于个人性领域，被现代性间接地侵犯且毫无回旋余地，这样一种陌生的境遇令老马以及无数沿袭传统生活方式、期待"轮回"时空的人手足无措。如安东尼·吉登斯在《现代性的后果》中论述："现代性以前所未有的方式，把我们抛离了所有类型的社会秩序的轨道……它们正在改变我

1.［法］福柯、哈贝马斯、布尔迪厄等：《激进的美学锋芒》，周宪译，中国人民大学出版社2003年版，第19页。

们日常生活中最熟悉和最带个人色彩的领域。"[1]这样的改变看似细微，却在惊人地铺展着。影片故事发生地甘肃农村，作为典型的中国乡土社会，这里沿袭着自足且较完善的乡村生活习俗与秩序。影片开头老马为村里老人画棺材收到烟酒酬礼，主人用喜绸盖着礼品，双方以敬重客气的方式完成了酬谢，所呈现的日常生活与人际关系的底色，不同于现代经济生活中冷漠、自私的交易本质。如片中展示农历节日中秋的庆祝方式，显现出古老而虔诚的特质，用花母鸡、花干粮、花切水果祭奠月亮，在外部世界工业发达、电灯照明普及已久的城市时代，这里的人与天地之间仍然保持着一种天然的和谐与亲近。而丧葬礼仪作为农村伦理生活的重要内容，呈示着死生大事在乡土社会中的突出地位，年逾73岁疾病缠身的老马为同乡描画棺材的同时，忧虑着自身的归途。老马孤独的老年生活仅有其喂养的白马和孙子孙女们陪伴，智娃与苗苗眼见爷爷乘白鹤升天的心愿在村里组织割湖、严格执行火葬的境况下难以实现。苗苗在村道土地上画画，画没有叶子而可以看见仙鹤羽毛的树，之后被路过的羊群破坏了现场，于是拿树枝打羊，并且为了保护树而不让汽车通过，被大人教训。传统的、乡土的空间诉求在以汽车为代表的工业文明面前变得脆弱不堪，"整个空间变成了生产关系再生产的场所。然而，空气、水、光、热，直接或间接地支持着自然的馈赠。这些使用价值进入了交换价值；

---

1. ［英］安东尼·吉登斯：《现代性的后果》，田禾译，黄平校，译林出版社2000年版，第4页。

它们的使用和使用价值，以及和使用相关的自然快感都变模糊了；而在它们被买卖的同时，它们也变得稀少了"。[1] 以微弱的力量负隅抵抗的祖孙三人，见证了无法抗拒的割湖、死去的老曹被强行挖出之后，最终走向对老马的合作活埋。

《空间的生产》中如是谈空间的实现：空间既是生产的工具，也是消费的工具；既是统治的工具，也是抵抗的工具。显然，它处在各类势力的较量之下，并在各类势力的较量中获得自身的实现。[2] 在传统小农经济环境中，人们与土地的关系继承自祖辈且几未更改，对土地的使用伴随着对它的虔敬，而现代经济发展造成的对土地的扩张、需求与规划则几乎毫无情感度量，利润导向使得其有价值则征用，无价值则废除，人只是资本逐利中的一环，坟地为经济用地让渡空间成为理所当然的要求。空间既是斗争的目标，也是斗争的场所。[3] 活埋是老马在现实的空间冲突中做出的选择，他没有臣服于城市文明的强力，而是残忍决绝地回归土地。汪民安在《身体、空间与后现代性》一书中如此解读现代性时空下的西部："今天中国的西部大开发，它的实质特点就是要将作为一个空间的原始西部，按照发达东部的空间模式来改造，这种空间的改造，同资本密切相关：资本既是这种改造的技术（开发西部必须通过大量的

---

1. ［法］亨利·列斐伏尔：《空间与政治》，李春译，上海人民出版社 2015 年版，第 30 页。
2. Henri Lefebvre, *The Production of Space*, Blackwell, 1991, p.30.
3. 汪民安：《身体、空间与后现代性》，江苏人民出版社 2006 年版，第 102 页。

投资），也是这种改造的目标（开发西部的目的就是要便于资本的流通和增殖），西部空间所固有的屏障必须被打破，它内部的固有的空间观念和模式必须被改造，这样，它才能和东部的空间观念相吻合，才能让资本在这两个空间内毫无坎坷地自由流通。"[1] 不一样的空间处理模式、现代性空间改造的成功，必然意味着乡土文明及相应时空观念、生活方式的消逝。影片中，老马的儿子等年轻一代，从容自然地接受村里相关负责人下达的"割湖"通知，众人在湖中奋力劳作，失去水草保护的湖面，鸭子与鹅无处遁形，被人追赶捉捕。无力阻挡、只能旁观的老马即将面对的是水草消失甚至槽子湖也消失之后，白鹤将无处停栖而不再来的现实。土地在人们的自觉或不自觉中改换性质与用途，而生存于土地之上的人的境遇则无暇被顾及。

三、对空间的另类征用作为抵抗

影片讲述了老马选择活埋、孙辈帮其完成活埋的过程。影片中呈现的老马非自然并且不合习俗的死亡处理方式，表面上是由于土葬与火葬两种丧葬制度的差异冲突，实质上则是因为农业文明与城市文明中人们生命伦理以及生活方式之间的巨大差异。对待死亡的不同态度和处理方式背后，是不同的生活方式与生命态度。现代资本主义扩张、全球化浪潮以来，空间与时间的概念已经发生了变化，老马所在的传统农业文明地区依

---

1. 汪民安：《身体、空间与后现代性》，江苏人民出版社 2006 年版，第 109 页。

然沿袭缓慢宁静的、牧歌式的时空与生活观念，没有严重工业污染对环境的威胁，资本对空间利润的追逐尚不及城市地区剧烈，人们对空间的个人需要依然是传统乡土社会式的——以回归土地、升入天堂为理想归宿，其中"天人合一"的实质诉求形成一种封闭的、良性的循环，此处的时空概念是富有人情味的。而火葬政策的推行一方面是现代经济、卫生观念的要求，认为薄葬避免了传统厚葬的铺张浪费与土地污染，在现代性进程中又与资本对空间障碍的清除不谋而合，城市化过程中土地资源的持续紧缺是必然趋势，从城市向农村的资本扩张难以避免，火葬在很大程度上能够节约土地，同时在土地征用中免去伦理方面的冲突。在《时空之间——关于地理学想象的反思》中，大卫·哈维考量西方资本主义时代时空的历史地理学时论述道："关于空间和时间的概念与实践，都随着政治—经济的实践一同变化。"[1]城市化的时空概念与时空实践是压缩化的。米歇尔·福柯曾论述中世纪空间由于只强调和辨别神圣性，所以是"局部化"的空间。相对于农业文明系统中人与自然较为平衡、和谐的关系，城市化更加强调经济数据，并且越来越具有唯一性的需求，使得空间性质再次变得单一而可怖。对自然的征服成为唯一诉求，随之而来的是对人与自然关系的漠视。

老马是处在矛盾核心的人：他的祖辈不曾经历城市化，安然入土；儿孙们已被现代化潮流挟裹，片中老马的儿子除了农

---

1. 包亚明主编：《现代性与空间的生产》，上海教育出版社2003年版，第385页。

忙期都在外务工；孙子智娃童稚的内心为被压五指山的孙悟空哭泣，同时能与表妹苗苗简单地理解爷爷关于死亡的诉求，但他们又是注定失去土地的一代。社会空间与时间客观性质的快速变化造成人们的不安，生活于 18 世纪末至 19 世纪中期的德国诗人海因里希·海涅，曾记录他对于连接巴黎和卢昂的铁路开驶的"可怕预言"：……空间被铁路杀死。我觉得所有乡野的山林好像都在往巴黎逼近。[1] 海涅的预言准确地应验，乡野山林在现代性进程中让位于铁路、楼宇、都市。老马既为死后去向忧虑不堪，又被土地的叹息声折磨，最后决绝地以活埋自己的方式完成了对现代时空压缩的诗意抵抗。掩埋活人作为一种残忍暴行在这里以诗意、温情的方式展开，智娃和苗苗出于对爷爷心愿的猜测，表示愿意帮老人挖坑，年幼力薄的智娃用他的小铁锹奋力挖掘，爷爷怕他劳累建议放慢些，苗苗为爷爷耳朵戴上油菜花，因她年纪小又是女孩，老马让她坐在湖边背对掩埋场面。漫长的掩埋行将结束时，老马坐于坑中流泪，以此种方式回到土地怀抱，智娃擦泪安慰其不想进去了就回家吃饭。掩埋完成后，怕被人发现，智娃又虔诚地多压了几下土地下爷爷的头顶，兄妹俩骑着铁锹马儿回家了。

孩童对于死亡的无知，与对爷爷的爱和孝敬，造成这出悲剧。影片中不断播放的《西游记》不时作为画中画和背景音出现，一方面，《西游记》中的生死轮回观契合民间宗教愿望，

---

1. 包亚明主编：《现代性与空间的生产》，上海教育出版社 2003 年版，第 390 页。

另一方面，《西游记》对智娃和苗苗等进行了一种道教式的死亡教育——死不是可怕的结束，而是由阎王爷、玉皇大帝、孙悟空、如来佛等一系列神怪仙官掌管着的无限世界，因无限而象征着希望。孩童完成掩埋欢快地回家去，槽子湖与大地重归平静，留下土地下面濒死的老马。镜头直摇至核桃树上空，仙鹤羽毛翩然而至。

李睿珺通过荧幕叙事，成功将苏童小说文本中的故事影像化，并且由于其质朴的影像和关涉问题的普遍性，传达出持久动人的力量。空间与自然，都是社会矛盾的测量仪。[1] 在普通人的生活日常中，这种矛盾被弱化、忽视。影片讲述的故事惨烈、悲凉，然而导演对影片结尾的处理尽显温情与诗性浪漫，温情与浪漫背后的现实是现代城市文明与农业文明的冲突问题。现代以来，自然环境被严重破坏，经济利益关系导致人际冷漠，人们在对未来的恐慌中及时行乐。后代们生存于怎样的环境与人情中、怎样安顿生命和死亡，都无暇被顾及，关于空间的问题被"经济""发展"粉碎并掩盖了。人与自然的关系渐趋恶劣，其间生命伦理、生活方式不得不朝着现代性做出相应改变。如雷蒙·威廉斯追溯英国的城市化时论述道："新的重商主义正在打破旧的定居方式及其美德。"[2] 追念曾沿袭数千年

---

1. ［法］亨利·列斐伏尔：《空间与政治》，李春译，上海人民出版社2015年版，第5页。
2. ［英］雷蒙·威廉斯：《乡村与城市》，韩子满、刘戈、徐珊珊译，商务印书馆2013年版，第13页。

的人与土地的和谐，目光定是忧伤。从淳朴的、可轮回的自然观、生命观疾步趋入现代性的人，为了避免或者有所准备地面对"历史的终结"与"最后的人"，作出力量微弱的抵抗。影像表征的现实问题与我们息息相关。

参考文献

［1］苏童:《向日葵》，上海文艺出版社 2004 年版。

［2］包亚明主编:《现代性与空间的生产》，上海教育出版社 2003 年版。

［3］［法］亨利·列斐伏尔:《空间与政治》，李春译，上海人民出版社 2015 年版。

［4］汪民安:《身体、空间与后现代性》，江苏人民出版社 2006 年版。

［5］［英］安东尼·吉登斯:《现代性的后果》，田禾译，黄平校，译林出版社 2000 年版。

［6］［法］福柯、哈贝马斯、布尔迪厄等:《激进的美学锋芒》，周宪译，中国人民大学出版社 2003 年版。

［7］Henri Lefebvre，*The Production of Space*，Blackwell，1991.

［8］［英］雷蒙·威廉斯:《乡村与城市》，韩子满、刘戈、徐珊珊译，商务印书馆 2013 年版。

后　记

　　早在 2012 年时，我申请到课题《中国现当代文学影视改编研究》，作为我从文学研究向影视研究的过渡。这个课题持续了三年多时间，后来写成《中国现当代文学电影改编概论》一书，在中国社会科学出版社出版。这本书也为我和我的同事们、学生们打开了一个新的学术空间，不断地有相关文章发表，博士生和硕士生也有一些以此作为其毕业论文的选题。终于，在 2018 年，我们申请到一项国家社科基金重大项目《中国百年影视的文学改编整理与研究》。这是对过去的肯定和总结，但更多的是开始。

　　几年来，很多老师都在写这方面的文章，我的博士生都参与了这方面的研究和写作，大量硕士生也开始写相关的论文，相关的博硕士毕业论文也多了起来。这使我们有了一种"雄心"，即沟通文学与影视的创作、批评和研究。在研究百年电影史的过程中，我们看到在整个 20 世纪，大量作家都参与了影视剧的改编，而批评家则是文学与影视不分家。文学与影视的分野似乎是 21 世纪以来的事情，这大概与 21 世纪以来电影的迅猛发展和影视学科的野蛮生长有关，当然也与学科的调整有关，与学术界越来越固化、学科化甚至圈子化有关。这在我看来，既是好事，也是坏事。好事是影视与相关研究的发展越发波澜壮阔，坏事是学科间的分野使影视渐失中国文化尤其是文学的滋养，表面上越来越国际化，实际上是失去了一些根本。所以我们在做这样一项沟通的同时，也在本科生中开设了两年的中国文学与文化的课程，在学生的心上早早种上中国文学与文化的种子。我也相信，这种教育不仅仅教会了学生们影视传播技术，也培养了学生们的人文情怀，尤其是中国文化的一些情怀。这将在他们的生命中产生长久的影响。

我自己自觉从过去的文学研究转向文学与影视的关系研究上，学生们也跟着我来做这方面的研究。这本集子和另一本《文华影韵》便是此研究的结晶。大家都从各自的阅读、学习、积累出发，去研究自己擅长的方面。从媒介的角度来研究两者的关系，是一个非常重要的切入点，这本集子便集中体现这个主题。我也深信，如果能继续把这个工作做下去，再过五年，应当又会积累一大批成果。

在此，我要感谢同学们的支持。正是大家的共同参与，才使这个课题成为一件"热闹"的事情，也成为一件快乐之事。也要感谢炳源，从组织、整理稿件到校对出版，她都做了很多工作。最后还要感谢编辑的大力付出。

徐兆寿

2023 年 3 月 25 日于双椿堂